U0019166

九歌一一一年散文選

言叔夏●主編

九歌111年散文選
年度散文獎得主

陳維鸚
〈等孩子長大〉

得獎感言

醃製中　陳維鸚

人生中遇見了幾次不可思議，很遺憾多為負數，因為沒有討價還價的餘地，只能試著尋找平衡。寫散文釐清思緒是一個辦法，久而久之卻發現它有了等號功能，負數經過散文搬運，移到另邊就成了正數，很神奇，散文創作者、閱讀者應該都能領會。真心向文字傾吐、懺悔、祈求，總會有溫暖力量湧來，或許仍然無法撫平生活坑疤，卻得到了某種程度的和解與安慰。

我的散文創作極慢，經常處於醃製中，放在日常浸潤著，想到時加點糖或鹽，有時還釀出酸味，久久才腐蝕出文字，讓光從縫隙中透過來，有些則因味道太苦，還是未完成的在製品，只能擱在倉庫裡風乾。儘管書寫緩緩，卻一直是精神救贖，是小日子裡的味素，雖然手肘久傷未癒，敲字的隱隱作痛正也提醒了生活即現實。

此次獲獎是珍貴的正數不可思議，是沉寂已久後得到的溫柔擁抱，謝謝《自由副刊》、叔夏主編、九歌，讓我的天平向陽光又挪了些，世界不一定會美好，新年也不見得會快樂，認真悲傷沒什麼不好，至少深刻生活著。

目錄

輯二　自由

輯三　等孩子長大

《九歌111年散文選》編序

關於陰影的技藝

——言叔夏

真是這樣臣服於經驗的呢？我想那並未必。我一直認為這個文類的運行邏輯是一種類似操偶劇裡操偶者與人偶之間的關係。在這個獨白的舞台上，人與人偶既是同一人，也不是同一人。他們像是人與自己的影子那樣彼此補釘縫合，隨光源的角度強弱延長或變短（故這些暗影有時也會被黑夜吞沒，沉入無能象徵化的潛意識）。在這個意義上，「散文」或許並不像我們所以為的那麼透明？當「經驗」成為「經驗」的影子，「自我」是「自我」的陰影，這個看似只是輕輕覆蓋著經驗世界的文類，其實設下了一層又一層透明的薄幕。為了一種裸露的掩藏。

或許，也就是這樣臨近經驗與自我之暗影的散文，在這過去的十年裡終於迎來了一個它或許未曾料想過的時代。當我們與日常經驗的關係在至今約莫十年前逐漸轉移到一部掌上手機，新的光源似乎重新為我們定義了「自我」及其所投射的竿影之間的關係？過去一百年來現代小說窮盡其技藝所欲展示的各種萬事虛構因果，而今似乎毫不費力即可在網路上抵達這種多視窗的共時性平台（有些當代小說反倒因為現實經驗這種高強度的虛構感而遭遇了它技藝上的挫折）。就好比近年已流傳好一陣子的一個詞彙叫作「人設」。當這個在臉書粉絲頁上應該自我標註為「虛構人物」的「人設」走進各種視窗，我們的日常究竟是一則虛構小說還是一則散文？（有一天我們也會在《文學理論》裡讀到「人設」這個詞嗎？）在散文的領地裡，它所遭遇的是：經驗的共時性或許亦正在搖撼過去漫長時間裡那堅不可摧的「自我」表演場？頂上光源八方而來，事物與自身的疊影朝向不斷打開的經驗邊界（那些快得幾乎沒有辦法用手去指的經驗世界）。近年來散文的潮間帶經常漫漶至小說，我倒不覺得全然是散文可不可以「寫得像小說」的問題，而是我們今日所面臨的經驗世界本身，早已挪移了過去我們對「虛構感」的量體指標。誰都可能在誰的現實視窗裡成為一個(真實的)敘事/虛構人物。

然而,就像某日午茶間工作上的某同事說起報載不久以後人類就可以出發火星旅行。「去一趟單程只要八個月簡直是郵輪之旅。」眾人驚呼啊真的嗎。未來搞不好學生畢業旅行都要去火星。另一位同事(忽然以永澤口吻)說:「問題是去那裡我們要做什麼?一直看那些重複出現的隕石與岩層嗎?」當我們活在一個連火星都可以抵達的時代,最虛構的經驗也許並不在八個月以後的另一座星球,而是我們心中真正渴望的那個人,那件事,那個地方。因為那裡最遙遠,需要太陽和它的陰影作為發射的能量。沒有在自己的心中立下一根竿子,是到不了的。

◆

以上種種,是進入這部散文集以前,來自我非常個人性的隨想或提問。我想或許所有年度散文選的主編都曾想過這個問題,關於一部以年為單位的文集,它的邊界與向度,究竟在哪裡?去年接下這個工作時,我私心希望這本文集裡所收錄的作品能成為這一年來經驗世界所投射下的某種日晷的痕跡,標註著我們曾共同擦身的具象或抽象時空。在成書的過程裡,也一直希冀能打破早年散文常見的某種以主題或類型來分類的編輯方式,故初始也是天馬行空,(小小的)野心勃勃。恰這兩年或受網路社群發文型態的影響,副刊與雜誌刊載千字以下的短文特別多。而從前幾年開始,臉書文章亦已有被收入年度散文選行列的前例。此次本想獨立闢出一輯，只放各種四處蒐羅來的短文，而且最好只有這一輯橫排右翻，不是很像專放珍果寶器的十六格抽屜櫃嗎？當然這個方案後來沒有成形（感謝九歌的編輯張晶惠小姐一直被我煩）（野心很快熄滅！）。然而，在為這些短文進行抽屜分類時，我發現這二者如果拿掉出處，其實並不能分出哪篇出自個人臉書、哪篇出自紙本副刊雜誌。有趣的是前者覆蓋後者的領域大抵從二、三十年前還有「網路文學」這一古老詞彙的個人新聞台時代即已開始，後者由於近年雜誌平台或也經營臉書或IG社群的緣故，有時反而會在紙本上讀到一篇「咦這好像也很適合出現在臉書」的短文。話說回來我們究竟是被什麼所限定哪些載體該有怎樣的文字而哪些該被排除呢？如今我們的生活其實早已慣於多視窗運作。雲上雲下，物質材料與抽象平台的杯觥交錯，也會翻生出一種全新的感覺結構罷。無論如何，這些如同稜鏡般的剔透短文如張惠菁的〈清明／背耳與嬰兒／機械鳥之冬〉、江鵝〈過彎／安德魯〉、黃麗群〈台南的食物／吃瓜〉、隱匿〈百元理髮〉，都是琉璃珠般的一花一世界，每次重讀，都像搖萬花筒那樣可以重組出不同的圖案。同屬短文串聯的組曲，韓麗珠的〈只有耳朵，沒有嘴巴／錯置感／穿在身上的氣氛／沉默之膜〉則像是作者為自己鑿開的洞穴，可以理毛可以自我清理；若對照香港的現實，它們或許還有防空洞的意味。

而同樣錄自臉書，黃家祥〈直男的研究〉是難得的第三人稱自白體。這個其實很少出現在「散文」這一文類裡的性別身分（或許此一文類與此一身分的性質本身就存在著互斥的張力？），現身與自我表述的方式該循何種路徑呢？當代的「自由」，其實是由邊界所決定的。李欣倫〈頭朝下〉

精準而又尖銳地刻畫出女性婚姻生活中的各種圍籬與界限。劉大芸〈人體模特兒、神韻的物理規律與疤痕海豚〉裡關於觀看者與被觀看者之間的走位、顏一立〈暑假〉裡的「自由」是自己超渡自己的一部心經？自由從來都是折射的。我也喜歡方郁甄的〈母狗〉在看似濃烈乖張的敘事裡其實充滿強烈的思辨性：性、性別與身體的對位關係裡，那掉落出來的毛邊是什麼？許多事物，是如同野獸一樣沒有語言的。也許在這篇文章裡，「自由」本身就是一隻這樣的野獸。而關於「自由」的問題，來自中國的作者張笛韻〈自由〉說得最直白：「五米是我願意讓渡的全部距離。」

生活裡有五米的自由嗎？五公尺，在日常生活裡是五倍安全社交距離。去年的散文竟有許多篇談及二、三十代青年的職場生活。黃昱嘉〈鴿籠〉、黃胤誠〈求投餵〉、沐羽〈隔間裡的Bullshit：兩部平行的上班族歷史〉，精準而靈巧地描繪了三種工作場域。有意思的是這三位作者行文間都（十分誠實地）自帶「隔板」，抒情與觀測之眼並具，自帶五倍的安全社交距離。陳允元的〈浮浪〉是四十代的另一種煩憂。以平實之筆觸，書寫北漂前中年世代的台北旅居浮浪生活。唐捐的〈神經衰弱自療法〉裡，指引五十代此輩離鄉背井、一去不返的前方路標，竟仍是詩（或者鬼魂）。房慧真〈還想再多看一點〉則是以城市田調現場的觀察者之姿，凝視各種底層生命經驗的最前沿。周芬伶去年出版散文集《隱形古物商》，書寫自己蒐羅古物舊物的癖性。〈神的凝視〉行文寬綽而有餘裕，是其中保有一種微妙幽默感的篇章之一。

散文裡蔚為大宗的家庭素材，本已是個一寫再寫的場域。然或受新冠疫情的影響，在世界歷經重新換血的這段期間，這一年的作者們給出了陰影面積等同陽光面積的作品。夏夏的〈新生〉、江佩津〈迷你倉〉、洪愛珠〈巴黎野餐〉、田威寧〈時光電影院〉、李屏瑤〈跪姿練習〉、馬尼尼為〈我現在不跟你道晚安〉、陳柏煜〈在和室裡〉等，或道別，或練習共處，彷彿回應的是我們大而殘破的生命本身。而二〇二二年也是一個從過去投遞而來的時光膠囊嗎？孫梓評與湖南蟲的往復書簡〈重抵一個「可以回去的地方」〉、陳宗暉〈我們快樂地向前走〉、張經宏〈在路上〉、李桐豪〈走在一場電影裡〉是來自過去還是投向未來的書信？又或者它們其實是公路旅行上車廂裡流洩出的歌曲。唱片或膠捲上的土星環帶，銘記著一圈一圈的刻紋。這些來信，都延宕了散文鐘面上的某種「必然」，將時間的向度無盡打開。而郭熊的〈發自山林的情書〉則是從台灣心臟之處的山林裡發寄回來的心跳聲響。那些深林裡的風鳴獸走其實無比抒情，本身即是一封不言自明的情書。

有些經驗充滿編碼與名字。它們就如同一支軍隊在路上，搖旗張鼓要去一個戰地還是遊行隊伍？楊富閔〈一支軍隊在路上〉、吳妖妖〈煙囱養大的〉、許恩恩〈薄荷胭脂雲〉都是這樣分別從偏遠畸零地出發的一支軍隊（不管那是具體或抽象意義上的）。或有歷史地誌之縱深，或途經此時此刻正在發生的現場。而陳尚平〈在末日之後與保護膜的悲壯相遇〉則以另一種學科的眼光回來檢視我們被包膜的世界，究竟「保護」了什麼？蕭詒徽〈如果沒有夏宇，誰剪碎那些可疑的雲？〉告訴我們，大寫文學史的轉彎處常遭彗星撞擊，文中那彗星就是彷彿橫越光年而來的詩人夏宇。我們難以忘記當年她乘噴射機離去，噗噗留下噴射雲朵。她也帶回了一支軍隊嗎？那麼這支軍隊應該是由一匹剪碎的雲所組成的。

有些經驗則不屬於任何名字。如同散文這個文類是如此地像生活裡指間流逝的水，無法掌握，有時根本不用掌握。我們都知道有種經驗既屬於午夜也屬於午後，既屬於日常也屬於危險。那或許就像是柯裕棻〈險境〉裡一趟與母親的公路旅行，所謂的險境之險，不就在於它什麼也沒說，卻什麼都說了？王麗雯若無其事散步的〈動物園〉，那些圍欄動物們也有屬於牠們的快樂嗎？崔舜華〈臉盲〉是如何穿過一張張密麻相似的人臉而找到自己的臉的呢？林薇晨〈沙龍碎記〉裡打磨得圓滑的指甲，也曾是在心上留下過一道指爪的〈啊這真是一篇溫暖的文章〉；以及鍾怡雯那被覆寫在大疫前景的日常生活〈這樣也很好〉。所有難以言明的，這樣就好；這樣也很好。

◆

本書的集結必有主編個人的偏好，亦必有因各種因素而無法收納進來的作品。最物理性的原因如黃瀚嶢〈巴拉草〉或簡媜〈你也有銀閃閃這一天〉，都是長達一萬字甚至一萬五千字以上的極好佳構，然因書籍篇幅量體有限，最後只好放棄去信徵詢作者意願。又或者如安溥〈跨越新年〉發表於私人電子報（寄給我這篇作品的友人表示這裡面有一顆大珍珠）、楊莉敏去年唯一發表的〈洞〉則是一篇長文裡破碎的一小段、陳栢青〈我想跟歐普拉一樣去見伊麗莎白・斯特勞特〉、林蔚昀〈在飛彈下做早療〉等等，凡此種種，因整體編排等因素，亦只好打消去信詢問作者意願的念頭。我雖對未能將之收錄進此書感到抱歉，但又覺得或許有些文章正是用來在晴天歷歷的一人大路上與它當面交逢的。那是一些像是命運之類的東西。我一直相信人與文字之間有一種神祕主義的關係，類似桃太郎在路上遇見的三隻動物。如同年輕時在一座無人圖書館的書架深處遊蕩，一本書有一本書被遇見的方法；你不必通過我，你一定也會遇見它。這一年來我試著把自己變成一台google收集器；因為這個工作，我有一個專門用來轉載作品的臉書私密社團（團員只有我一人）簡直石器時代的原始人出門狩獵回來那樣堆滿各種貂毛動物。深感在網路社群的時代裡，能有這樣靜定的一年，被這些暫時圈養的多毛動物們親密包圍，一起待在一個隱密的岩洞裡過完冬天，是這個工作帶給我的無上至福。

二〇二二年是舊世界與新世界之間陽光普照的崩塌地。大疫成為常態。日常與非日常的界線逐漸消弭反轉。我們似乎正在練習一套全新的指認世界的方式？當我們對著一方螢幕中的遠方頭像們開會說話，上課下課；扭熄視訊鏡頭時，一切戛然而止。我們該如何重新定義「鬼魂」這個詞？當我們按鍵叫來食物。我們與食物還有那位一期一會的外送員是否又將重新演繹起百年前佛洛伊德fort-da的迴路？經驗。經驗。與經驗。分不清究竟是鼓錘還是鼓點的經驗。去年在國際書展的講座會場，有一位讀者提問：「我們為何還需要一本年度散文選呢？」啊二〇二二年的我是否真能回答這個問題？在這個「我們」變得可疑的時代，我們與書的關係如此千絲萬縷又如此一目了然。當「我們」走進同一本書裡，「我們」究竟得到了什麼？一個他人經歷的下午？一段被紅筆來回畫線的句子？還是一張社群媒體套過濾鏡的硬筆鋼手寫字？你會在沙漠裡選擇攜帶一本年度散文選還是一部可以呼叫Uber的手機呢？在這個3D列印早已可以複製拖曳出一整座城市的時代，如果我們還需要一本年度散文選，那或許只是為了將那些指間消逝之物列印出來再把它一頁一頁撕下吃掉。如果記憶也可以變成一片吐司。一本《追憶似水年華》跟一片小瑪德蓮究竟孰輕孰重？無計可施的時候，我可以吃掉你的胰臟嗎？重要的是，你飲的鴆都來自你的渴。而你的渴，就是你的世界開始的那一刻。

這是散文才問得出的問題。許多年前還未出書時，在一個聚集青年寫作者的座談會上被問及散文的虛構與真實，我好像回答過一個這樣的故事。那是關於某次在台大羅斯福路與新生南路交叉口的地下道裡，遇見一個母親帶著三個孩子跪在地道裡乞討的事。她們的鋼碗旁邊豎立一塊紙板，寫有「丈夫跑路，女兒絕症，母子即將斷糧」一類的字樣。走過她們身旁時，同行的友人忽然說：「你相信嗎？你相信那上面寫的事嗎？這種到處都有的故事。」

「我不知道。」我說。我無法回答。我真的不知道那紙板上的故事是否真有其事。「可是，一定有一種什麼『真的』東西，讓她們現在在那裡。」對我來說，那才是散文裡真正的真實。

十數年來，我經常在某些特定的時刻裡想起這件事。想起那時這樣回答的自己。還有在那個座談場合裡，說起這個故事的我。有時我會忍不住質疑，懷抱著這樣想法的自己是不是一種鄉愿或懦弱？十數年過去，有時我又會責備起自己，是不是已經忘了當時這樣想的自己了？這樣想的自己，當時究竟在想些什麼？

一一一年的年度散文獎得主是陳維鸚的〈等孩子長大〉。在《自由副刊》上讀到這篇文章以前，我並不認識作者，也從未讀過她的任何一篇作品。但這篇文章的開頭，在這個冬天裡，有時會忽然以一種聲音的方式，出現在我的腦海裡：

接下來就交給我們。醫師戴上口罩前這麼說，然後那扇門就關起來了。

唯一能做的就是等待。

我當然沒有聽過作者的聲音。我想那是從我的心底山谷裡湧升的聲音。告訴我：唯一能做的就是等待。

等待什麼呢？那是一種生活裡模模糊糊的感覺。像生活的陰影。我沒有文章裡那樣一個生病臥床的小孩，甚至我從來也不曾是一個母親。但那個聲音在我的心底響起時，很奇妙地，我彷彿通過了一條從遠方投遞過來的繩索，進入了他人的經驗。那時的我，既是他人，也是我自己。

這是散文離開「現在」的方法。儘管它離開它的「現在」就像只是從自己走到自己的影子這樣一步以內的距離。這樣的距離，像是離開自己去到自己的影子那裡，為了重新成為自己的影子回來看守自己。那些只有「自己」才能見證的「現在」。我們無比貴重的此時此刻。

謝謝這一年來所有錄記下許多此時此刻的創作者，以及寫作這篇文章的陳維鸚女士。所有此時此刻的必然，都來自當時越渡的種種偶然。理解這一點，我們或許能夠明白，我們正在經歷的、看似無有出路的當下，將是未來回望時的某種偶然。因此，在每一個看似被必然性所束縛的此時此刻，我們其實永遠都有選擇的自由，也永遠都有選擇不自由的自由。當有一天，未知的災難又把我們重新變成了嬰兒，也許這一年裡的某篇文字會使我們想起，還有人看守在時間中止的地方，等孩子長大。

而關於等待。這或許也是只有散文做得到的事。

輯一　求投餵

鴿籠——黃昱嘉

鴿子之於——，好像——之於房間。

這類型智力測驗的題目，我在國小六年級時做了兩本。當時，台南市悖反教育潮流，開放廣設數理資優班，每間國中都開了一班。爸爸在考前，買了智力測驗題庫，要我一週內寫完。和學校考卷不同，那些題目更像是有趣的機智問答。至今我仍然相信，畢業成績普通的我，成為班上唯一考上資優班的人，就是因為我寫了這兩本題庫。謝師宴，暗戀許久、卻毫無交集的女孩，突然主動找我搭話，問我是怎麼考上的。

我不知道怎麼回答。

因為那是一種自證的預言：資優生並不是資優才被選進資優班，而是進到了資優班，才被變成資優生。國一時全校做了一次智力測驗，和入學考試相似。隔壁同學悶悶不樂，我偷看到他的結果：ＩＱ九十八。

悄悄蓋起我的成績單，上面寫著ＩＱ一五一。那是全校最高，導師找了我和另外一位同學吳，問我們要不要跳級。

跳級與否都無所謂。數理資優班的課程，本來就是提前一年的。我們在國一就學國二理化，週六多上半天課。豔陽穿過窗戶打進教室，老師在講台上要全班起立。九十分的坐下、八十分的坐下、七十分的……

每檢討幾題，就讓一個級距的學生坐下。而我一直站到了下課，因為我的分數是四十分。

ＩＱ一五一。

於是，我進到理化老師祕密開設的補習班，每週兩次，陰暗的巷內，穿過民宅客廳，二十幾個人擠在一間小小的教室。白板因長期使用，筆跡多次覆蓋殘留。我必須比提前學習更提前學習，在補習班裡先聽一次，到學校再聽一次。

全校ＩＱ最高的我，得聽兩次才懂。

下一次段考，我寫考卷的手興奮發抖。終於，每一題我都會寫了。就這樣，我和吳一同進入高中的資優班，大學考上台大電機。多年以後，我才讀到比馬龍效應——那甚至是一九六〇年代的實驗了。隨機挑選一群孩子，說他們的智商比較高，最後這班的表現真的要比別的班級好。

吳。沒有人真正知道他想做什麼。

大學時，我們一同加入了一間做文化案子的公司，專案助理，無薪，且占據所有課餘時間。一群大學生，在台南一間百年古厝，對面就是墓仔埔。跨年夜，我們在剛修復好的古蹟門口，拉起羽絨衣擋住冷風，看亂無章法的墓地上空，不知道哪戶人家放起了三兩零星煙火。

我是偷偷過來的。和爸媽鬧翻，他們當然不願考上台大的兒子，不拿薪水，加入一間來路不明、搞古蹟標案的公司。

不能怪他們。這間公司，確實帶著濃厚的邪教色彩。執行長，一位大我一輪的學姊，認為問題的本質是人心。每次討論事項前，都得先處理彼此卡住的地方，她稱為 debug。於是，每晚，我們都在指出彼此不夠好的地方，學姊會給出答案，往往令人無比信服。「讓人變好」才是學姊的首要目標；賺錢、成功，都不是那麼重要。

然而問題依舊：沒有人知道怎麼經營古蹟。學姊懷孕待產，我們四處拜訪臨近店家，說是要洽談合作，其實只是尷尬生疏地互換名片。公司一口氣招募二十個內外場人員，卻根本找不到客源。

學姊產後，公司也解散了。標案不得不易主，我們四散，像被放飛於海上的賽鴿，迷航，試圖重新追尋磁力線的方向。學姊反對西醫，認為那是治標不治本，沒辦法真正幫助人。就讀醫學系的吳，便因此茫然無措，一段時間後聽說，他休學、當兵、重考，進入了中醫系。

我不知道中醫和西醫，哪一個能真正幫助人，這卻成為了我此後的決策基準。大學畢業，我避開幾間盈利導向的公司，找到一家宣示「創業是想幫助人」的新創，一頭栽入，薪水只有行情二分之一。我什麼都做，軟體、設計、行銷、文案、招募，時常加班，耗盡精力，像是要向學姊證明什麼。

如果把十隻鴿子塞進九座籠，則必定有一座鴿籠，塞了至少兩隻鴿子。這是鴿籠原理。看似直覺，卻可以引出許多不直覺的敘述。比如，即使不算禿子，全台北市也必定有兩個人頭髮數量相同。

把一群孩子塞進資優班裡，就必定能找出一個資優生嗎？

學姊也是資優生。物理奧林匹亞選訓營，在台大時，政治雙物理輔電機，研究所一口氣讀了新聞所和哲研所，還在MIT有一個研究專案。據說，她一歲時就會自己爬起來打坐，把父母嚇了個半死。

另一個故事，是在她考期末考的路上，見到一個人躺在血泊之中。她停下腳踏車，叫救護車，原來那是一位黑道老大。她便每年加入黑道尾牙，最後勸得老大金盆洗手，改為從事殯葬業。

諸如此類，我從大學開始聽了幾年。大多離奇難以置信。

畢業便與學姊失聯。那是我刻意拉開距離。先前，我被交派設計古蹟的logo，學姊連連打槍，直到第十一個版本，才終於通過。我在宿舍浴室，開熱水從頭頂沖下來，氣力放盡地哭了出來。

或許在內心深處，我認為自己必須闖出些什麼，來證明自己真的很好、真的有變好。

她又開了第三間公司。時隔七年，前面幾間都收掉了，傳訊過來，說是資金周轉不來。我立刻匯了二十萬過去。問起公司在做什麼，除了幾無關聯的好些個專案，似乎也兼賣雞蛋糕。新的辦公室相當寬敞舒適，達摩掛畫、觀音玉像，每週一、三下午，還有經絡理療服務。師傅拿塑膠軟板，上頭滿是細小顆粒，拍打背部出痧，像是國小時愛的小手。

學姊說，那是吊傷。把深層的傷給打出體表。

正與交往多年的女友分手，我搬離原本的租屋處，陷入谷底。學姊要我過去辦公室，好幾次聊到深夜，捷運末班以後，才搭計程車回到新租的住所。她問我答，慢慢地，一次一個主題。吊傷。累積多年的舊傷浮出體表，逸散，然後，像是水培一樣，我長出不定根，重新入土，撐起自己。

一次，與台大的資優同學相約吃飯。H在美國創業，拿到創投後飛到了歐洲，全遠距工作；P畢業後收入年年翻漲，最近更被挖角到了Google。我說最近出了詩集，他們盛讚，真是太厲害了。「運氣好，只有一家出版社肯出。」看著他們，想像平行宇宙的自己：大學時，一位學長正在創業，邀請我加入。我拒絕了，改為加入學姊的公司。後來，那成為全台最大的社群論壇。

我會怎麼重述這段經歷？攀比、欲求、野心，這些都是學姊極力排斥的價值，我卻無法不在兩個端點擺盪。她用自己的人生實驗，讓我在二十歲，就提前看見另一種資優人生。我忽近忽遠，像是賽鴿，一次次被放逐到陌生海域，再一次次筋疲力竭，冒著無謂的墜死的風險，試圖找到回家的路。懷疑自己是不想要，還是沒有能力，才嘴硬說自己不要。困惑於自己究竟要什麼。偶爾達成了些成就，也確信只是湊巧。我是一個冒牌的資優生，穿巨大鴿子布偶裝，在黑暗中跳笨拙滑稽的舞，沒有真正的翅膀能飛回家。

有些傷，始終沒能被吊出體表。

幾個月後，學姊再度邀請我加入公司，這次，我講了兩小時電話拒絕。

學姊常說，看一個人的眼睛，就能看出他的能量。聽來真像賽鴿一樣。雜誌強調種鴿的眼睛，放大數十倍，那是血統育種的依據，還有分類分級。黃金圈、億元線、鑽石區……微距拍攝的鴿眼是一座星系，血紅的雲與吸納一切的黑洞。

因著學姊推薦，我搭捷運，走過蓋到一半的建案，到三重一位通靈人住宅。我太早到了，大樓管理員破例，讓我在裡面吹冷氣。「本來，因為疫情，這裡是不開放的。」

通靈人的家裡不大，我脫鞋，跟著她，走進小房間。背後掛護法畫像，忿怒身法相威猛，一旁一尊神像，通靈人語速迅疾，解釋那是宮裡分靈。我手書自己生辰姓名，隔著一面透明擋板，通靈人眼睛半閉，看向半空，手裡跟著我同步寫出文字，隨即說出我的個性運勢，斷言：「你的名字，財運不會旺。」

爸媽怒斥，一個高學歷，資優生，怎麼會去信這些通靈？

大學時，爸媽和學姊吃了頓飯，目的在說明清楚公司理念。爸爸拍桌，指責她是妖女，意圖做法吸我的精氣。媽媽哭泣：「我花錢給你讀台大電機，不是讓你去搞這些有的沒的。」我斷絕音訊，接網站開發案維生，一年沒有回家。直到現在，都絕口不提學姊的事。

是啊，我們怎麼會信這些？傳訊息問吳，最近過得如何，他秒回，他在養老鼠。中醫研究所，雷射針灸的研究，正觀察箱裡動物的行為。我問他答，一來一往，像是要確認什麼，終究還是問出：「中醫，你有喜歡嗎？」

他說，中醫挺難的。然後說，老鼠要吃午餐了。

通靈人講話是兩倍速。寫好的十個問題，在二十分鐘內問完，我想不到還能問什麼，隨口問了句：從事寫作，好嗎？

通靈人說，好哇，你的能量分布，可以寫出獨特的作品。

我道謝，說沒有其他問題了，拿出事先準備的紅包，那是一小時的問事費用。回到家，走進浴室，一面洗手，一面深深地看進自己的眼睛，想從裡面，找出任何一點血統優良的證明。想起通靈人說，家裡有幾個靈體，沒有惡意，神已經幫忙請走了。遂環顧四周，家具擺設與昨天別無二致，似乎什麼變化也沒有，只看到我自己，在空蕩蕩的房間裡，一隻鴿子在自己的籠。

本文獲二〇二二年第十八屆林榮三文學獎散文獎佳作

——原載二〇二二年十一月十七日《自由時報》副刊

黃昱嘉，一九九三年生。迷因文學首腦，想像朋友寫作會一員。有時候也使用筆名「ㄩㄐ」，並出版了詩集《偽神的密林》。獲林榮三文學獎、台北文學獎、飲冰室詩獎、鍾肇政文學獎、菊島文學獎等。台大電機系畢，曾任軟體工程師、行銷經理，現職自由工作。

求投餵——黃胤誠

從前出差上海多應酬，可感的招待總也連綴表演：高空酒吧混爵士樂隊、烤羊排賞藏羌舞、河豚火鍋搭桌旁魔術……印象最深的是東方明珠旁一間日式燒烤，店內水族箱養有兩隻三尺水母。

每晚的餵食秀，看黑暗的水族箱中，投餵的浮游生物漂散如細雪，在燈下明明滅滅。轉眼間，蜷臥角落的水母翻騰起來，觸手如捲尺緩緩盪著流波盪著雪屑漫舞糾纏，游絲於捉放間，如呼吸，分秒流竄的敏覺，如此徐徐倒數，直至水下一切都屏息。餘留我們這些觀眾還貼著水族箱壁偵伺動靜，彷彿我們才是食餌的人。

食畢，餐館隨贈每位顧客一只瓶子，瓶內浮著小小的、發光的水母。儼然最鮮活的廣告，一個個惹眼的小生態系，我揣摩水母的攫食力道，握了握手中贈物，只握住了表層、難掩量產的粗糙感，身處食物鏈的一環，瓶內的活物勢必也量產，才得以應接每日、各種層面的飢餓。

關於廣義的飢餓——有一說是人的五感只消滿足其二，其他感官亦會暫處於飽和態——猶似目擊者的屏息。於我有限的經驗中這感受亦連通：愈是意識、愈難以抵抗，並且疑惑這過飽和的暫態，究竟是因為饜足，抑或是失去吃下其他東西的欲望。

後來真正長駐上海，被招待的機會少了。下班後偶與同事聚餐，以為的在地美食，總也不脫商城內的連鎖餐館，起初以為餘興的表演噱頭，我也逐漸體味其充作排場的用意，只是有感眼前選擇紛陳，但全餵成同一種討好樣子，幾次與同事聊起，他們也只是笑，雖說文化講究根源，人的食性其實容易適應與妥協。

在上海工作第一年幽幽過去，我聽同事J建議住在距公司地鐵三站的老小區，打定主意隔年加薪有房補後，換間大一點的。J職等比我高，早我三年入職，給自己取了個外文名字，各方面我都得喊他一聲前輩。J老婆小孩留在台灣，原本固定隔週返台，後因疫情，往來隔離不便，一緩就是一年。會想家嗎？J只是笑。J領我參加台灣人的聚會，人人以公司名自介，彼此前公司都有淵源。聚會無例外吃吃喝喝：驢肉火燒、陽澄湖大閘蟹、雲南蒸氣石鍋魚……席間笑談，推杯換盞，J老是副饞樣，我則有些消化不良，耳側不時響起J的話：打好關係，這些可都是往後能賞你飯吃的人。

與這些前輩胡亂吃了幾次飯，聽他們談論公司動態、股票，也是滿嘴前瞻，意在誇顯，心想這或也是陸籍同事看我們這些台幹的感覺。一頓飯換一時觀眾，也像餵食秀，秀場買單也講輩分，我沒有一次搶贏過。如此蹭吃蹭喝，沒習得什麼飲食門道，倒是記住了同桌人食性。如同水母攝食原來徐緩沉著，初聞餵食秀，我原以為是更有形、有勢的吞噬。

吃得多了，也說得油花滿嘴，J對那間水母燒烤店評價平平：龍蝦還行、鮭魚假貨、巡場服務員還不錯正。至於水母，不過就是大隻一點吧，J說，那種東西淘寶也買得到。他指的是水母瓶，瓶式各異，瓶蓋嵌盞燈，打光是為了照清楚水母死活。很easy的寵物。現在的女孩子流行把這玩意掛在包包上當裝飾呢，J朝我眨眨眼。J無聊也上網約妹。這方面，台灣人很吃香的。也是他告訴我「投餵」在現在年輕人口中有那麼一點討愛意思。

——近年在網上盛行起來的說法，說來親暱，賴在家不想動的日子，朝社群媒體上喊幾聲：求投餵，遠方誰聽見了，手指動一動，差遣外賣小哥上門，投食送暖曬朋友圈，肚子面子顧全，熱絡如B站直播間，給糧給錢給充電。

每一動念，並非廣義的飢餓，倒像是求餌。

求職求財求關懷，台灣人的確被優待，更好的薪水職等合併稅制優惠，人人皆有專家職銜。只是好處占盡，並生的是隔閡。往昔被招待的日子，台幹們食宿另有區隔，堂食亦另開一席。那時的上司在餐桌上亦不諱言：有點區隔也好，大陸人就知道挖東西，讓他們覺得什麼都會了，我們豈不沒飯吃？

只是這兩年疫情影響，有些台幹產業受挫就也順勢退休了，無論自願與否，一律稱榮退。公司派人幫你打包行李寄航空件回家，巴不得你快滾呢，過來人K說，他的行李被寄去美國，卡在海關好陣子，幸虧他馬上找到下家，行李直接退運回上海，前後銜接完美，資遣費加上新公司簽約金，K應眾人起鬨請客。這擺明炫耀嘛，J對我咬耳朵：他想回去就能回去，不像我們。我瞟了瞟在座所有人，不確定J口中的我們，指的是捨不得、還不能，抑或是已然回不去的人。

與台灣前輩們的飯局依然每月一次。一次赴虹橋吃台式牛肉麵，其味大夥以新豐老兄牛肉麵相擬，然後細數從前常吃的新豐老兄、湖口老皮與竹東莊記，也是各有擁護，人對往昔總是有計較有懷念，我一旁低頭吃著，聽他們始終回味從前工作圈的人事食物，不禁想，何謂「台式」呢。回台灣以後，我也會像這般談論這裡宴飲一切嗎。

在上海工作第二年領到房補，我仍住在原址，將房補宿舍轉租出去，當起二房東，J知道了，笑說有樣學樣囉。

在J眼中我與陸籍同事走得太近，而所謂的陸籍同事，多是年紀小我一輪的校招新人，甫出社會，還餘學生時期的活力與好奇，工作之餘總也投餵我什麼好吃好玩，如友伴之呢喃，同感過勞的日子裡，偶聞他們什麼喜怒憂惶、志願理想，多數時候我亦沒有答案——畢竟是職場，一旦這麼想我心底便半是警覺半也搖動，他們與年輕時的我並無不同。

●

去年冬至，我與大家一起去同事A家包水餃。緣起我說台灣冬至吃湯圓，他們竟表驚訝，直說在上海大家冬至都吃餃子的，組內的開心果A遂召大家去她家嚐嚐家常味。

拗不過盛情，下班後，我們全組人移步A家。迎門的是A母，A率先向母親介紹：這我師父！是台灣人，先前提過的。我忙聲問好。A母不太會講普通話，只應以生澀的笑。早先知道A落戶後便把母親接來同住，許多早婚同事如此，A預計年後產假，但先生在異地工作——於是A母其實是特地從山東老家來陪A待產的。A的家並不比我租處大，客廳與臥室連通，陽台改造廚房，見母女倆忙從桌上床上挪出更多空間，大家急攔住了，包餃子不嫌擠的，小房間內彼此臂肘相抵圍了一圈，我一邊擀餃子皮一邊偷覷在陽台燒水的A母，一邊聽大家閒話，聽他們說從前老家吃不完的食物，為了保存，都會包成餃子——即使地域、入餡食材不同，保存的意義卻十分相似——眾人輪番談起各自記憶中的餡料，所有能想到的，以及種種意想不到的。

所有我能想到的——從前作為餡料的懷想，他們談笑模樣，以及A母忙碌的側影，無形中亦填為我記憶的內餡。只同時也意識，相聚如何融洽如何熱切，凡與時地相涉的認知與經驗，縱有萬般體味，我終究是話語的局外人。

許多事這般囫圇過去，頻繁的聚食，更突顯食欲本質的寡淡，獨食時我只求快速消解，一切即食、即期的估量，是對食、對人，也是自忖，自知。

●

J離開上海前，我與他去了一趟野生動物園——J原本約了妹，票買好卻被放鴿子——知道J只是想找人發牢騷。動物園比想像中大，圍欄也拘限得大些，可能久居，動物們無采地待出老態。行前J嚷著必去的猛獸區，沒有開放，聽說有人被吃了，上新聞的，我與J邊走邊聊，聊誰又跳槽、誰去創業、誰又牽了台特斯拉、誰在嘉定買房，沒真正關心圍欄裡的動物。走累了往美食區踱去，滿大街啃鴨脖的人，J咂嘴道：知道那個誰就搞這連鎖嗎，上個月回台灣了，身體長東西，在這看病貴呀而且沒有信心。做太累了吧，我說。想到同事中有人特地把雙親接來上海，稱是考量醫療資源較好，只是久關在大城市，也待出病來，那同事也沒信心。一晌無話，回過神來我們已隨人潮步至露天劇場，每天的例行表演快開始了，J瞄一眼舞台，露出也無不可的表情，說新公司起來了再找你哈。

我笑笑，還想二進宮的話就免了吧，但沒說出口。環顧劇場內都是親子組合，我與J相偕顯得突兀，隨口問J回程要不要帶個紀念品，J似沒聽到，掏出手機準備錄影。表演開始了，我遂也住口，兩眼盯住舞台。首先出場的是馬來熊蹬滑板車，拍拍手繞了兩圈，張嘴接住舞者拋出的食物。

緊接登場的南洋風情舞，扮成椰子樹的人與猴一同搖擺。不知是貪食，抑或表演設計好的一部分，音樂一響，猴子脫了裝扮，群起往舞者身上搶食。

觀眾們笑了。

後來我與J自然地沒再聯絡。

●

後來再訪水母燒烤店，是部門年終聚餐，例行的餵食秀，此前沒看過的年輕同事們紛紛湊上前去，貼著水族箱壁等待。我留在位上，看著那些搖晃的頭顱，看投食浮游如雪散，恍惚流波的世界外溢，只見燈光一照，雪片探出觸手，即被身後更長的觸手攫住——同事們驚呼，店員是拿小水母去餵那隻三尺水母。

我只說知道。

若是遠觀，遠而不明就裡，我也覺得水母攝食的游姿真美——看著稀稀落落的雪屑，眾食客訥訥轉身，或隨餘波搖盪，或伏入水底。看那些看過水母進食的人們陸續回座，繼續進食。

那是食物，同類，也是噱頭，並聯的普世性。

看水面下的寡與眾、強與弱，掙扎一下就過去了。食餘的打包分送出去，裝飾或紀念品，如此形容生命，直視其為餌的位置，有如潛望，水面上同樣浮沉漂盪之人，也許從社群媒體上聽見了幾聲：求投餵，熟練表演的拋與接；也許伏入水底，從朋友圈熱衷轉發的惹眼故事裡，嗅得了讚、愛心、各形各狀的點閱率。諸如此類的前台投餵，起初關於定時、定點、定量的理解，即使無意，最後也無異於馴化與制約。

●

遞出辭呈那天，上海降了早春的第一場雪，落地前就蒸散。對上司我已擬妥理由，但對相處三年的年輕同事們，我思忖著用詞——不希望他們失望嗎，未必如此自恃。人際的牽引避讓，職場的來去多平常，怎麼開口，我仍想著誠懇。

他們只說知道。知道我想回台灣，他們說他們也很想回家鄉工作，能與家人近一些。

離開不久，上海即因疫情封控，微信朋友圈一片求投餵，不是親暱討喜的那種。問候幾位同事，對於突來的隔離不是毫無準備，只是所有人物資都卡在中途。想起A與她母親，以及她出生不久的孩子，只是隔著海，我也無法再動動手指投給什麼關懷。陪他們數算日子，但日子畢竟一成不變，所有能想到的、以及種種意想不到的，關心的話語翻轉了數回。

曾經談得來的同事們，後來也漸漸噤聲了。一切互動，如同待餵的水族箱，若非出於觀賞的燈光，未必能見彼此動靜，未必能見那些浮游的餌食。黑暗中感覺時間貼面。

掙扎，一下子就過去。

——猶記彼此食性。不以為飢餓，不以為饜足。屏息時，愈發清楚的意緒。

本文獲二〇二二年第四十三屆時報文學獎散文類佳作獎

黃胤誠，一九八五年生，曾獲林榮三文學獎、時報文學獎、聯合報文學獎。

浮浪——陳允元

媽離開後，爸又撐了幾年，終於還是把房子賣了。

四樓透天厝爸一人獨居實在太大。即便有貓，但貓經常也只需要一個衣櫃。

爸自衛浴設備公司主任退休後，與媽在家設了間小商行，依著從前的人脈做些零賣與服務。收入不固定，但房貸月月要繳，爸已有賣房打算。只是他開價高，且不願妥協，兩、三年都沒能談成。我回台南，最討厭遇上房仲帶人看房。幾個陌生人侵門踏戶，用估量的眼神，環顧媽用心整理的家。年輕時很會跑業務的老爸，用爽朗的語調向他們介紹：「因為是自己要住，當初我自己設計、找認識的朋友蓋，建材當然用最好的。雖然是十幾年的房子，你看這麼新，我們也有好好愛惜。」我總覺得爸不太像要賣房，更像對著初次造訪的新朋友導覽新居。老媽陪在一旁，客氣地說歡迎參觀。這些使我難受。只能維持最低限度的禮貌，點個頭離開現場。

處理媽的後事時，我對爸說：房子先別賣好嗎？

爸說好。

我們一起把媽的衣服整理出來，準備在告別式後火化。

我十八歲北上讀大學，開始賃居生活。二十多年間，我住過毗鄰濱江市場與機場跑道頭的男子宿舍，住過瑠公圳旁車庫改建的磚造小屋。住過大學口的分租雅房與華廈頂樓加蓋。住過永福橋頭套房、瓦磘溝旁公寓。到日本短期研究，住漱石山房通的學人宿舍。七個月後回到永和，租了一間近圖書館的電梯套房。用兩年半完成博論，再用三年的時間兼課流浪。接到聘任案通過的電話時，我對女友說：我好像可以和妳結婚了。

「好啊。」她說。

於是我把套房退租，找了稍大一點的空間讓兩個人安頓下來。說安頓，其實也還是賃居，雖然我因此而頻繁出入家具賣店，滿足對成家的想像。豈知租約走完前屋主告知要賣，不得不在最忙碌的學期末又搬了一次。那些不久前量身購置的家具，大多帶不進下一個住所，只能棄守，再重新來過。

妻說我很像她父祖一輩的外省人。明明安定了，卻好像還在逃難。我說，這麼多年什麼鬼地方沒住過，也習慣隨時要走。但比起外省人，可能更像隻身渡海的羅漢腳吧。赤手空拳，浮浪街頭，走一步算一步。即便結了婚、當了教授，也還是這種性格。

儘管遷徙頻繁，每在一處落腳，我很容易產生安居的想像。我看房不猶豫，通常三、五間內就會簽約。只要能擺書、容身，家徒四壁也沒關係——不，也許這樣更好。我樂於當一隻築巢的鳥，可以耗費很多時間往返野地與枝頭，看著家從無到有。

向房東拿到鑰匙後，我會帶著捲尺，到空空的房間坐一整個下午，畫平面圖、感受光影的變化，想像它成為家的模樣。然後在晚餐之前，興致高昂地到賣店採買。每次媽都忍不住提醒：欸，你不是要在這裡置產耶。我知道。事實上也很少在一個地方待上三年。但我沒辦法不這樣做。我覺得必須如此。

說到結婚，我倒是猶豫了很久。與二十多歲老把結婚掛在嘴邊不同。三十二、三歲之後，我時常覺得若是一個不小心，它恐怕真的要來了。

「我還沒有要結婚哦。」某次到中壢找當時剛交往不久的女友，我點完餐，沉默了一下對她說。

「你跑來就為了講這個？」她睜大了眼睛。

我不知道怎麼回答才不會太失禮。但一部分是。

「誰說我要跟你結婚？」她說。

確實沒有。我容易產生安居的想像，但好像也隨時準備要走，或必須得走。賃居如此。找教職如此。感情如此。我想安定下來。但不知道下一步會在哪裡。

爸的第一份工作在廣告公司。不是視覺設計，而是仲介客戶刊登廣告。他與媽也是在這裡相識的。婚後第三年，爸用一百多萬買了一棟三樓透天厝，在台南四期重劃區某無尾巷。這一帶，從前多是農田或台糖的土地。幼稚園的牛車體驗，還真的弄來一頭黃牛拉我們逛大街。牛沿路拉屎，鬆軟濕熱，我和同學們在搖晃的牛車上整個笑歪。

買房的同一年，爸轉行賣衛浴設備。在大學生還不算多的年代，主管要他坐辦公室，他三天就坐不住了，自請到外面跑業務。憑著年輕的膽識與優異業績，他很快就升職副主任。也因為做這行常出入建築工地，朋友邀他投資並兼任建設公司經理。十二年後，爸用工作與股票賺到的錢，準備在無尾巷外的同一條街，蓋一棟理想的房子。有時他會帶我們去監工，站在還沒有粉刷的灰色空間興奮地比手畫腳：這裡是客廳，二樓是主臥，三樓以後就是你的房間。記憶中，他爽朗的聲音總有回聲疊覆。兩年後，房子終於落成。爸很得意。好像人生的頂點就在這一刻了。他把起家的舊厝賣了，卻沒有把錢留下來繳新居的房貸。他說：時機大好。

後來我們在這個家住了二十年。唯時機像水，好好壞壞。

遷進新居兩、三年，我與妹妹相繼離家北上，各自展開賃居生活，實際住在這裡的時間不多。但二十年間的來回往返，它也就一點一點夯實而成為家了。一個讓我們在北部遷徙移動，也總是能夠回來的絕對座標。

幾年前調閱戶籍謄本，看見住址變更的紀錄密密麻麻，才知道爸小時候一直搬家。他說，阿公本來是做冬瓜糖的，生意不錯。後來幫親兄弟做保，對方卻跑了，只能四處搬遷躲債。後來搞壞身體沒錢看病，在他大學二年級時死了。「你沒看我對那些很有名的冬瓜茶都沒興趣？你阿公做的才真的好喝。」媽過世後，爸很常在開車時聊起一些我不曾經歷的往事。每次吃牛肉麵行經水交社，他會指著某個原是土磚屋與小丘、現已蓋起大樓的地方對我說：「我有一陣子住在這裡。」並在右轉西門路時說：「轉角以前有間西藥房。我小時候都跑來這裡看電視。」

媽走後，爸撐了幾年，終於還是把房子賣了，搬到離舊家不遠的一間電梯公寓。賣房前他打電話給我，說有人出價接近他的理想，徵求我同意。我不知怎麼回答，只說我跟妹妹討論一下。這棟房子有團圓的記憶。媽的肉身、遺物都在告別式後火化了，我總希望至少能回到與她一同生活過的家裡。但我只是偶爾回來，房貸也不是我揹。記憶的代價對爸而言太過高昂，我不能那麼自私。

買這間公寓，爸說他只考慮了五分鐘。「家賣掉了啊。交屋前找不到房子，我就沒地方住了。」他說很幸運。售屋廣告的地址寫錯了，他陰錯陽差找到這邊來。到大樓管理室一問，還真的有房子要賣。

「王爺公與你媽有保庇啦。」爸說。但年輕時的他，既不信神，也不信邪。

搬家的前幾天，我回家和爸一起打包整理，不時陷入各種回憶。爸弄來很厚的大型垃圾袋。要帶走的放一邊，之後請搬家公司連同家具一起載到新家。其餘裝袋，分批載去體育公園旁的垃圾車丟。最後一夜，準備帶走的都已拆卸裝箱。居住多年的家，生活的機能已瓦解歸零，只留下不曾察覺的大量灰塵。

確認電動捲門完全降下之後，我們帶著貓與衣物到新家盥洗，打地鋪。我把外套捲起來充當枕頭，躺在鋪上薄墊的磁磚地板。半夢半醒間，我似乎一直看見貓在陌生的空間裡走來走去。儘管睡得很淺，天還是漸漸亮了。

後來爸說，住公寓也不錯，至少晾衣、找貓不用爬四層樓。

婚後，丈母娘幾次勸我考慮買房。與其把薪水奉獻給房東，不如付自己的房貸。雙北房價太高也可以考慮買在中壢啊。以後有小孩，爸媽可以就近照應。我覺得有道理，但笑笑未置可否。以前我會說：不必把房子扛在身上啦，讓自己動彈不得，這樣過一輩子的賃居生活似乎也沒什麼不好。不過上回被房東突襲、惹得妻不開心後，路過不動產公司我偶爾也會停下來看看。只是還可能努力看看的，大概只有比我更老的公寓。

我才知道，租屋時那些看起來不怎麼樣的房子，沒有一戶我買得起。

本來覺得住中壢太遠，睡覺時間都不夠了還要通勤。但心裡有數後，我也同意到中壢看屋。丈母娘很開心，馬上物色了幾間要我們去看。老實說看了第一間我就相當喜歡。空間乾淨明亮，大小適宜，步行到車站只要五分鐘，到任職的學校不計轉運五十七分鐘。月付不比房租高。且三鐵共構正在施工，增值可期。回到家我說不錯啦，也許沒有更好的選擇了，但總覺得看第一間就出手不太對。妻說，如果覺得通勤太累我還可以理解，但這種理由就莫名其妙。「我還不是第一次交往就跟你結婚？」

我語塞，差一點決定出價。但洗完澡後，又立刻打消念頭。移居此處，等於將自己拔離大學時期以來熟悉的生活圈與任職地，不得不時常在通勤途中蒼白著一張臉，環抱浮腫的意識，沿軌道漂移、搖晃。

我打電話給爸。他說像我們這種的，房子買下去就是幾十年的事。不用急。

睡前與妻商量，得到一個原則性的結論：有甘願，才揹那個房貸。

我躺在妻老家偏硬的床上，翻來覆去。忽然想到也許很遠以後的事。

如果有一天，爸也走了，他現在住的公寓該怎麼處理？

理論上是要賣的。畢竟我與妹妹都在台北成家，不住在那裡。

不過，在台南沒有家可以回去，這樣我們還能算是台南人嗎？如果有一天台南的公寓賣了，在雙北又買不起，我們是不是只能永遠處於安定了卻好像還在逃難、把家築在身上的浮浪狀態？

時機像水，好好壞壞，難以預測。

黑暗中，妻已發出微微的鼾聲。她安睡的這個家，據說也是爸媽拚了命才換來的。

——原載二〇二二年十二月十五日《自由時報》副刊

陳允元，詩人。國立政治大學台灣文學研究所博士。現為國立台北教育大學台灣文化研究所助理教授。曾獲林榮三文學獎散文首獎、台北國際書展編輯大獎等。著有詩集《孔雀獸》（二〇一一），並有合著《百年降生：1900-2000台灣文學故事》（二〇一八）、《看得見的記憶：二十二部電影裡的百年台灣電影史》（二〇二〇），合編《日曜日式散步者：風車詩社及其時代》（二〇一六）、《文豪曾經來過：佐藤春夫與百年前的台灣》（二〇二〇）、《共時的星叢：風車詩社與新精神的跨界域流動》（二〇二〇）。

隔間裡的Bullshit：兩部平行的上班族歷史——沐羽

大三那年暑假我接了份暑期實習，其實我那時沒想過去打工，但學系要求我們實習過才能畢業。那就好吧，我心不甘情不願地比同學們晚了投履歷出去，結果今日你聽過的媒體比如立場新聞、獨立媒體、香港文學館、字花等等全都聘到我同學了，我還是兩手空空。最後我亂投履歷去了一家政府轄下的非牟利大廈工作，那是一棟十層樓的青年中心，每天看些未滿十八歲（通常未滿十歲）的小孩亂跑。我負責慢慢走過去，叫他們安靜點，這裡還有人想安安靜靜睡覺和打手遊呢。

如果你想知道什麼是狗屁工作（bullshit job）的話，這就是了。這鬼地方離我家兩小時車程，我每天九點準時來到辦公室打卡，打開email確定一如既往空空如也。其後我開始剪報，主管交給我的任務是每天去搜尋一下有沒有媒體報導過這棟建築，想當然不可能有，於是她就叫我印些有意義的新聞出來湊成一份文件。就我所知直到我離職那天她都沒看過。

早上搞定這事後，十一點我會跟實習同事們巡邏這十層，意思是先到地下抽根菸轉兩場珠，然後散步到中午，吃完午餐後回到位子上打手遊，偶爾看看書。可能會有電郵吧，但急件不會寄給我，我隔天再看。那個暑假，我賺得比所有同學都多，我拿錢去刺了兩個青，左手右手。

畢業後我陸陸續續去過不同辦公室，能接受兩手刺青的工作也不會正經得去哪，於是通常不會像這個青年中心一樣全是隔間，大部分是一張桌子坐四到六個人。而這些工作也沒有餘裕能花錢請你剪報，你得把皮繃緊每天準備解決一大堆麻煩，小至回信說收到，大至幾百萬的補助，全部人都得擰成一團把工作搞得像解謎遊戲。這些公司講求KPI，講求效率，又或如我有位老闆常掛在嘴邊的口頭禪：這有什麼意義嗎？值不值得？我也不算很知道，但是以適當的效率去執行老闆的意志（意義）就等於工作的目的。以上大概就是我這十年來學習到的事。

隔間地獄的誕生

關於效率，沒有比在實習時期待過的辦公隔間更有代表性了。那時我擠在一個小空間裡，前後左面都是隔板，右邊剛好是面牆的走道，主管坐在我後面可以隨時站起來看我有沒有在好好工作。但由於我沒有任何工作，每當聽到她站起來時我就假裝檢查email。廣東話叫這扮工，相信是我所有同齡朋友共有的經驗。印裔美國學者尼基爾‧薩瓦爾（Niki Saval）的著作《隔間》研究的，就是這個分隔人類的狗屎是怎樣誕生的。

辦公室的歷史能回溯到近代的記帳房，一直到十九世紀在美國漸漸成型，並在一九五〇年代迎來了爆發期：戰後、嬰兒潮、摩天大廈、八〇年代經濟奇蹟等等，當然最重要是白領征服了藍領，大家都不想去工廠勞動，同時又想去管勞動的人，白領的黃金年代從此誕生。在美劇《廣告狂人》裡就能略窺一二。

不過早在二十世紀初期，辦公室文化早已萌芽，包括辦公室政治啦、為了升職弄小動作啦、各自搞小圈子講壞話又一起討厭老闆等等，全都是辦公室的悠久傳統。有人的地方就有江湖，有江湖的地方就有傷患，原來再早一點點，十九世紀各地的記帳房早已催生出坐骨神經痛、近視、精神衰弱等問題，當然還催生出不想再打工了的《白鯨記》和《錄事員巴托比》。後來，《隔間》就記載了一個名為普羅帕斯特（Robert Propst）的發明家想要改善辦公室的痛苦狀況，而他提出來的解決方案名為「行動式辦公室」（Action Office）。

讓我們來看看對於行動式辦公室的描述：「大部分的辦公室設計考慮的都是如何將員工固定在辦公位，而『行動式辦公室』考慮的卻是如何讓員工『運動』起來。普羅帕斯特多年來思考著人類環境改造學，他認為身體的運動有助於白領工人腦子的運動——那無休止的充滿創造力的腦子的運動，兩種運動旗鼓相當。『行動式辦公室』的廣告中，員工始終處於運動中；廣告裡的人們很少坐著，而即使坐著時，也展現出一種『隨時而起』的動態。」

聽起來是不是很棒？那我們來看看行動式辦公室的廣告：

（由於版權問題，原版的行動式辦公室廣告無法收錄進本書中，為了解決這個問題，我找來了老友阿成進行了一場以物易物：啤酒換插畫。下文會再引用到的人類學家格雷伯說以物易物這個傳說是後來的經濟學家搞出來的，人類發明錢幣之前是不靠以物易物的。這又有什麼關係呢？我沒錢，而他正需要啤酒。人類在發明錢幣之前還不用去辦公室上班咧。不過很顯然阿成不太需要去辦公室上班，你們看看那裡還有個地球儀呢，上班跟地球儀應該是這世界上距離最遠的兩種東西了。）

如果你是一個採購或財務部的主管，又或是在玩辦公室經營遊戲，你會怎樣處理這個設計？可想而知，首先不會有雜誌架，請努力工作不要偷懶。增加員工心情度的擺設放在辦公室中間輻射快樂度出去就夠了。然後是擺放位置，怎麼可能會這樣浪費空間？其後，行動式辦公室的善意很快就被磨滅掉，成了一堆實用取向的直角，擺放方法如下：

（阿成說要他用鉛筆一格一格地畫隔間實在是太bullshit了，於是他打開了3D軟體搞了個複製貼上。我也不是他老闆，只是個啤酒供應商，沒什麼道理叫他回去做厭惡性工作。而且這才是上班和隔間的真正精神面貌：一式一樣，你在這上班也別妄想自己是個人了，人性是從下班打卡才開始的。）

誰敢無緣無故站起來啊？這玩意叫隔間農場（Cubicle Farm），我大概就是坐在左後方那種角落打手遊。在一九九八年時，光是美國已經有四千萬人在這種「行動式辦公室」裡失去行動能力。普羅帕斯特說：「不是所有組織機構都足夠智慧和進步，許多庸人占著管理者的位置，他們只知道採購一模一樣的辦公設備和家具，然後打造出令人極其難受的環境。他們搞出了一些小得不得了的隔間，然後把人們塞進去。那是些毫無生氣，像老鼠洞一樣的地方啊……」說了這話兩年後他就死了，恭賀新禧。

這些老鼠洞所對應的是效率，如果玩過像《雙點醫院》等等的經營遊戲大概就能理解了：最便宜的成本、最小的時間、達到最大的效益。而辦公室也是如此，關於管理學最有名的就是泰勒（Frederick Taylor）的論述了，以最簡單的話來說，就是去算效率：「為了保證所有工人都能最快最有效地工作，他僱用了專人用秒錶給每個工人的每項操作計時。觀察結束後，泰勒對每項工作進行了分解，然後給分解後的每個模塊設定一個標準速度。」想想看你上班時主管在隔壁拿著秒錶，算你要在三分鐘內回覆一個電郵吧，前提是有這麼多電郵要回的話。

泰勒的做法並不只是為勞動進行細分，畢竟流水線早就發明了，兵馬俑和金字塔也是流水線蓋出來的。泰勒所做的，是讓僱員屈服在一個體系之下，而這個體系的目的是「強制地提高效率」。而這後來就衍生了管理層的出現，畢竟，如果沒人管理的話哪有員工想這麼慘呢。後來，為了妥善提高效率，出現了惡名昭彰的人力資源部（human resource），以及發現只管一味鞭策勞工會產生反效果後衍生出來的「同樂日」、員工旅遊、尾牙等等以為能夠維繫關係的東西。其實所有人只想回家躺平。

很多事情，其實都是管理階層的自說自話，甚至可以說是一廂情願。隔間和效率是一脈相承的，以及所有管理層都想有自己的房間，方便在裡頭發號施令。然而，這就出現了一組矛盾：如果事實的確是這樣，為什麼有那麼多人可以躲在隔間裡玩手遊上社交媒體發廢文？為什麼效率至上的思維已經一百多年了，我們的工作還是這麼低效？當然，最主要的是：為什麼我們那麼討厭上班？

狗屁工作的誕生

上班是有意義的嗎？值不值得？我老闆問的這兩個問題剛好切中核心，說起來我這幾任老闆全部或多或少都碰過些哲學，總是能問到些上班本體論的問題，往往令員工們大惑不解。當然，上久了班就會慢慢摸索出自己的哲學，但對於職場新鮮人來說，這些問題就指向老闆本身。相信不少朋友都碰過就連他自己也不知道在幹麼的管理層，就像我實習時的主管，令人不得不問出：到底你在管什麼？

美國社會學家格雷伯（David Graeber）在二〇一三年時發表了一篇名為〈論狗屁工作現象〉（On the Phenomenon of Bullshit Jobs: A Work Rant）的文章，後來反應熱烈，email都被炸爆了。導致他決定收集這些來信再加以思考，在二〇一八年時擴寫成《論狗屁工作》一書，專門探討這個現象。以書中的定義來說，狗屁工作即為「完全無謂，不必要或有危害，甚至連受僱者都沒辦法講出這份職務憑什麼存在，但基於僱傭關係的條件卻覺得有必要假裝其實不然，這種有支薪的僱傭類型就叫狗屁工作。」

在這裡，有必要為「狗屁工作」（Bullshit Job）和「屎缺」（Shit Job）做一個區分，屎缺是些爛工作，通常工資很低但是有意義的。比方說是出版社編輯，《隔間》一書更把出版業的屎況追溯到一九三〇年代：「圖書出版業比其他大部分辦公室環境來得惡劣，因為這裡培養出一種『虛假的高雅氣質，許多員工在這樣的氛圍中自我欺騙，看不清現實。』哪怕在此行業中『大部分辦公室員工的收入很糟糕，』並且『常常要免費加班』。」

屎缺是大家都認為、而且員工也自認為有意義的工作，而意義可以當飯吃，收入像我一樣通常不會太高。與此相反，狗屁工作卻可能賺得比較多——想想我在青年中心賺的錢比去做記者的同學還高——但完全沒有意義，而且對人身心造成損害。格雷伯為狗屁工作分了五類：幫閒（flunky）、打手（goon）、補漏人（duct taper）、打勾人（box ticker）、任務大師（taskmaster）。

以便理解，我們可以視這五類為（一）大老闆直屬的五個祕書的第三或第四個，充場面用、（二）電話傳銷員或開Line群組的，煩別人用、（三）IT部那個看起來永遠沒睡飽那個，執屎用、（四）跑一堆莫名其妙業績的，充門面用、（五）叫你去剪報的，創造垃圾用。

我想最棒的例子莫過於我朋友M了。M有一個主管P，P在公司裡管一個空殼部門。這年頭空殼部門多得去了，各有各的意義和計算。正常來說這些部門是用來撈點錢或名利的，又或只是老闆忽發奇想覺得需要一個部門來處理些雞毛蒜皮的小事。但P顯然沒有這方面的才能和思考，只決定要讓M忙得靠北來讓他的薪水值回票價，於是M在公司那一年憑空生出一些文件、造些假帳、幫主管和老闆擦一些沒有意義的屁股，比方說當他們對客戶亂說話後他就要去道歉、替植物澆水、掃地、補飲水機的水，對外還得宣稱這家公司多有意義，儘管M知道這裡根本什麼事情都沒發生。最後他直接裸辭，我始終難忘他離職後連皮膚病都瞬間康復的樣子。

M顯然是個打手、補漏人與打勾人的垃圾remix，補一大堆漏，以及滿足老闆們莫名其妙的業績要求去打一堆勾。格雷伯說，補漏人很難不察覺自己在做狗屁工作，而且通常很憤怒，這就無庸贅言了。「清潔是一項不可或缺的職能：東西僅僅放著就會積灰塵，平凡的生活起居也很難留下不需要整理的痕跡。不過，要是有人製造莫名其妙、不必要的髒亂，任誰來打掃都會火大。」補漏人通常都幹不久的，我也建議大家如果還在做白工的話，趕快辭職，世界很大，賺少一點也比拿錢看心理醫生和物理治療好。

換言之，很多工作都是一場假扮的遊戲，比如說當我實習時，我假扮有在工作，主管假扮把任務分給我了，大家其實假扮的是這份工作是有意義的。比如說，M假扮自己勤於且熱愛工作，P假扮公司運行得很順利，大家假扮的是這個空殼部門是有意義的。管理，問題始終出於這個近兩百年來變得越來越僵化的詞，從行動式辦公室的願景壽終正寢這個案例裡，我們就能看見「在複雜組織裡，將管理主義的意識形態付諸實行，才產生了狗屁工作，跟資本主義本身無關。管理主義落地生根，隨之而來是一整批職員，他們的工作是維持管理主義的碟子轉個不停——策略、績效目標、稽核、檢討、考核、更新策略……」

這年頭要怎麼打仗呢？想想看你移動一台坦克時要填多少份文件吧，路線圖、應急路線圖（第一份是有用的，後面三份是業績用的）、士兵表單（最可能坐上去的小隊，第二隊可能的，排夠十隊）、燃油報表（不同公司要比對價格）、零件檢查（外包給狗屁公司做）、出發前打勾、抵達後打勾、打勾完要弄成excel（不只一份，因應主管不一樣要調整格式與用詞）……想到這點就為那些填表的員工深感同情，他們通常是最希望核子戰爭的人，因為那樣他們就能從人生放工了。

作為社畜的我的誕生

當我今年終於再次做全職工作，以及跟不同開始投身職場的朋友聊過後，總會碰到一個問題：作為一個上班族，你是被買下了人、買下了技能、或是被買下了時間？由於來了台灣後身邊的朋友多為研究所同學，大家都老大不小臨近三十才第一次去上班，通常直觀的答案都是「被買下了時間」。但這個回答其實很可疑，因為時間是怎樣才能被買賣的？時間即是金錢？所以如果業績提早達標了，人還是得在辦公時間繼續假裝在工作，就是這個意思嗎？我去問他們，他們思考了一下，向我表示這就是正常而不盡完美的職場生態。

格雷伯描寫了這個怪異的現象：工作者的時間不是他自己的，而是屬於買下時間的人。只要員工沒有在工作，他就是在偷某種東西，而僱主為了那樣東西付了一大筆錢。根據這套邏輯，怠惰不是危險，怠惰是偷竊。

實在是罪大惡極了，管理層由這種觀念出發，讓所有人繼續坐在辦公室裡假裝他們有在做事。也許管理層都是傅柯與巴特勒（Judith Butler）的信徒，只要讓員工多多做事培養出做事的慣習，他們就會身心靈屈服於管理主義的規訓淫威。只不過，事實是所有人都會偷懶，沒有人在工作時不上社交媒體，並在下班前十分鐘才把工作上繳。《隔間》記載道：早在一九二〇年代，就有些科學家想研究燈光與工人效率之間的關係。研究的假設是這樣的：燈越亮，人越快。結果實驗的結果有時是燈光亮，工人效率差；有時是燈光暗，工人效率高。研究員們百思不得其解。

最後的結論是：當研究員看著工人時，工人的效率會變高。除此以外管他去死。

但深層次的問題其實是，工人被買下來的是技能與勞力，他們習慣的是間歇式的工作方式，就如季節，正常的人類工作模式是劇烈噴發能量，然後放鬆，再慢慢加速到下個密集階段。但管理層出現後，上班那十個小時都得按一個標準來做事，這違反人性。不過，「在十八世紀走向十九世紀的過程中，從英格蘭開始，舊時間歇的工作風格越來越被時人視為是某種社會問題。中間階級逐漸認為，窮人就是缺乏時間紀律才會是窮人；他們浪擲光陰那副渾不在乎的模樣，就跟他們把錢賭光時如出一轍。」

疫情過後，在家工作大幅激發了這種管理的恐懼，所有員工都在家工作而且順利達標，那主管們還能拿秒錶和燈光去算些什麼呢？事實上，公司還是可以運行下去，反而是主管的意義沒有了，因為其實很多事情都是不需要管的。

在這種情況下，文化工作反而迸發出了生機，因為這些人首先有著「虛假的高雅氣質，許多員工在這樣的氛圍中自我欺騙，看不清現實」、「大部分辦公室員工的收入很糟糕，常常免費加班」，因此他們的人生一分為二成了一組齒輪，讓個人生活與工作成為一組相互推進的機器。

在疫情之前這種工作模式已經存在了，但大多是記者，但現今由於辦公室的失能與主管階層的廢冗化，職員的動能反而在辦公室的弱化後被解放出來。這可以說是游牧與建制之間的動態關係，也能說是對管理主義比出的一根中指。工作的事情做完了，意義的滿足感得到了，隨後的時間我就躺平做我自己做的事，並在其中榨取一些專屬於我的意義。這些意義又能回歸到上班時需求的創意輸出，周而復始。

在今年年初，剛剛接手出版社工作的我在勉強趕上業績，那時一個月要同時出兩本書，但我實在是力有不逮，最後公司決定花錢找個實習生來幫我校對，開的是兩個月的全職價碼，我敢說以她大學一年級賺這個錢肯定也是全系第一了。但我實際操作時才發現，除了校對外我實在沒什麼好交給她，畢竟我手上的工作全部黏成一坨，如果要交接還得花額外時間。價錢開得太高了，我想了想，那應該給她做些什麼呢？

但這又回到了那三合一的問題了：公司是買下了我們的人、技能還是時間？如果她被買下的是校對技能，那在此以外也實在沒什麼好做。最後我決定什麼都不幹，後來才知道，我避免成了「五大狗屁工作」中的任務大師：憑空創造一些狗屁來營造公司有在辛勤工作欣欣向榮的假象。願她記得曾經幸運逃過一劫，差點就成了狗屁工作假大空意識形態下的亡魂。

所謂的工作，就是在借來的地方、借來的時間當中扮演一個職員。有什麼意義？值不值得？辦公室一詞的來源，就是拉丁文中的責任（officiis），所以辦公室一詞暗含的就是一系列責任的意思。而古羅馬哲學家西塞羅認為Office就是適合你的、與生俱來的義務。由是，當一個掌控著Office命脈的人來問你做的事有什麼意義時，你就已經失格了，只能回答：生為職員，我很抱歉。

——原載二〇二二年十月二十七日《Openbook閱讀誌》

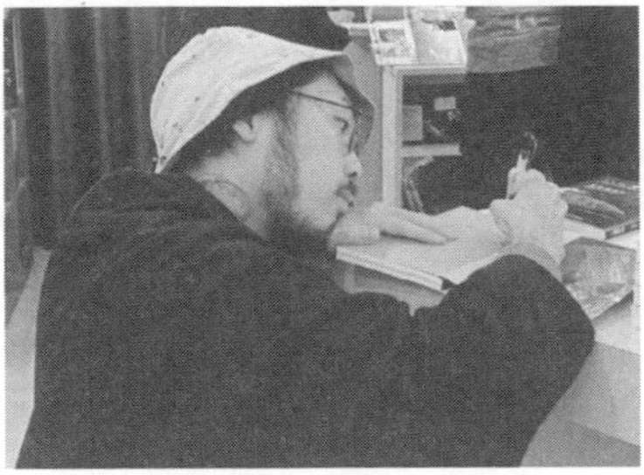

沐羽，來自香港，落腳台北。著有短篇小說集《煙街》，獲Openbook好書獎（年度中文創作）、台北國際書展大獎首獎（小說組）。香港浸會大學創意寫作學士，台灣清華大學台灣文學碩士。一八四一出版社編輯。文章請見網站：pagefung.com

神經衰弱自療法——唐捐

一

「神經弱衰」、「靈異」與「詩」是三兄弟，出於一個家屋。

我小學畢業時，二哥恰好從國中畢業，不久便到台中去投靠鄉親，當起貼地磚的學徒。這時大哥已在台南念了三年工專，他是鄉野裡稀罕的文靜少年，愛讀書，但志趣並不在車床、材料與機械，而在國文。

林本藥房在我家右側，前有曬穀場，後有院落，是間古老而寬敞的竹筒屋。邊間賃居著在分駐所擔任戶政員的胡先生，一個斯文而謙和的外省人。不知什麼因緣，大哥國中時期就免費在他那裡補習，且是唯一的學生。夏日的鄉野瀰漫著蟲鳴蛙噪，夾在大片蔗田與竹林之間的中藥房幽幽發散著深沉的氣味。每週兩次，比我年長六歲的大哥從那裡回來。

現在推算起來，大哥走出我們那個四面環山，中間被水庫淹沒的小盆地到新市讀書是在一九七八年。盆地頑固，自古就是遊民與匪徒盤據之所（大靖元年即明治三十年，鄉先賢黃國鎮嘗結眾踞勢，自稱皇帝），唯西南隅有缺口，水庫大壩就築在這裡。每天有兩班興南客運，沿著水庫邊鋪著碎石子的公路，來往於玉井，大哥須在這裡，再轉一班車才能抵達學校。

大約每隔兩到三週，大哥會回家一次。這樣來回於盆地內外的大哥像是一個窗口，通向遠方（雖然不過是七十公里的路程），也通向來日（能夠助我想像以後的自己）。週六下午，沒有人像我這樣，盼著興南客運的抵臨。因為大哥總會買一本書回來給我。鄉野荒僻，唯學校裡有一套並不周全的中華兒童叢書，我都讀過了。當時即連僻遠的鄉鎮也會有間兼賣文具的小書店，但盆地裡並沒有；大哥轉乘客運的玉井雖只是盛產芒果的小鄉，廟旁就有一家，而學校所在的新市就更便利了。

雖然十分遼遠了，我依稀記得透光的紙質，漫漶的字體，以及新異的油墨的氣味。《世界英雄傳》、《唐太宗》、《天方夜譚》、《一百個滑稽的故事》、《一百個機智的故事》、《青少年版紅樓夢》……在那個年代裡，充斥著地方書局自行編印的水準較為參差的圖書，帶著樸拙與俚野的風格。我大多在一兩天內便讀完大哥帶回來的書，然後再隨興慢慢回味。每年秋冬，我們的竹筒屋裡常堆放著加工完畢的筍干（等待中盤商來收購），我斜躺在上面，悠悠翻讀著。

然而不久之後，我的興味便不能止於少年書了。每逢寒暑假，大哥便會搬回一些他自己讀的書，圖說螳螂拳或中國腿法精髓，超能力入門，輪迴的祕密，天道真理，關公做天公，記憶術……我特別喜歡其中一本《二十分鐘速讀法》裡有點誇張的日本插畫（因為這根本就是一位盜譯書）。也是年少多暇，我既煞有介事地跟著學了速讀的方法，還逐幅模擬了那些流轉的線條。文學書也是有的，或感傷，或卑微，要等到自己也走出盆地後才漸漸解識。

二

要離開這個頑固窮僻的小盆地，有兩條主要路徑，分別通向嘉義與台南。

沄密戰道始築於日本時代的後期，在水庫施工期重修，直到一九七三年才完備，當時還是碎石子路。路徑北起中埔鄉之沄水，南達楠西鄉之密枝，我鄉恰為中間點。乘嘉義客運向北，先沿著草山溪的河谷與山腹行走，翻過八百五十米高的分水嶺，彎來拐去，就是富饒的中埔了。不然就像大哥尋常那樣，乘興南客運往西南，經密枝過楠西到玉井，此路較平緩。鄉人辦小事，如榨花生油之類，就往玉井；要辦大點的，如就診或買電鋸，卻是越山嶺到嘉義市。畢竟台南市靠海，須再轉車；而嘉義市近山，有客運直達。我鄉處於三縣交接點，略呈三不管的態勢，地形出口向台南而終歸於嘉義轄下，大概是這個緣故吧。

從梅雨季到颱風天，山路時常坍塌。還有三條輔助的路徑可走，較平順的是乘船或竹筏，渡過狹長的水庫，抵大壩，再延溪谷公路往台南。最曲折的是，由東北方一缺口，曾文溪水所從來的地方，過茶山部落，再向西切到三民鄉（即今之那瑪夏），沿著楠梓仙溪（高屏溪的上游支脈）溪谷，過甲仙，通往旗山。或者由東南邊的產業道路向坪林，到後堀溪上游，經南化出台南。然而這三條路都迂迴繚繞，很容易阻斷。鄉人來往其間，或務農事，或行漁獵，總是為了營生。

十三歲時，我就到六十公里外的鄰鄉中埔去讀國中了。——我鄉也有國中，但爸媽似乎是聽了誰的勸說，加上我的成績可以免除學雜費和宿舍費，便決定讓我越區就讀。——住在宿舍裡的，多半是周邊山區的子弟，主要來自達邦、番路、永興、湅仔頂，也有不少因故轉學而來的問題學生，以及從別的鄉鎮特意挖角過來的排球隊與田徑選手。宿舍築在校門口附近，牆外二十尺處奇妙地有個屠宰場，我家也養過豬，並不十分嫌其髒臭。只是凌晨時分，牠們發出有點慘烈的叫聲，每每撕碎我在異鄉裡艱難烘焙的夢。

就這樣大哥、二哥和我，都「走異路，逃異地」去了，時為一九八一年。

住宿生睡的是大通鋪，並無自己的書桌，但每晚都須到教室自習兩個小時。晚點名之後，還可以到宿舍樓下的餐廳夜讀。餐桌有些油膩，我總是先鋪好報紙，在唧唧蟲鳴聲中給遠方的大哥回信。這時我從家裡搬來的閒書，如《三李詞集》、《山水詩選》、《太陽手記》、《鋼盔書簡》、《北窗下》、《新糧》等，都是大哥買的，留著他的劃記。現在回想起來，在信裡帶著酸腐氣勉勵著我的大哥，可以理解但並不十分真實。回鄉時，我好奇地翻讀大哥的筆記本、信件、日記，還有各種雜七雜八的書，彷彿進入一個提前長大的世界，感應著什麼。

三

微弱不成形的雲絮散在四邊的天空，日頭是不能逼視的銅鑼。週末回到山村，推開家門，阿爸在滿廳的筍干堆裡睡著，濃濃的筍味彷彿掩去他全身的藥味。

屋左百尺是大埕，柏油裡封存著濃濃的熱氣。幾位婦人在那裡曬筍，其中有阿母。她們用斗笠、頭巾、袖籠、塑膠靴，把身體密密麻麻地包藏起來，以避免陽光的啃嚙。從布袋裡倒出筍米，蹲踞下來，一塊一塊將它們扯開、壓平、黏貼在地面。凌厲的光芒照射著大地，筍米由白轉黃、由肥轉瘦，若是持續晴朗，大約五天之內會轉為淺褐，這時便可以稱為筍干了。生筍每斤兩塊半，煮過的筍米八、九塊，曬過的筍干則可達三、四十塊之譜。但水分流失，斤兩也隨之消磨，每經一層加工，便增一層風險。筍片鋪排之後，仍須時時注意火候，不斷翻面，檢取。大埕滾沸如鍋，人與菜肴一同接受火的煎煮。

有些什麼模糊的煙不斷向天空逸去，萬物搖扭不定，彷彿它們身上的線條與顏色都已到了崩解的邊緣。都已到了崩解的邊緣，魂與體，心與意，都要在高溫的催逼下分離。屋裡有些筍干已悄悄地發霉，若不趕快刮掉，將會一片一片傳染開來。阿爸用水洗去筍上的霉，然後咳咳——那霉跟他支氣管裡的病毒一樣，愈刮愈生，愈湠愈開，只有再拿到日頭下曬咳咳，才能加以拔除咳咳咳咳咳——為了使筍干看似更美，更好保存，阿爸還會用燒燃的硫黃去熏。濃濃的刺鼻的硫黃味滲入筍肉，堆在家裡，醃製著少年時代的記憶。

阿爸也曾把沒人要的筍屑摻進裝滿筍干的布袋以增重量，賣給收購的中盤商。種種愚行無非是為了多換些錢，買藥，或賭博。那些婦人仍在烈日下工作，筍片鋪排的範圍慢慢擴大，遠看黃成一片，幾乎掩去柏油原有的漆黑。濃稠的筍汁從筍片中蒸發出來，悄悄融入空氣，釀造一種似生似死的氣氛。陽光當然也穿透層層防護，潛入阿母的肌膚，這時也有一股血氣從她的頭頂突突地冒出，如竹竿上吊掛著的魚。——我從小喜歡看目蓮救母的故事，那樣的母親並不全然是（甚至根本不是）受害者，在恩重如山的主題下，其實夾藏著不易分說的罪惡。

最初的年代，村民可以在水庫自由撒網；政府把漁權統包給什麼公司，那是後來的事。阿爸常帶著哥哥和我，把竹筏開到水庫間，拉回張在水面一日夜的漁網。黃昏時候，整張漁網掛在屋簷下，我們慢慢把魚拔出來，丟到臉盆裡。那是我還沒走出盆地的時光，萬物俱足，阿母尚不是待拯救的目蓮之母，阿爸也尚未因久藥而有了嗎啡般的亢躁。唯我還在愚騃的童年時，大哥或許已先解識著什麼，就好比他分到神經衰弱，我分到了詩。

四

我有時錯疑另一個我曾在台南鄉間念過工專，不愛車床，機械，與介乎有用沒用的熱力學，只愛讀國文，文化基本教材，禪詩選集和銅版四書集注。課餘就與慈惠堂崇德組的師兄師姊們修道，買過一本書叫做神經衰弱自療法。

每年暑假，恰逢山林裡的麻竹筍大肆萌發，勞苦地割了一波，有力的雨水又把幼筍提拔到頭頂高，再不收拾，就要變成竹子了。我的有病的阿爸只能在竹寮裡起大灶煮筍米，阿母雖然很強，也難把崎嶇山徑間紛紜的麻竹筍逐一趕進竹寮。就連在台中當學徒的二哥也請假兩個月，回鄉幫忙農事。唯有大哥找個理由留在新市，而實際上是在暑修被當掉的科目。

識字止於車馬炮的阿爸和一字不知的阿母，不會知道他們的兒子在盆地外的生活，更別說弱的心境與神經。我看到大哥帶回來的講論天道的奇書越堆越多，還有些油印的講義，刻著新出的慈訓：

英明之士，匡濟時艱，社會崎嶇，疊卵一般，可憐眾生，劫中求歡，爾等青年，豈能識穿，阿母著急，欲挽實難，各位前賢，唇枯舌乾，願爾諸生，莫存稚氣，嬉皮笑臉，皆不可以，道在行為，非在口禪，快點快點，脫波離浪，上士之人，非同俗般，知道嗎？（眾答：知道了）

這樣帶著幻異節奏的呼求，或許曾經給予他時而絞痛的大腦一種休息，我猜想著。當他在道壇裡聽講，接受緲緲爐香的薰染，與同修的兄姊們盤坐在乾淨的蒲團上，讓法雨慈雲沖洗著耳目，才感覺到一種神祕的安寧。

筆記之一頁：這——真理的郎君麼？不寧靜，不堅硬，不光潤，不寒冷！楊師引述查拉圖斯特拉語錄。為何要有功德費？曰驗真偽，印善書，救濟，往來。為何要吃素，曰前人規定，身心清淨，求道也。左壇香粿，右壇香爐，有八卦爐、有平爐器，中間萬年青（蓋表佛堂之生機也）。參辭駕禮為何要叩頭，曰敬，效法，反省，了命也（故命字即由「人一叩」組成）。法就是藥，依法乃能修道辦道成道……

我到嘉義念高中時，大哥已經入伍了。他憑己意拿了父親的印章蓋同意書，成為一名志願役軍官，駐紮在旗山。同樣每隔一陣子，便扛些書回家，除了那種雜糅儒釋道的冊子之外，還多了些商業經營的教戰守則。這時，我常穿梭於市街的廉價書店，早已有了自己的興味。讀了芥川龍之介以後，彷彿稍稍解識神經衰弱的模樣，一隻蛞蝓在雨後的殘枝上行走，全身都是靈敏的感官。

五

退伍後的大哥，幾經挫折，終於在高雄開了一家鐵窗行。

他軍中四年的薪水大多交給了阿爸，仍積蓄一點錢。最初，買了一輛名流一二五以便於從事業務員的工作，沒想到才兩個禮拜車就被偷走了。年少時白皙文弱的大哥，在城市裡浮沉多年，彷彿慢慢變得剛強。在並不很長的時間裡，學會了設計、製作、安裝鐵窗的基礎技能，當時白鐵製品開始廣泛運用，市況還行。但大哥並非學徒出身，主要靠自己摸索出一條路，邊接案邊進化，扛負很大的壓力。雜亂無章的屋裡，在器械、材料與烏油之外，仍然時常堆放著神佛類的雜書。

曾有一時，大哥盤據在桌上，宣稱自己被菩薩挑中了，搖頭晃腦，拿起毛筆在紙上亂寫一通。這樣鬧了一週後，又若無其事的回到他的工作。荒唐的事情不能盡說。在我而言，大哥不只有恩慈，還是一生中最親密的共讀者。我高中以後買的閒書，甚至念國文系時的教科書，也常充滿大哥閱讀畫記的線索。

黃昏時翻過分水嶺，常須用車燈推開霧氣，才能看清路徑。小盆地裡的舊屋久無人居，唯有我和大哥多年陸續帶回去的無用之書，充塞於角落，替人看守著逐漸腐朽的記憶。

——原載二〇二二年七月《文訊》第四四一期

唐捐，本名劉正忠，現為台大中文系教授兼系主任。著有散文集《大規模的沉默》、《世界病時我亦病》等兩種，詩集《金臂勾》等六種。曾獲台大傑出教學獎，以及五四獎、年度詩獎、聯合報文學獎、梁實秋文學獎等創作獎項。

還想再多看一點——房慧真

庚子大雪前夕，陪伴十多年的貓突然嚼起貓砂，出現嚴重貧血症狀。我買回補血的昂貴貓罐頭，四小時餵食一次，補血劑六小時餵食一次，時間被切割不成片段，睡夢中時常驚醒，醒來就是路上行舟，將貓裝籠每天往醫院餵藥打造血針。白日奔忙，晚上回母親家，還有另一隻需要每日皮下注射的腎臟病老貓，寒冬裡幫貓打點滴前先將注射液浸在熱水中，打完親吻撫摸呢喃軟語溫存一番才算走完流程，任何能讓貓舒服一點的事情，我都願意去做。貓仍失血，貓仍腎衰，老齡貓裝在毛孩皮囊中，在我懷裡寶愛著，我時常忘懷他們已然老朽，從我的青壯年走到前中年，形銷骨毀，化為塵埃。

拉近，再拉近，不是雲林麥寮或高雄林園的石化地帶，不是廣東烏坎的沿海漁村，也不是印度北邊達蘭薩拉的陡峭寺廟，不再是記者身分的風塵僕僕、走南闖北。近一年來我的奔波縮短成家往動物醫院短短一段路程，原本十五分鐘就可走完，提著六公斤重的大貓，時不時把貓籠放下甩甩手，走走停停，耽擱流連。汀州路的街景並不亮眼，穿過古亭阡陌小巷往東邊去就是植滿木棉，有個洋氣名字的羅斯福路，紅磚道寬敞好走，木棉盛開時每一棵樹都像著了火，豔麗明照。越往西邊新店溪畔地勢益發沉降，光線逐漸黯淡，汀州路高高低低的騎樓被占用得厲害，視線總被許多雜物遮蔽，無法一望到底。節氣大雪，霸王寒流盤據，天空鉛灰無一絲蔚藍，貓每日被抓進籠中的那一刻就知其遭遇：終點站的吞藥抽血挨針，仍無礙貓在路途中四處張望的絕好興致。

貓總是頭朝外，毛茸茸的前腳搭在寵物籠的小門上，好奇地看，雖則血虛病弱，仍貪看無甚起眼的灰濛街景：缺腳的木椅、枯萎的盆栽、廢棄的機車、堆成小山的腳踏車胎皮……從騎樓店家溢出的百工器械遠看像真金碎銀，雜物與雜物間結起晶亮蛛絲，衍生出無盡的細節，貓會知道這是他十五年生命的最後一瞥嗎？當時的我不知道，但我想他是知道的，貓不慌張，沒有消極與頹廢，胃口依然很好，補血品他悉數收下。離世前的那陣子他足足增重五百克，骨肉勻稱，毛髮豐潤，每日就醫外出途中，琥珀色的圓眼骨溜地轉，專注地看，走馬看花地看，還想再多看一點。

記者八年，夾纏在「大的」議題與議題，事件與事件之間，時間擠壓榨乾，心神無限提取，創作是極其奢侈之事，仰賴無所事事的大量走路與觀察，我很難再真正的「看見」。兵荒馬亂的新聞趕集路上總是濃雲密布，遮掩視線，偶然才會雲破天開，突然睜眼「看見」。

那一幕是苗栗大埔的豐益商店。老式雜貨店週六晚間，偶爾有人來買涼的，買菸，買一打啤酒，買一包鹽炒花生，買幾罐茄汁鯖魚罐頭。公公和媳婦輪流看店，生意不冷不熱，還過得去，才剛用過晚飯，大人們忙著與客人寒暄交陪，七、八歲模樣的男孩在水槽洗著自己用過的碗，一點點水，將碗搓了又搓，令我有種錯覺似乎洗了很久，那碗一定乾淨，默默仔細洗碗的男孩，順隨認命。母親喊男孩進去做功課，男孩先繞到前面，掀開瓶蓋，從大而深的蜜餞罐撈一把煙燻烏梅，往嘴裡丟幾顆，腮幫子鼓了起來。

日常的雜貨店早看不出屢經變故，公公、媳婦都喪偶，剩下來的家族成員三代各一個，湊不成雙數。男孩去年剛死了父親，父親名叫朱炳坤，是大埔自救會主力成員，北上幫一向關心土地徵收案的立委林淑芬助選時，心肌梗塞猝死。再往前幾年，二十幾輛怪手開進即將收割的田間，結實飽滿的金黃稻穗含蓄低頭，仍閃不過被輾壓的命運，朱炳坤的母親朱馮敏女士不甘良田被鏟，喝農藥自殺，就在名為「豐益」的商店裡。

改朝換代後官司勝訴，田討了回來，阿公帶我們去看返還後象徵性的一小塊田。夜間的稻子褪去顏色，察覺不到收割時節的一片金黃亮麗，只有風吹過時感覺它輕輕款擺，昭示復返的艱難。這塊田被孤立在一大片空置的樓房中，附近還有乏人進駐的科學園區，以及野草抽長半人高的荒地，去除原本地貌，此處不像鄉村也不像都市，彷彿空降貧瘠的外星荒漠。荒地裡種下的樓房，沒點燈的窗洞像瞅著人哀怨的眼睛，黑漆且深沉。阿公說前幾年每逢週末遊覽車五車十車載很多人來看房子，園區空著，房子始終炒不起來，退潮後人跡罕至，透天厝前還貼著售屋廣告，賣一千九百萬。

荒地裡升起的月亮格外碩大飽滿，我感覺有股情緒逐漸升起，從胸臆、喉頭再往上升，像顆熱氣球要把我拉離厚重的塵土地面。那是寫不進報導，塞不進正文，一團無以名狀的什麼，我想那是「久違」的文學，如一縷炊煙，很快就消散在空氣中，形影雖滅，隱隱還能聞到柴薪的氣味。

寫於辛丑大雪前夕

收錄於二〇二二年一月出版《草莓與灰燼》（麥田）

房慧真，台大中文系博士班肄業。曾任職於《壹週刊》、《報導者》，現專職寫作。著有散文集《單向街》、《小塵埃》、《河流》、《草莓與灰燼》；人物訪談《像我這樣的一個記者》；報導文學《煙囪之島：我們與石化共存的兩萬個日子》（合著）。

神的凝視——周芬伶

六十年的老瓦屋，早已不堪風雨，它何時崩毀，早有預感，常想要翻新，沒想到來得這麼突然。

長期生活在東海，已經無法想像在外面生活的樣貌。多年來很少想未來，連明天都很少想，相信一切自有安排。八月初連續下雨，宿舍屋瓦破了個洞，睡覺時常有水珠噴到臉上，以為是窗戶沒關緊，之後是一滴一滴的，這才發現正對臉部的屋頂漏水。老屋六十年歷史總有，常要換屋瓦，但也別開我睡覺的玩笑，還好紅眠床上有頂，就用塑膠布蓋住，上放水桶接著。八月七日那天，聽說盧碧颱風挾帶豪雨，漏水愈來愈嚴重，這屋子不能待了，便帶著電腦逃走，想風過再回來。

暫住朋友的新屋，剛交屋遇上疫情，房子還未租人，完全是空屋，新得讓人慌，裡面除了床、沙發等簡單家具，連書桌也沒有。八八水災比想像嚴重，我蜷曲在梳妝台上寫古物，有點荒謬。這一住近兩個月，因房子漏水淹水無法住人，得先找工人修復，現在缺工，災後特別難找，這一拖不知要到何年何月，我想像著我那些古物泡在水中，房子像一艘沉船。那些瓷器在水中能千年不朽嗎？

寫這些古物已成寄託，或避難所，因什麼都來不及帶，一、兩天就去搶救一些東西回來，急需的都是日用品，其他的都是身外之物，時間愈久，愈不想回老屋，常想過就這樣斷捨離也不錯，新屋較好嗎，是這樣，也不是這樣。

空蕩蕩的新房子，什麼都缺，但更乾淨與安全，隨時有人來看屋，需要保持原狀，每天我拖地，擦櫃子，生怕弄髒房子，房子太新，一顆芝麻落地看得清清楚楚，讓人神經緊張，隨時滅跡，連床上也鋪毯子，怕床套有皺褶。

這不是我的家，卻更接近我想要的房子。

十幾坪只有木頭地板，一張沙發，老後的生活就該如此素簡，不願想明天，明天卻提早報到。一個無家可歸、空無所有之人，忘記前塵，再無名分，座標，失去存在感，不知自己是誰，再緊急的事都忘了，因不再重要。

這是明天的日子，明天的異我，連自己也不認識。

原來自我的構成需要依附許多條件，你的愛憎七情六欲，身分，頭銜，心愛物或人，一個老窩，那幾條熟悉的街道，門前的植栽或一棵老樹，還有你經營出的氛圍，最重要的是神的凝視。不管是幻覺或虔信，你常感到神意，這是你每天能甜蜜睡著，或連明天都不必想的原因。

它並非什麼具體的神祇，或哪個宗教，而是讓你心靈超升的力量，無比廣大的愛意。

然在這空無所有的陌生之地，縱使你常回去，拿幾件急需品回來，但房子泡在水中，空氣都是水氣，桌子與衣物長滿綠黴，你像深海考古探險者，打撈那些殘破的文物，而房子就像一艘沉船，審視這些你曾擁有之物，老家具不久將被蟲蛀，那些瓷器沒人懂，你也不想帶走，包包都發霉，衣服也不能穿了，你喜歡的那幾雙鞋已泡水，冰箱的食物腐爛，沒有一樣你想拿走，連門前你曾視為親人的老梅樹，也沒多看它一眼，一個明天之人，如果真的一走了之，這裡不久將成廢墟。

老朋友老學生，不太想聯繫，他們都是昨日之人，我不想訴苦，他們也幫不上忙。如同一個流浪者不想對居家者吐露心事，雙方沒有共同話語。這到底是遭災後的無情，抑或是憂鬱、焦慮。在九二一大地震後，曾有一段時期得異位性皮膚炎，當時不知是因焦慮產生，人在壓力下免疫失調，容易出現怪病：曾有過的憂鬱時刻，心情低落、天都黑一半。然此刻只是淡漠，心情沒太大起伏，每天五點左右醒來，為明燦的朝雲迷醉，它是橘中帶金，沒有一絲晦暗，晚霞常帶灰色調，讓人悵惘，朝雲就像新鮮的蛋黃覺著可愛，它孵出每一個新天，每天都更換布局，沒有一天重複。只是彩雲易散琉璃脆，一溜眼天色大亮，這也是新鮮的經驗，在東海，一樣早起，通常等天亮才出去散步，鮮少趕上朝雲，它跟多年前看的阿里山日出也不一樣，是屬於早起的幸運兒所該擁有，就著這樣的天色寫文章，是一天中最美好的時刻。除了這些，覺得沒什麼事需要在意，錢掉了不想找，信箱的信不是沒看就是沒回，以前打開電腦第一個開信箱，現在許多重要會議或評審都推了。不想出門，也不想打扮，不想見人。

明日的我逛一些以前不會去的地方，那種燈光特別昏暗的五金行老店，買回一些奇怪的東西，巴掌大的泡麵鍋、迷你燒水壺、老工的水晶花瓶（以前大概放在老式牛排店桌上，上面插一朵紅玫瑰）、草蓆、廉價涼被、薄片小菜刀……像是獨居工人或街友會用的，只有花瓶奢侈點，它才幾十元，充滿懷舊感……或到廉價的服飾店買一件幾百塊的出清品，穿上這些衣服，站在鏡子前，覺得好陌生，這鏡子太新，像照妖鏡般照出一身狼狽。

每天時近黃昏才出門，明天的我在街市飄來飄去，不知在尋找什麼，最後都是拎回幾瓶礦泉水，幾把生菜，一個熱便當。

在新房子不願開伙，怕弄髒廚房，就只有吃生菜沙拉、熟食，這麼匱乏還變胖，大約貧吃更易肥，應該是有炸物的便當所致，之後便當也不買了，只吃生菜沙拉。

大約過三個禮拜，老學生約我見面，那是初初開放餐廳內用不久，便約了常去的那家美式餐廳，有些日子沒見，他瘦了五、六公斤，說是為愛消瘦，還在下巴留一圈短鬍，更有型好看，他能辨認我不再是我，是明日的我嗎？

他變得熱情且急切，眼珠放光，正是戀愛中該有的樣子，他也在產生新的自我，以前的他封閉沉默，一手寫文章一手玩遊戲，他正在套用羅蘭・巴特的《戀人絮語》寫文章，「我們在極短的時間墜入愛河，卻花無數倍的時間釐清它」，此刻他正費力試圖想釐清它，我更注意我們點的食物，這是三個月自肅以來，第一次在餐廳與人用餐，那現做冒著蒸氣的鮮蝦義大利麵，鼓得像座小山的雞肉漢堡，吃第一口眼睛就濕了，我想他完全沒有食欲，太多的絮語填滿他的胃。

我們聊了四小時，都是他在說，我在吃，算算認識已有十年，剛開始他跟一般學生對老師一樣，遠遠躲著，到一起做詩劇，一起出去玩，來我家讀書會、聚餐，就算如此，很少主動約我吃飯，現在他也是另一個我了，正對我傾訴，我一定曾經是個溫暖的人，而一向喜歡講他者、客體的他，能發現他者還會他者化，或有一天主體將還魂嗎。

很愉快的四小時，我們幾乎依依不捨離開。

隔一天我回住處拿包包，翻開櫃子，霉味很重，有兩個背袋長霉，不能用了，衣服都完蛋，但走在校園中，我知道我為何如此失魂落魄，不是災後症後群，也不是換地方的不適應症，而是失去神的注視，或與神對話的時刻。每天睡前，只要翻身朝向牆那面，兩手合十，不久就會帶笑睡去。

被神拋棄，怕永遠回不來，因此關閉感官。這段日子，探索古物，是在追索神的所在，看那一艘艘沉船，上面大都有神像，有的是為蓋廟而出航，然人的貪婪與邪惡，讓佛也流淚，就算沉在海中，那也是淚的大海。

這個領悟讓我提振精神，我一定得回去，花再多錢也要重建家園，之前就想反正要退休了，就算提早離開，因此有了斷的想法。然而，住在這裡並不快樂，我想在破房子裡讀書、泡茶、散步、賞梅。神雖無處不在，但似乎不是祂離棄我，是我離棄祂。

這想法讓我重返人間，以前的那個我似乎回來，請了工人，工事繁複，要補屋瓦，掃落積葉，修剪樹木，它們常因風敲破屋瓦，然後拆掉爛了的天花板，裡外都要油漆，趁此裝修一個明亮的廚房餐廳，丟掉腐爛的家具，開始施工後，精神有些提振，可能要花上一個月、兩個月，但我願等。這才有勇氣出去演講，之前聯繫我的小女生，常打電話問東問西，讓我處在暴怒的邊緣，很想噴她：「別吵我，你沒看我現在亂糟糟！」「我不想出門，你找別人！」「你說的那個人不是我，我不認得她！」女孩應該是生手，不想欺侮她，一直壓住話。

這是疫情來第一次北上，又要搭高鐵，換了一個新包，還沒出門就出錯，太緊張沒帶手機。沒手機根本就別去，對方聯繫不到我，我也不知在哪演講，當時沒發覺，在陌生的站牌中等接駁車，也沒發覺。這時一個年輕的男子進來等車，問我：「車子好等嗎？」我說：「一小時兩班，應該有一班要來了。」

等了許久，車沒有來，就搭些話，因我們都戴著口罩，只看見臉的三分之一，我猜他年齡三十多，身材偏瘦，白襯衫黑西裝褲，乾乾淨淨，三分之一還不錯的人應該算是好看了。他看得出我的年紀嗎？是能做他母親的人。但他叫我大姊，大姊是指大十來歲的人嗎？時間一分一秒過去，在這個陌生的小站，在錯亂的時空，如同話本或戲曲中的偶遇，只有我們兩個半蒙面的一男一女在等同一班車，三十年前的我遇上今天的男子，也許會有故事發生，但三十年後的他，肯定不會理會今天的我，不，只要拿下口罩，或知道年齡，他連搭話都不會想，因著口罩，我們發展出一種穿透力，彷彿可以看見真身，或者口罩是個謊言，它遮住醜，讓美更有想像空間。然而他好像有話想對我說。

我們都趕時間，就講好共乘一部計程車，在車上他快速講他的履歷，T大研究所畢業，出國念書，剛回國不久，在大學專案，還沒找到專職，來台中看老師問前程。我說學歷漂亮喔，找工作應沒太大問題，為什麼不留國外，薪水更高等等。稅太重，他說。他在看我的手，是在猜年紀，還是看中指的戒指，他好像有話對我說。他說，你也在教書，我不太愛教書，現在的學生很不認真，助理也是……

車到站，我們各奔去買票，他終於說：「對不起，你的口罩戴反了，一直想對你說……」

——原載二〇二二年六月三十日《自由時報》副刊

收錄於二〇二三年七月出版《隱形古物商》（印刻）

周芬伶，屏東人，政治大學中文系畢業，東海大學中文所碩士，現任教於東海大學中文系。以散文集《花房之歌》獲中山文藝獎，《蘭花辭》獲首屆台灣文學獎散文金典獎，小說《花東婦好》獲二〇一八金鼎獎、台北國際書展大獎。作品有散文、小說、文論多種，近著《情典的生成》、《張愛玲課》、《雨客與花客》、《花東婦好》、《濕地》、《北印度書簡》、《紅咖哩黃咖哩》、《龍瑛宗傳》等。

輯二　自由

頭朝下——李欣倫

故事就該從這裡說起，頭朝下的時刻。

1.

清晨五點半，隱隱傳來孩子的哭聲，隨即消失。

倒是已聽不見樓下的夫妻吵架聲了。大概吵完又各自睡回籠覺了。大約兩小時前，粗糙低沉的男人罵聲從浴間傳來，伴隨女人尖銳的哭嚎，然後是猛力的開門關門聲。被吵醒的我知曉，今夜再也別睡了。

披上披肩走到客廳的落地窗，望著仍黑的天，捧著馬克杯喝熱水，準備每日的早課，清晨的第一件事。

落地窗外是陽台，前屋主留下整排的黑色塑膠花器，裡頭長著蓬勃而健康的左手香。想起過去曾住的那棟樓，幾次，絕望的我拉開紗窗，看著透亮的天光從天際邊緣悄悄綻放。有陣子張開眼，第一件浮上腦海的就是懸疑驚悚的家族劇，白晝有不時打來的電話，鉛一般的訊息，匕首般的話語，讓我陷入更多黝暗聲浪。記得有次兩名警員步入我家大廳，要我和丈夫去警局做筆錄，於是更多電話打來，激烈爭辯，恐懼聲線，禁止我去警局解釋。那天，我看著自己顫抖拉開落地窗紗門，跨出陽台，從主臥室乍然傳來女兒的哭泣聲。

當時我住六樓。從陽台往下看，不過是如常的週末清晨。七年的大樓在這一區挺新的，一樓中庭的水池裡有渾圓碩大的黑色石頭，風吹皺了池面水波，詩意蕩漾。從這個視角看不見任何人，隱約可聞孩子間歇的哭聲，強了一陣又弱下去。還好樓下沒人，絕望的我突然心生感激。看見供人坐臥的藤椅散發著可靠而低調的色澤，彷彿歡迎住戶們隨時將自身拋擲其中。耳畔突然響起女子叫聲：喂，離那邊遠一點，我說你，遠・一・點。

聲音是從回憶掉出來的。

幾個月前，我在這裡看見社區裡的一位年輕母親，就坐在這張藤椅上滑手機，兩個幼童在旁奔跑嬉鬧，她不時從螢幕抬眼，大吼：湯米不要去碰水那很髒，離遠一點，把妹妹帶過來。沒多久母親又抬頭大吼：就跟你們講遠一點，離池子遠一點，遠・一・點，再遠・一・點，不要過去，等一下掉下去你試試看。

那個叫湯米的小男孩，很快地和妹妹離開了池畔。

事實上水很淺，石頭很多，那不過是偽造溪流，禪意擬仿，死神沒興趣。死神不是女神，不會從池裡緩緩浮現，少女稚氣的臉蛋流轉著聖潔光輝，她拿起金斧頭和銀斧頭，親切地問你掉的是哪一把。誠實是正解，善良最可貴。後真相時代，死神反倒從天而降，不是從雲端拋出足以致人死地的紛亂訊息，就是跟隨失意喪志者從高樓墜落（降臨？）。

走到陽台的那日清晨，我並沒有看到湯米和他的母親，可能還在睡吧。懷抱著憂傷和夢魘，繼續沉睡。

頭朝下。我瞥見二樓住戶的陽台邊緣，伸出綠色藤蔓，姿態曼妙，舞蹈般地，在灰色天光中顯得精緻無比，又脆弱得無以復加。還有一種無法辨識的植物，伸出厚而硬的蒼綠色葉片，若劍若刀，肅穆地等待天亮。倘若跨出陽台，頭朝下墜，是否會被刺穿？還是比較慘烈的；上衣被勾穿的同時竟也險險接住了肉身，然後懸吊在那回不去又下不來的尷尬空間，即將天亮的片刻，在趕來的管理員驚懼目光中來回擺盪？

頭朝下。你看到這些。

2.

當我被產後憂鬱與午間電話糾纏時，好友建議我去按摩。她分享在按摩室的美好經驗：頭朝下，眼閉上，耳邊流瀉抒情鋼琴曲，全身赤裸的她任由芳療師彈奏。什麼都不管，都可以拋下。

不過因為太忙，我大約幾個月才去一次芳療課程，然後隔了半年，一年、兩年，結果兩個孩子都上小學了，我的三十堂課程還有剩。

但在那之後發生了一件事，每週從學校離開，我得匆匆趕去上另一類「課程」，持續大約一年半。某個週日午後，因牽機車施力過猛且不當，後腰清晰傳來強烈的痛楚，當場跌坐在地。當天是母親節，我進了急診室，醫生找不出原因，給我打了止痛劑後，丈夫就載我回家。我躺在床上呻吟，等待閃電般的疼痛乍現又消失，消失又重現。孩子也是，他們憂心地咚咚咚跑到床邊，眨著大眼睛問：「媽媽妳還好嗎？」我擠出一絲笑容：「媽媽痛痛。」孩子親暱地摟我的頸子，飛快一吻，然後又咚咚咚奔去玩玩具、看繪本。爾後又來問：「媽媽妳現在有沒有好一點？」

隔天仍無法下床，託同事緊急代課，他建議我去給幫他喬身體的師傅看看，沒多久他回訊，說他的師傅通常得先兩、三個月前預約才有空檔，除非特例可以緊急安插，「什麼特例？」我私訊他，過了幾分鐘回訊：「妳就跟他哭說妳現在除了手指之外，其他地方都動不了，生不如死。」

我掙扎起身，倚在藍色靠腰枕上試圖傳訊。默默祈禱：我掉了一把破爛又骯髒的斧頭，神哪請換給我金斧頭或銀斧頭，我都ＯＫ。

沒多久訊息已讀，神回訊息：下週一傍晚五點半臨時擠出一個空檔給你。意思是我還要生不如死躺七天。

隨即想起女兒幼兒園同學的父親是整脊師，等了半天訊息，才順利插隊。當天傍晚，我和藍色靠腰墊一起被載到透天厝一樓，霧面落地玻璃門，沒有店招。一進門，幾名男女老少抬頭望你，其實也不是看你，就是抬眼的同時順便活動脖頸，隨即又低頭沒入各自的訊息汪洋。

正中央，正在被喬的信徒頭朝下，全臉沒入黑色按摩床前端，唯有亂髮如蓬草刺出。偶爾看見信徒的半張臉，那是整脊師雙手穿過他的時刻——被摺疊者雙手向後抱頭，整脊師便從頭與圈起來的雙臂間的空隙，輕巧又完美地將對方的上半身提起來——初次見到的我彷彿回到童年看大衛魔術表演的時光，暗暗稱奇，被提起來的善男子或善女人似乎也同樣驚奇，臉部肌肉細緻扯動，說不清是痛苦還是快活，難以定義的神祕感知，隨即整張臉又被妥善放回那個洞。

如果彼時正好有搖曳火影，一張黑色挖洞的床，搭配間歇細微的骨頭摩擦聲，以及被摺疊者在忘情又克制的疼痛平衡裡哈氣吐舌，其實頗具獻祭氛圍。

之後我也加入被整的眾男信女行列。女兒同學的母親麗子直接幫我插隊，開啟了每週一次、每次半小時的頭朝下之旅。身為整脊師的助手，麗子總不忘前兩天來訊，慎重提醒必須在五分鐘前抵達，千萬不能遲到。信眾成海，各有不好說的側痛，準時才不會耽誤後面的客人。

我通常在十分鐘或更早之前抵達，邊聽整脊師優雅地創造細緻的骨頭劈啪火花，在被整者吸氣吐氣之間默默取出我的書。那年冬天，我在異質又瑰麗的環繞音場內讀佩姬・辛納（Peggy Shinner）的《我這終將棄用的身體》（*You Feel So Mortal: Essays on the body*），著迷她像手持解剖刀般，以細密又精準的文字切開自身，微笑從容地在讀者面前大卸八塊——另一種形式的自我獻祭？久違的大衛魔術？彷彿回應佩姬無私的揭露，我那持續如電流奔竄的腰痠腿麻會在此時更加熱烈，讓我知道它們的振奮。（迫不及待被整？）

佩姬談自己將典型的猶太人鼻微整形，也提到去百貨公司買內衣如何被「塗著白金色指甲的女店員」將乳房「又抬又擠」，我也隨即想起自己過去在賣內衣的更衣室裡，不是瞪著鏡中的自己，就是頭朝下盯視櫃姐親善地將手指伸進我的內衣，試圖又抬又擠喬出完美地形，佩姬形容那真是「又驚又羞，但也只能隨她蹂躪」的「魔術時光」。閱讀過程中我常克制地不讓自己發出沒禮貌的笑聲。如果眾人皆哀號，拔尖的笑聲絕對是沒教養的證據。於是我只好假裝咳嗽或挪動屁股，站起來又坐下，看看窗外暫時停放兩位信徒的車（一輛賓士，和另一輛賓士）；或將頭低到塵埃裡般作勢檢查手機訊息，扭捏地控制因濃密笑意而制止不住的顫動。

還好當我侷促狼狽之際，就輪到我。剛打磨好的肉身告退，整脊師快速消毒按摩床，將保護頭顱的圓形硅膠臉墊從洞口拔出，清潔後，重新在臉墊上鋪好粉紅色的十字洞紙。我收起書，走向按摩床。

一切就緒，只欠頭朝下。

儘管被整了一年半，每回將自己的臉嵌入那個洞，還是會有麻麻的電流刺激，先是從拉傷的靠腰處乍現，迅速爬升騰躍，然後像傑克魔豆那般一路瘋長至頭頂，等候整脊師又抬又擠的魔術時光。

3.

產前，婦產科的衛教就已經明說，千萬不要給小孩趴睡，經醫療研究證實，趴睡較仰睡具有更高的致死率。產後，在日夜顛倒、睡眠不足的難得清醒片刻，無意識轉開電視，迎接我的是女嬰趴睡猝死的新聞，傷痛不已的女嬰阿嬤側身對鏡頭，身影模糊，哭嚎清晰：唉唷發現的時陣我給她轉過來面已經烏烏的了。哇。嗚。

幾個月後抱女兒回診，醫生確認孩子發育指標時也特別叮嚀：沒有給小孩趴睡吧。我立刻心虛回應：沒有。那好，醫生低頭。我想像他在一連串表單細目中打勾確認的模樣。

但那段時間我讓女兒趴睡。因緣湊巧，別無選擇。

女兒出生後頭一個月，夜晚常醒著，不是哭醒，就是睡飽醒來繼續哭，我按照教科書上一一檢查讓她不舒服的原因，但就是找不到原因。同住的家人說：「她是不是沒吃飽？」「妳有沒有換尿布？」最後大概受不了只能拋下一句：「妳是要餓死她還是怎樣？」話語如同暴雨將睡眠匱乏的我再度擊落。輪到我睡不著了，胸口飽脹著困惑和委屈，最後只能頹喪懷抱女兒一同悲泣。

有次不知怎麼，半夜被哭聲吵醒後立刻機械性地掏出單邊乳房，塞入女兒小嘴，首章通常是快板漸強的吸吮，逐漸滑入平緩流暢的第二、第三章節，最終則是溫暖綿糊的最慢板。母女兩造陷入寂然。再度張眼時竟是白晝，陽光在窗簾外友善守候，我嚇了一跳從床上彈起：到底多久沒一覺睡到天亮，偏頭一瞧，床頭鬧鐘笑說：今天妳睡到早上十點十五分。天哪我竟奢侈地連續睡過六小時。然後才突然意識到女兒，只見她頭側倒，臉沒入好可愛的小兔花毯中，呈趴睡姿。天哪怎麼會？我手抖伸向女兒（腦海跳出新聞上阿嬤形象化的修辭：面烏烏的），慎重翻正（神哪我掉的的確是又破又爛的斧頭請原諒我），女兒臉蛋紅通通的，正睡得香甜，我流下感激的淚水，不知是終於和女兒一起睡到天亮，還是什麼其他複雜的原因。

於是開啟了女兒頭朝下的人生初旅。

甜美夢境中，母女倆飛翔在軟綿綿的睡眠雲端，頭朝下俯瞰睡成一團、鼾聲四起的美麗城鎮，那裡不再有哭泣的嬰孩，不再有睡眠被剝奪的母親，也沒有莫名的指責和訕笑。頭朝下是神的視野，寬容的敘事觀點，性別，母親，身體，每個關鍵詞都被捧在掌心，在寶藍如鑽的夜空覆蓋下，眾生平等，萬物酣眠。

於是我一次又一次睜眼迎接曝光過度的明亮白晝，一次又一次欣喜將女兒頭顱翻正，她也從沒讓我失望地離開口水濡濕的小被毯，臉頰益發紅潤，討喜的神色，翻過來仰躺，幾分鐘後，張開細長的眼，眼瞳倒映著臉上終於有血色的母親，粲然一笑。

女兒漸漸長大，無眠的夜成為傳說，母女倆皆不復記憶。凡見過女兒的親族說，妳是怎麼養的，這小女孩臉蛋小，下巴尖，頭顱好圓，以後肯定是個大美人。

4.

另一個更早的頭朝下記憶。

距離女兒徹夜酣眠的一年半前，我和丈夫曾住過洛杉磯威尼斯海灘旁的青年旅館，當時我一定是腦筋壞掉才答應他住青年旅館，話說有人在蜜月旅行住青年旅館嗎？他原本想住十二人房的通鋪，在我突然正常的瞬間才協商為四人房。當時我倆各自的單人旅行也常住多人宿舍，因此覺得沒啥不妥就訂房了。

他前一週先飛到美國開會，會議結束當天我飛往洛杉磯，兩人在聽來很浪漫的威尼斯海灘碰頭。我到的時間是下午，入住時其中一位室友已在房裡了，蓄白鬍的他退休後迷上徒步旅行。由於時差，我禮貌打過招呼就昏睡過去了，直到細碎的說話聲傳來，睜眼一看，丈夫剛好抵達，和另一位熱愛壽司的男子——不知為何，對方見我的東方面孔，就熱情跟我說明他最喜歡的食物是壽司——聊得十分開心。

也許白晝睡得太多，也還在調時差，晚上我翻來覆去睡不著。其他三位室友男子沉沉睡去，沒多久，兩樣事物來到了我的床前：腳臭及鼾聲，他們仨以如此這般男性氣概，在深夜房間裡繼續交談，為我朗讀，其中，白鬍先生的鼾聲最為磅礴，揭開夜的序幕，和他相比，丈夫和壽司男簡直是幕後花絮。

過了一會兒，隔壁的上鋪有細微聲響，一個黑影緩慢下階梯，是壽司男。他站在下鋪中段，將白鬍男的頭左右翻動兩次，小心翼翼地，好像正從包裝繁複的禮盒中取出瓷器那般。經過他的翻動，白鬍男的鼾聲弱了半個音階，他又緩慢爬回上鋪。拔尖的鼾聲中斷，簡直像拔掉插頭那般，聲音立刻斷電，寂靜持續一小段時間，直到音勢逐漸飆高，他又再度爬下來替白鬍男翻臉。我從棉被縫隙中目睹了這奇幻的一切。翻面，鼾聲中斷，爬上床。鼾聲漸起，下床，翻臉。最後，老先生的臉彷彿朝下。神奇的頭朝下，我暗暗讚嘆。

隔天壽司男跟我解釋，他和白鬍男共住了一個禮拜，第一天乍聞鼾聲，還以為哪個傢伙半夜去用洗衣機轟隆隆真可惡，幾度醒轉，才確認音源來自下鋪，而他聽過治療鼾聲的最佳祕方就是去翻動打鼾者的頭顱。於是開啟了兩個男人的頭朝下深夜之旅：壽司男爬下床，將白鬍男的頭側倒、朝下。

不過後來我就睡著了嗎？其實沒有，聲音持續，約莫來自於壽司男或丈夫。

好不容易撐到五點，我終於受不了把上鋪的先生搖醒，想跟他好好聊一下。喂喂喂，起來，快起來。噢倒不是凱薩琳・曼斯菲爾（Katherine Mansfield）在〈蜜月〉中，妻子范妮慎重地和丈夫喬治談的：「現在你真正了解我了嗎？我是說真正、真正地了解我嗎？」而是低聲抱怨：「接下來幾天可以換成雙人房嗎？」見他仍一臉疲憊，我下床，開門，去問櫃檯人員，失望地得知兩人房早已全訂滿了，我不死心，繼續問。交涉的過程中，丈夫一身運動服慢跑鞋現身，準備晨跑。我瞪大眼：你居然還有心情慢跑？他聳聳肩，微笑問：「要加入嗎？」我翻白眼的同時，還得快速在「回房繼續聽鼾聲交響」和「整夜沒睡撐著跑」之間，掙扎地選了後者。

現在想起來，那段旅程完全沒有凱薩琳・曼斯菲爾的風格，反倒有一點點瑪格莉特・愛德伍，一點點艾莉絲・孟若。

5.

有次輪到我被整前，正在按摩床上的女子受不了整脊師的力道，突然大叫。她的叫聲讓我唐突憶起了童年時期的某個片段，有一點安潔拉・卡特的味道。

大概是國小四年級的班級戶外教學，去參訪了某個以搜奇為主題的博物館，永遠忘不了其中一個展是這樣的：一個女性頭顱被盛在精緻的大圓盤上，圓盤安置於鋪著白色桌巾的桌面，圓盤旁不知是否有刀叉、高腳杯？看起來，那是顆沒有身體的女人頭，黑髮濃密，臉上塗滿胭脂，過分捲翹的睫毛，眼神跟著你，偶爾開口說話。桌上放了小立牌，上面用捲曲的花體字寫著：神祕美人頭。

似乎是利用鏡面反射四周的機關使然，女人坐在鏡面框圍起來的逼仄空間，浮出頭顱四處張望，也被看視。對童年的我來說，這空間充滿了諸多不和諧音：四壁緊貼的鏡面，邊緣裝飾著花葉枝條的大圓盤，以及盤中那顆盯著你瞧的濃妝美人頭，巨大的壓迫感，詭異地令我窒息。我很怕，但又愛看。

同學的哥哥不知道為何沒上學，也跟我們一起來看展，見我害怕，他笑說，這有什麼好怕的，那女人有身體，她就坐在那裡面很無聊等下班啦，我來過很多次，見怪不怪，而且今天不知怎麼搞的那女人臉很臭，大概跟男朋友吵架。當時我心裡納悶，他用「女人」而不是「阿姨」來形容美人頭，「女人」這個詞被一個大哥哥說出口時，臉上曖昧的神色令我不安，對我所產生的衝擊感可能更甚於美人頭的詭異。更詭異的是，哥哥的聲音居然穿透玻璃，且似乎正戳中美人頭的心事，因為那張臉更臭了。哥哥彷彿受到鼓勵，從他年少淺薄的認知或從民間故事獲得的訊息裡，所有女人的笑盈盈都來自於被愛上（或被上？），苦悶的女人必源自於被棄，於是他更揚聲調侃她臉太臭沒人要，男朋友愛上別人了喔，呱呱呱，哈哈哈。

突然間，那顆頭怒目瞪視，飆罵：你們這群小鬼沒家教，你爸媽老師沒教你不能這樣跟大人講話是嗎？你們哪一個學校的？我去告訴你們老師。玻璃窗有效地吸收、淡化了女頭顱憤怒的分岔音，迴盪在斗室內形成回音，但最末來回衝撞的兩句話可把我嚇傻了，我雙腿無力，遲疑地後退想逃，只見同學哥哥挺身向前，回嗆：死臭臉被我說中了吧，一定是男朋友不要妳所以妳黑眼圈像熊貓，額頭還長痘痘好醜，什麼美人頭，明明是醜女頭。

沒膽的我瑟縮在旁，目睹盤中孤零零的女人頭和中學男生對嗆，想快步走掉，卻又無法自拔地繼續收看，傾斜的異世界硬是將我發軟的腿釘牢地面，徒然杵在語言交鋒處發愣又發顫。同學哥哥繼續加碼：哈哈哈，醜女頭，沒人愛，醜女頭，沒人愛。

此時咬牙切齒的美人頭突然沉默了下來。頭朝下，靜止半晌。濃密黑髮遮蔽了臉。

哇女鬼。女鬼，女鬼。噁心的女鬼。快走快走。

同學哥哥以及其他幾個想模仿他聲口、動作的小蘿蔔頭作驚恐散開狀，嘻笑聲迴盪，留下怕得要死卻動彈不得的我。大約半分鐘吧，頭顱緩緩抬起，淚水一顆一顆泌出眼眶，從濃妝的臉滑落，斷線珍珠。透明的珍珠將她的黑色眼影柔柔暈開，一條詭異的黑色虛線默默寫在死白的臉龐，那是我初次目睹的震撼鏡頭。下一次再看到類似的畫面，則是多年後光裸著肩頸的辛曉琪，高唱「啊多麼痛的領悟嗚嗚嗚」時，從眼眶潺潺湧出的黑色河流。

現在她看起來真的有點像女鬼了。神奇的是，流淚的女人頭反倒不再令我害怕，十歲的我清楚感受到一股親切又失落的痛楚，想到每週六下午一小時的民間故事節目，每集導演都會捧出一張重彩塗抹的女臉譜（倒沒有裝在大圓盤裡就是了），也會有一顆任憑眼淚滴滴滴；從白天流淌到夜裡的哀怨頭顱，其中一集的紅衣女子站上圓凳，傷心地將頭放在從屋脊中央垂下來的繩圈裡，宿命的永恆洞口，奮力踢掉圓凳。

翻目，吐舌，終極的頭朝下。

此刻，民間故事的斷頭女鬼恍若飄至眼前，在涼颼颼的冷氣房裡和我一同目睹美人頭流淚的雙目。但我還來不及細究，又被好大的嘎嘎聲給嚇著，規律的機械聲響伴隨著腥紅色帷幕，從兩側向中央緩緩聚攏。全劇終。直到布幕完全闔上前，她的臉鑿出了兩條嶄新的黑色河道，目光中的一抹哀戚像微小火苗，閃閃滅滅。那是從來沒上過的女子衛教課，就在我面前神諭似地如蓓蕾綻放。女人頭無法抹去黑色淚痕，她沒有手；或該說她的手在白桌布遮掩的小暗室，待觀眾離開或下班之後，她才能從椅子（準備踢掉的另一張圓凳？）站起來，把雙手拿出來，替自己拭淚。

一個吊牌倏地掉出紅幕：休息時間。

下方小字：下午一點重新開放，敬請觀賞。

6.

後來我曾認真想過同學哥哥所說的，傷心美人頭是不是真的被男朋友拋棄了？如果可以，她會像小美人魚那樣，為了再見王子一面，拿聲音去跟巫婆交換嗎？如果連聲帶都被奪走，美人頭就不能像女戰士，在動彈不得的大圓盤裡，在凌遲的言語暴力中，奮力回嗆無數個沒教養的男生了？我再也沒去那間搜奇博物館之類的鬼地方，當然也就沒機會再見到美人頭。

我也認真想過，美人頭下班後，是如何以完整的全身，移動雙腳（小美人魚為了心愛的王子而多渴盼獲得的禮物哪），轉動鑰匙，回到自己的房間，仔細卸妝的素樸模樣。有人愛她嗎？有人會暗地指責她嗎？有人會以愛之名指責她嗎？以愛之名訕笑她嗎？她會躲在棉被裡，拉出童年小被毯的一角，放心地將委屈都哭出來嗎？比起冷氣太強的展示間，被窩恐怕才是自己的房間。不過，我接下來要說的一點都不維吉尼亞・吳爾芙，恐怕有點多麗絲・萊辛。

有段時間，染藍髮成為時尚，但鮮豔的藍竟讓我聯想到童年時代不慎也不幸讀到的《藍鬍子》。讀者一定知道藍鬍子有間祕密房間，裡面整齊垂吊著他的前任妻子們，頭朝下，無助地凝視滿地發黑的血跡，彷彿也困惑地思考這個故事到底要說什麼。藍鬍子讓現任妻子揮霍財產，有次狩獵前的他拿了一串鑰匙給現任妻子，說：什麼房間都可以開，就是別開那把黃金鑰匙的地下室。故事就要從這邊說起，乍然開啟的門後懸吊著一條條血腥真相，不僅頭朝下，也要有下墜的鑰匙；一把驚慌而掉落現場以至於血跡怎麼也刷不掉的發黑鑰匙，就是妳說謊的證據。藍鬍子的現任妻子千不該萬不該打開了這扇門，前任的屍體如同《五個女子與一根繩子》的終局（女子宿命？婚姻真相？）令人顫慄的睡前故事？聽了故事妳永遠別想入睡。睡了也不想再醒來。

（神哪我掉的其實不是一把又破又爛的斧頭，而是一把洗不去血汙的髒鑰匙，可以換一把新的給我嗎？）

之後，我把知道的都告訴警察。真相其實很無聊，不過又是一場家族鬧劇，我在無意間簽了字，代領了不屬於我的東西，根本不知道那裡面是什麼，話說我們總在莫名其妙、搞不清楚的狀況下簽了很多字不是嗎？不過銀行既然委託警察處理，警員也帶著有我簽字的簽收單，我也有必要解釋清楚。

然而這也不重要，故事不該從這邊說起。故事要說的是，即使是鬧劇，卻往往把歷史中的眾女子逼上圓凳，將頭放進宿命圈套，踢掉腳凳，頭朝下；或在寒風中脆弱站上陽台，淒楚地向下望，高處的她雖擁有神一般的視角，在心頭徘徊的卻始終是女鬼獨白。

還好故事的最後我尋覓了另一個圓洞，臉被妥善盛在極有彈性的軟墊裡，粉紅不織布妝點著我

（盛妝頭顱的精美的盤子？），好在無人觀視。即使被摺疊，有時我竟然就那樣放鬆睡著了。

天光明媚，陽台的左手香送來香氣。

我從歷史返回室內，在觀世音菩薩的像前焚香，裊裊香煙中，開始每日的定課：頭朝下，虔誠的大禮拜。

收錄於二〇二二年六月出版《原來你什麼都不想要》（木馬文化）

李欣倫，任教於中央大學中國文學系，研究以台灣文學中的女性、身體、醫病議題為主。散文包括《藥罐子》、《重來》、《此身》、《以我為器》及《原來你什麼都不想要》等，《以我為器》獲二〇一八年國際書展非小說類大獎，亦入選《文訊》「二十一世紀上升星座：一九七〇後台灣作家作品評選」中二十本散文集之一，散文作品曾收入年度散文選及數種散文選集中。

直男的研究——黃家祥

他玩交友軟體總是暈得厲害。

像史前人類第一次遇見黑色石碑。不同年齡的女孩子使用的詞語那神奇的差異，十七歲的女孩對他說，好好笑，二十二歲的女孩說，笑鼠。三十二歲的法台混血兒說，Hahahaha。有幾個瞬間，跟高中女孩聊天像與之同行（《女生徒》？）。制服、裙襬、抖音濾鏡，花與愛麗絲，他已許久脫離那個年紀了。欸、聊BL是不是讓你很尷尬，我們也可以聊杜斯妥也夫斯基和太宰治啊，我只是不懂，為什麼我說BL的時候，大家都覺得很奇怪很鄙視，聊經典文學的時候又覺得我很厲害。二十二歲的女孩，像剛展翼的鳥，陽光還能照透她翅膀的翼膜，你知道這女孩仍然保有一整個世界的寬容與美，任她取用。她對他說，我有一次帶《戀人絮語》去海邊，海風和鹽都附在書衣上，是不是很瘋？她傳來一張正在筆電上看《怪醫黑傑克》動畫的照片，他卻對桌上的書感興趣。那是什麼書？噢，《邱妙津日記》。法台混血兒說，剛拿到美國心理精神分析學會的獎學金，Just want to share with you！聊到她的博論，研究拉岡與傅柯，且寄了一份英文的學術論文來給他。這些女孩子總讓他吃驚不已。

有一些時候，原先抱著找伴侶的「目的性」（傳說女孩子僅次於約炮，最討厭的動機）總是在不知不覺間被迫轉為一種對異性的純粹好奇。畢竟在前面十數年，他沒真正跟這些異於自己性別者，建立起哪怕一點點細微心思流轉與匯合的理解。如同一般直男（高中讀男校也許加劇了如此症狀），對女孩有先天的障礙，他會因為緊張、掩蓋焦慮而在對話中以特殊的忽略方式對待這些女孩子，乃至最後她們除了最表面的容貌，並未在他記憶中留下太多的印象。但交友軟體或許是太容易繞過人際接觸最一開始面對面的尷尬與破冰的難度了。竟然可以在一片約炮男、普信男、直男間，成為一個相對善聆聽，懂分寸，不踰矩的角色：他可以聽到可能連那個女孩子交往過的男生都未曾知悉的祕密。（性的創傷、約炮的過往、憂鬱症的低谷、受暴的歷史）這或許便是他的詛咒：他太認真了。真就是好好聊天。不聊色。不查戶口。不自吹自擂。不直男以對。一個無害的樹洞。這種交往極易使人誤以為理解對方。他覺得自己像一個容器，等待這些話語流經，最後消失在虛擬洋流的數位虛空裡面。當他或者她身上相互吸引彼此的東西乾枯耗盡的時候，就是別離之際。

可是他的幻想太常走得比他的理智還快，彷彿理智是馬，幻想才是轡繩。而他實在太渴望「證明這些幻覺是真的」。遂時常對交友軟體抱著一絲難以釋懷的衝突感：許多相遇的水花，注定要消散沉沒。而一些難得的偶然，熬不過時間的門檻。哪怕知道是資本主義眾神與程式碼在背後遙控，他仍然注意到自己竟然迷信起來，因為是這麼難得，所以這樣的聯繫不得不顯示出一點點奇蹟的味道。他從來未曾與人透過文字交談這麼多。也不相信自己能。因此，奇蹟的意思是，這很罕見，而他認為不會再有。

稍稍取得進展之後，那些拒絕則讓他都快成了好人卡圖鑑大師，像某種精靈寶可夢，用令他苦澀的方式領取下列話語：

「也許你管不住自己的情感，但你可以管理你的時間。」

「你充分糟蹋我把你當不錯的朋友的這份心意。」

其中最稀有的ＳＳＲ，是這句ＶＩＰ等級的好人卡：

「我把你當朋友，希望會是很長時間，最好一輩子啦！」

那真讓他啞口無言。

當捅破那層薄如日本窗紙的關係時，迎面而來的劃清界線，更叫人傷感（他很難相信，可以在逛展、觀影、吃飯、散步之後，得到「原來你把這當約會！」的答案，卻不免自嘲，如今，上過床都不算男女朋友了，憑什麼這算？）：

「我不認為我有提供什麼曖昧不明的狀態。」

「我可以肯定這是你的幻想。」

「這是你單方面的泡泡。」

「我沒有對你釋放出任何朋友以外的言行舉措。」

甚至，當他走入對方家中，赫然得知女孩與前男友復合時，他的質疑遭到反駁：「你是誰我為什麼要對你有個交代？」

他被迫要面對自己個性的僵局：他總是無法在有好感的女孩身邊，變成她的好友，像一個國王旁的弄臣，面對她與後來的男友在一起後，那種尷尬的境地。甚至得擔上踐踏友誼的罪名：未來，只要他因為任何出於愛慕的情感而導致友誼無法繼續，對方都可以用這樣的方式，將責任放回他身上，對他說：是你帶著不純粹的心態在跟我來往，我是坦蕩沒有遮掩的，是你用你奇怪的愛慕讓我們的友情無法繼續。

那真是毫無辦法的事。而他好嫉妒。

他想，自卑首先創造了一個先於其他人的，令他俯首稱臣的空間。在那裡，他的奴顏婢膝有時並不是對他人的恭維（也就是說，未必是別人能力比他更好，身體比他更美）。那個使他卑弱心虛的王座只是一個虛懸的空位，任何人在對的時間都可以輪流即位將他貶為奴僕，而無人的時候，那開放空間的輝煌的王位，甚至他膽敢摸上它燦亮鏤花的扶手，蛇般地醜陋攀附，最後端坐在那上頭。那一刻，他也真的可以愚蠢地相信，他內心裡的確有某種不為人知的品質是令他驕傲，感到優越的。那種懷璧其罪的祕密快感如此誘人，他覺得自己真的是被埋沒的一塊寶玉——當然，這一切只發生在無人的時候。

他覺得，自己實在不是一個太溫柔的人。很多時候，對於情感與予人一定關注的付出是相當吝嗇的。然而，與他人社交，總算是能保持淡漠又不失禮貌友善的距離。他的社會化進程始終不全：自然而然因對視壓力而迴避與他人互動、逢年過節並不主動祝賀、拜訪闊別許久的長輩或朋友時常忘了帶上一份伴手禮、社交場合下所給予的微妙甜頭或善意從沒搞懂過。體己話不太說得出口、闖過路口避讓車子的時候，往往是友人拉著他，而非他護著友人（讓對方走內側可是他活了將近三十年才赫然驚覺的！）。他是直男中的直男，如果它有著負面的意涵，應該與一種偵知周遭人際溫度升降的能力有關（他不會注意友人頭髮造型的改變、衣裝的新舊與搭配、臉妝調性的重新安排，也不太關心動物、植物、烹飪、轎車、酒類、運動賽事、戶外活動等等的東西。對美食既不感興趣，也沒有任何評比不同店家差異的渴望。逛街購衣穿搭絲毫沒有動力，健身美體、投資理財不曾激起他對自己美好未來的想像）。關於占卜命數，只相信一件事，就是時間到了，他會死，而他寧可不知道這件事怎麼發生、何時發生。他沒有房子，也沒有車子，年收入低於平均，存款不必多提。婚戀與他絕緣，母胎單身，但（應該）不算厭女。這些年下來，他有一台當年頂規如今玩玩3A大作還能跑得動的電腦，一台PS4 Pro、一台溢價買來的PS5、並不怎麼開機的Nintendo Switch 、整櫃子的桌遊，近千本書，偶爾寫作，雲端塞滿盜載的數TB電影。

跟許多人相比，他不算孤單。

——原載二〇二二年十月六日作者Facebook

黃家祥，一九九二年生，嘉義人，東海大學中文系畢業，清華大學中文所碩士。曾獲新北文學獎小說首獎、教育部文藝創作獎散文首獎、時報文學獎小說佳作。著有《太陽是最寒冷的地方》。

母狗——方郁甄

家裡的母狗強壯且伶俐，有著尖挺的耳、珠圓玉潤的臀腿軀幹與光澤煥發的毛皮。見到我時，牠總將身體壓得極低，狡黠雙眼防備地打量著我。經過庭院時，牠總躡手躡腳地尾隨在後，但一轉身牠便溜得老遠，彷彿我會對牠做出什麼不義之舉似。

距上次見牠已隔四年。過去牠並非如此壯碩，也不這般賊頭賊腦。四年前我離開嘉南平原、囚居多年的家與神經脆弱的母親，負笈島北丘陵，在一間校風保守的國立大學中，就讀以離經叛道、自由開放聞名的文學科系。

大學生活並未令我習得自由。避走著家的時間裡，家仍以各式形態神出鬼沒。不是鄉愁離緒，而是情志病。有人說那病像匹黑狗如影隨形，若我的病是條狗，那牠必定有母親的神態和聲音。求學之於我，向來是以知識為杖，跛行逃離那條鬼魅般的狗，但遭牠撕咬見骨的傷從未癒合過。

四年裡我越走越虛弱，黑狗變形膨脹鋪天蓋地，化作黏液將我團團包覆，像咒詛也像個擁抱令人窒息；我被纏得喪失清明神智，忘記了自己。當我失讀解離、思覺混亂時，才意識到：黑狗就快要篡奪了我。

總聽見有人說：沒有地方去就回家吧。起初對這話嗤之以鼻，但察覺自己早被焦慮抑鬱侵逼得退無可退、珍視物事皆被自己親手摜破，所剩無幾時，遂漸感回家或許反能以毒攻毒，畢竟也再無物可失。

回家後，一切早已與我離開時不同。景物未改，人事已換。譬如母狗與母親的關係。

母親至市區車站載我返回鄉下的家，過往對動物向來不耐的她，抵家時首件要事，竟是摸狗。打開車門，母狗早已埋伏在側，在母親腳邊骨碌躺下，信任地攤開坦白肚腹討摸。母親竟也蹲下，像驟然忘記自己衣衫可能沾汙，更像與母狗已培養出默契。母親用甜膩聲腔說著誇讚話語（好乖、你最乖），耐心搓揉狗肚。這些話母親從未對我說。母狗享受地弓著背脊、四腳朝天扭動，六個乳頭與肉感陰部皆直曝母親指掌，任母親揉搓。

目睹母親展現愛心，我感覺一陣扞格。當我走近欲參與時，母狗卻啪地彈起，掉頭狂奔而去，狗爪在庭院地上抓出答答聲響，像巴掌甩在我心上。

她倆的放鬆親暱令我吃味。一時分不清妒忌的究竟是母狗還是母親。負笈離家前，母狗曾經獨與我親近，而今牠竟如此輕易地投奔母親。

記得母狗誕生，是因父親養的虎斑狗被姦。某日牠毫無預警地擠出五隻崽狗，渾然不知哪來的種。誰的種虎斑並不在乎，人類才會在乎這種事。生產後牠只側躺歇息，偶爾推擠吸咬牠乾癟奶頭的幼犬，替自己挪個較舒適的姿勢。父親對此卻頗為憤慨。崽狗斷奶不久，他便將虎斑送給一間工廠看門做懲罰，不久牠便被老鼠藥毒死了。後院遺留那窩幼犬，因缺乏照顧也逐一夭折。父親畢竟從不是善於體察他者需求的人。那當中唯一活下的便是母狗。

父親遲遲發現狗死，將腐臭幼屍拖出籠；欲將母狗一併帶出，牠卻蜷著寸步不移。即便籠子早已太窄，且隨時大門洞開，牠始終拒出。初生一身纏綣褐黃虎斑褪成了灰白顏色，像驚懼浸染而成。在牠死灰的眼裡，我看見了無比熟悉的東西：那是對自身存在的遲疑與對外界一切的難以信任，是身為母親孩子的我，心底長年盤據的東西。

每日上學前，高中的我開始走近籠子，循循善誘母狗出籠，自認比諮商師或社工耐心。

彼時我已拖著抑鬱的自己，跛行至成年關口，往前一步便能離開家鄉的一切。每天凌晨四點，總自動睜開雙眼，起身籌畫進度按表讀書。面對理當游刃有餘的應試，我卻仍感到不明地焦慮，如蟲噬火炙，凌遲煎熬。在破曉逐漸光亮的房間裡，透過門板，我能看見母親皺眉張嘴酣睡，父親仍流連溫柔鄉未歸，不久後母親將轉醒，盥洗更衣，大力擂我房門要我起床。她從不清楚我幾時起床、讀些什麼、在乎哪些，有多愛她。她從來只會棄嫌我的生活姿態。

母親妒恨我。那妒恨來自對自身生命不滿。她總說以前她可沒那麼多資源，她恨不得與我交換，篡奪我的人生以重來。從小她總斥責我不夠自愛，我從未明白這話意涵。我向來患得患失地護著擁有的一切，尤其活在被脅迫隨時剝奪的焦慮中時，便更變本加厲。

稍長我才明白：母親說我不自愛，是指外表體態。她將我的魁梧身材與男性化裝扮視為放縱及邋遢。我有著她認為沒未來且沒人愛的外在。但沒未來不過是沒能出嫁，沒人愛不過是沒男人。後者是她長年焦慮之事；她認為自己不值被愛。

母親曾被強姦。童年被隔壁大哥、二十二歲被追她未果的青年。被強姦且懷胎的母親，進婦產科墮胎時總感會被醫生斥責愛玩、不檢點。醫生沒說什麼，母親早已自認汙潦不堪。墮完胎不過幾年，母親嫁了，嫁人前便懷上我。母親說：那時你爸一直討，我不敢不給，怕自己之後沒人要。

母親因此對女兒命運懷抱雙重恐懼：恐她遭逢強姦，恐她不被人愛。為防堵前者，母親禁絕我出門，並不斷警告。她總說：男人小頭會支配大頭。性欲是種男性特質，女人無性。性是男賺女賠。童年的我聽母親布道總困惑：和阿嬤同住時，她睡前聽那賣藥電台，說的與母親完全不同。電台有各齡女子叩應性煩惱：老公太快，不爽怎辦、自慰有罪惡感何解、中老年單身如何尋求滿足……疑難雜症、經驗分享，無非是體現女人有性且追求性福。我總暗自想著要與母親分享這些事情。

九點叩應，十點脫口秀，建成阿芬主持，國台夾雜說黃色笑話。建成故作嚴肅問：阿芬啊，大雄比較懶倒過來係按怎念？阿芬說：這簡單你怎袂曉，就懶叫比熊大啊。背景播放罐頭笑聲。我覺得傻得好笑。母親開車載我補習時，遂依樣畫葫蘆問母親：你知道大雄比較懶倒過來怎麼念嗎？母親勃然大怒：你知道懶叫是什麼嗎？凌厲語氣好似懶叫是毀滅性武器。在我補習時，母親遂翻我書包檢查違禁，看見我筆記本上畫滿少女塗鴉，個個腰束奶澎深乳溝。下課後母親氣得大力訓斥我不知羞恥。我低頭受罵，仍不住看母親胸前起伏。童年的我說不出口：自己不想作女人且喜歡女人。生而有性，我很抱歉。更抱歉是無法同理母親且活得如她所願。一如她無法接受及理解我。

如今我似乎獲得了自由。母狗離籠已久，母親也已變了。但我腦中銘印的是過往的母狗與母親，怯弱而心防由我突破、不慣自由的母狗，遍體鱗傷而傷害著我的母親。

出於對母狗的競爭心理，一次見著父親便與他打探：久沒回來，你的狗怎麼變好壯。見我搭話他興奮打開話匣，拔亢而語氣獵奇：平常沒看到牠吃我餵的狗食，原來牠會打獵！有次看牠在吃別人家賽鴿！不知道怎麼捕到的！每次發現我在看牠就屁顛屁顛跑掉了。有夠狡猾！滿肚子壞水！他表情扭曲作勢，口沫橫飛。

聽著我才頓悟：原來母狗光澤毛髮、肥厚身材，皆是狩獵養出的血肉。伙食自己張羅，牠根本不需要父親。我不住地想像牠打獵模樣：埋伏草叢抓緊時機，竄動肥厚有力的身體，撲向地上休憩的鴿子，一口咬破脖頸。叼著抽搐的獵物，擺臀神氣前往祕密基地，閒適獨享。

牠才不在乎身材粗壯，重點是動作敏捷。即便牠如此粗壯，母親仍會愛牠。我妒忌牠如此自我自在，卻仍被疼愛。想起我便滿心不平。後來母狗從面前路過，我總用鄙夷眼神打量，心底罵牠肥婆。而牠總如常輕快地答答走過，滿不在乎。

父親總用滿肚子壞水形容超脫他掌控的事物。譬如不靠他吃的母狗；譬如自律進取、時時嘲諷他生活糜爛的妻；譬如書讀多而乖僻的我。若不能成為他意志延伸、作為彰顯他偉大的配件，狗、妻、小孩便都是壞的、需要教育，畢竟他是主人。

想起七歲時，母親曾對我幽怨道：父親竟向她同事說：若他老婆有不滿，只要揉揉她，她就會乖順如初。母親因父親話裡的貶抑憤慨，卻仍未當下發難；她清楚他要逞能。她在鄉立圖書館門口對孩童的我埋怨：她不需要面子嗎？那可是她的同事！我不確定那是什麼樣的揉，但總感覺母親不願承認的是：父親伸來欲揉的手真能輕易罩住她。乖。真是條母狗。

母親害怕成為母狗。為此她長年禁欲含蓄。這使她尊嚴，也使她寂寞。父親恨她自律如此且對缺乏責任感的他冷嘲熱諷，遂幾年流連溫柔鄉不返家。

母親謹守許多規則。她日日運動，下班即做瑜伽、看電視。看劇總邊感慨男人可惡女人坎坷，其實是感慨戲外人生。她總說：你別看爸媽這樣就不信男人。我總沉默，她總自顧說，細聲輕柔像欲蓋羞恥，也像只說給自己：你應該多愛自己，世上還是有好男人，如果哪天你等到一個愛你的，結婚也很好。說這話彷彿忘記自己方才大罵男人垃圾、說別苦等男人愛。

我挪到她身旁，插掌入她上臂間，隔棉衫揉她乳房。專心盯電視的她扭動，小聲說別這樣，但無掙脫之意。沒關係，反正我是女兒。但也知道不真沒關係，因為她是個敏感的人，感官敏感而非對他人性向敏感。被揉到按捺不住，她便挪移爬起。隔天我會鍥而不捨地揉，像她每天揉揉母狗那樣。

某天母親終於問我：你幹麼不揉自己的？我抓揉胸部搖晃答道：這不一樣。母親大笑，因我從善如流。她不會明白揉誰的奶有何不同，畢竟在這方面她無比遲鈍，然她又敏於糾察男女關係。她總滿心有性卻從不承認，因承認即是賤，即是母狗。

母狗有性。或者說，有性的女人就是母狗。若有性是種男性特質，我是越來越像父親了。又或我整個人也看上去像他。母親並不樂見於此，即便這或許反能減低母親對女兒命運的首要恐懼。

猶記女童時候，我總因父母工作繁忙而自己走路回家。老家在台南僻鄉農業小村，平日路上空曠，僅有幾個老農、幾隻野狗晃蕩，唯有放學時間，路上會因結伴邊走邊玩的小孩，顯得熱鬧嘈雜起來。而我像頭欄牧家畜，被母親鎖到小學才轉型放牧。我向來獨自一人，不記得曾否和人結伴回家，只記得回家路上有不少狗，時常看見公狗為搶母狗打架、初生幼犬被在鄉野逞快的汽車輾死。

還記得小四是週三中午放學，回家路上，我在廟口看見兩狗交配。被壓住的母狗屢屢前進，公狗鎖緊牠下身，猛騎著抽插。母狗淒聲嗚嚎起來，分不清是悲憤痛嗚抑或極樂。我在路邊看得僵直，卻難以切斷目光。

欲從此景抽離，往後撞上一堵軟牆。反射轉頭道歉，是個中年男子肚腩。他橫肉的臉堆笑，皮膚黝黑得發紅，毛孔個個像喝了酒。他用台灣國語說：妹妹啊，你也要玩狗狗玩的遊戲嗎？一時間他看來竟像我的父親。即便我做業務的父親總西裝革履，但那種曖昧的笑像極了。他將手搭在我白衫肩上，而藍黑百褶裙邊緣有另隻手指蠕動，正午的陽光曬得我恍惚，只覺他汗濕黏膩。廟口母狗愈嚎愈淒厲，午睡被吵醒的廟公拿掃把狂奔而出。公狗立即抽屌奔逃免遭飽揍，母狗喘了喘後跛著下身離開。忘記自己如何抽身的，只記得回到家後內褲有血。

推測是經血，便向下班的母親提起，她喔了聲，疲憊臉上爬滿不耐。一切不像她自己從圖書館借來的性教育漫畫：母親溫柔祝福女兒成人、恭喜她能成為未來的母親。現實中母親只塞給我兩片棉墊，平板地說：能懷孕了，好自為之。像個咒詛。

後來血沒再流，兩年後我才來經。經血不粉嫩，衛生棉不輕薄，那些女體迷思都在發育現場被撞破。經血是帶鐵味的濃稠暗紅。初見時便想起賣藥電台笑話：男人在沙漠瀕死，見一女子便向她討水，女子為難地離開，很久後帶回一杯暗稠番茄汁，男人大怨：我要水！女人憤慨：沒水！這杯我可是接很久。原來是經血。賣藥電台性知識，竟較中產性教育漫畫更童叟無欺，帶著荒謬的幽默。

母親若有知，必會制止我隨阿嬤聽這下流電台，但童年時我視那為再真實不過的人生：問陽痿、求高潮、緩解中老性危機……在母親威嚇下，那些記憶逐漸封存了，只餘強暴恐懼。忘記對閹割我的女性化規範曾經何等厭惡，忘記我陽剛欲望模態遭受壓抑的憤怒。因害怕被當成母狗摒棄了性，也因為我竟忘記了，性從來不只一種，而女人亦是。

廟口那隻母狗後來好嗎？她會記起自己被強姦而在夜裡哭嗎？她會因此厭恨體內的孩子嗎？後來再見那隻母狗，是去雜貨店路上。她撕咬著一隻公狗，欲搶走他口叼的食物，我快步走過避免被波及，走遠仍聽得到她示威的聲音。

母狗不僅有屄和奶子，還有吠吼的聲音；母狗有利爪尖牙且終究能咬人。母親若是自拔爪牙，卻心有不甘而更虛張聲勢的母狗，那麼父親呢？自卑自傲、脆弱又不願示弱的父親？

在這如此倚賴語言框架理解人類生命經驗的世界裡，我又是什麼？這樣既是女人卻又不是的我。

我想起童年時代，父親向母親提起過一個鄉野傳說，而母親總不斷將那傳說轉述予我。聽說剪指甲時，若未仔細收拾而被老鼠或者其他動物吞食下肚，則那動物會變成你、取代你的位置。牠會做得比你更好，於是大家最終都會把你遺忘，久而久之你自己便變成了那動物。

後來明白這不過是個警告，編來要小孩知足順服，但有時看到那隻眼神賊精明的母狗，我仍不禁會想：若她來做女學生，不知是否會做得比我更好。但這種事只有人類這種無聊的動物會想，狗在想什麼我們是不知道的。母狗終究是隻母狗，人仍然是人。回家後的每天，我把早餐撕開，一半參入指甲，擲向母狗，牠俐落叼住，頭也不回地帶走享用，看著牠大搖大擺的背影，我竟感覺自由了起來。

本文獲二〇二二年第十二屆台南文學獎華語散文組佳作

方郁甄，中央大學英文所在學，受文學與文化研究訓練，關注議題包含：女性主義之性政治、婚姻家庭作為性別化場域及私有制單位的壓迫性質、城鄉差距與階級再製、冷戰文化遺緒、兒童／童年概念的現代性、精神分析實踐、酷兒情感情緒。得過林榮三文學獎、中興湖文學獎、台南文學獎，作品散見《自由時報》。寫作〈母狗〉一文時，同時在寫分析林奕含小說的碩論，思考「小說裡含蓄中產女性化女童所內化並深刻折磨她的意識形態為何？她的情感／主體位置源於何種社會及歷史形構？」以及「如何理解小說中的準T主體（非女性化女童）的性／別困頓？」〈母狗〉很大程度上思考的也是這些問題。

人體模特兒、神韻的物理規律與疤痕海豚

劉大芸

一般來說，畫室的工作都是模特兒擺三個姿勢，再讓畫家老師們投票。畫粉彩的董老師教我每個姿勢只展現一個身體部位，展示的方式有三種：給你看、捧給你看、不給你看。我想起約翰・伯格在《觀看的方式》裡說女性沒有一刻能夠忘記自己在他人眼中的模樣：「她幾乎是每分每秒都與眼中的自我形象綁在一起。在她穿過房間時，她會瞧見自己走路的姿態，在她為死去的父親哭泣時，她也很難不看到自己哭泣的模樣。」這麼做的代價是女人把自己一分為二，變成一種景觀而永遠無法活在當下。

我看見自己解開腰帶，浴袍以一種戲劇性的方式從肩頭滑落。鎖骨、腰身、尾椎。第一次當人體模特兒時穿著便服就直接上台，老師示意後才慌慌張張地脫衣。手抓住洋裝下襬往上拉，下半身裸露在外，頭卻被蒙在衣服裡。比起脫衣服更像被罩住，除了我之外所有人都看得見我的難堪。那是我第一次知道人體模特兒的祕密，我們可以穿便服現身，也可以給人看裸體，但不能展示更衣。那是從一個空間跨越到另一個空間，是一場規模很小的時空穿越，是一次很隱微的變身，不能示於人前。兩年後我在同一本書裡讀到：「展示赤裸是把你的表皮和你身上的毛髮變成一種偽裝，而且這種偽裝永遠無法卸除。裸體的詛咒是永遠無法赤裸。裸體是一種衣著形式。」

我擺了一個側坐、趴伏在椅子上的姿勢，一條腿蜷起來，另一條伸出去，肌肉修長而優美。老師說最好的動作都是不對稱的，我用左腳點地，右腳尖則縮起來，小時候在游泳課上就是這樣壓平腳趾踢水。動作得維持六個小時不變，身體的支撐點不能少到無法分攤重量，也不能多到無法展露曲線。我調整方向，臉半藏在手臂裡，卻裸露整個胸部。因為身體斜傾，胸部看上去比平時還要飽滿。「固定看某個點，想一個情境。」老師說。

我盯著牆上的三孔插座，想那個我愛他但他並不愛我的男人。這素材很快就想完了，我換成想郝思嘉在野餐會上被她勾引來的男人們簇擁著，但她真正愛的男子卻在一旁向別人獻殷勤（這麼說並不對，她真正愛的男子其實正在房裡睡午覺，只是當時她並不知道）。

畫二十分鐘休息十分鐘，下一節開始後我想起曾經看過的一則訪談影片裡模特兒說：「人們常問要如何才能有我照片裡的那種眼神。答案很簡單：『想一些悲傷的事』。」於是我開始想一些悲傷的事，像時間的不可挽回性、劍齒虎和冷凍庫裡的早餐。想前幾天滑到的臉書貼文，小學老師帶孩子寫關於悲傷的作文：「閉上眼睛，那件悲傷的事就會出來了。」男孩不會寫，老師便把一顆糖塞進他嘴裡。

告訴我，什麼事情浮上來了？

爸爸打媽媽。

然後呢？

然後，我就保護媽媽。

後來呢？

後來，媽媽就離開我了。

我想，如果有人願意在我小時候，一次又一次地問我什麼事情浮上來了，那麼或許有天能聽到我的真話。

人生中有兩句話我始終跨不過去，一句是爸爸說的。那天媽媽負責買全家的早餐，爸爸從房裡出來，看了看桌面，說：「沒有我的喔？」媽媽沒有回答。另一句則是媽媽沒有說出口的，某天我、弟弟和爸爸窩在沙發上，媽媽準備出門。那陣子我和弟弟發明了一種打招呼的方式，我們用「掰ㄅ」代替「掰掰」，那時他們的感情已經很差了，爸爸卻不知出於什麼心態——或許是拿我和弟弟壯膽——也說了一聲：「掰ㄅ。」媽媽直接關上門。

父母離婚後我和爸爸單獨生活，高中我開始拒絕上學，父親照樣每天早上幫我買早餐，我穿著制服坐在餐桌前，等他出門後再把原封不動的早餐冰進冷凍庫。某天覺得這樣下去不行了，又把它們一包一包拿出來，塞進大垃圾袋。有東西滾出來，是被冰成圓柱體的大冰奶。那一刻我發現這些早餐原來並不是我冰進去的，而是當年母親忘記買的。

想到這裡，我一定有輕晃一下。即使我沒有意識到，那晃動也被記錄下來了。其中一位畫家用水彩速寫，水彩半透明難以修改，於是我格外喜歡色塊後面的鉛筆稿。那些不夠精準的線條把我畫了出來，裡頭有誤差、體力不支和微微出神的晃動。我因為這些線條才存在，否則那畫就像是她一直在那裡，只是尚未顯影。

最近一次在學校工作，我發現門邊靠牆擺著一幅油畫，玻璃裱框、比人還高。反光讓我只能確定畫裡坐著一個女人，穿白色洋裝，雙手交疊膝上。窗邊擺著一瓶向日葵，她正越過向日葵看往窗外。當模特兒時一向都是別人看我，我第一次能看著什麼人。我感覺我們是某種同伴。

休息時間我站到畫前，沒穿鞋。那是一幅油畫，女子的洋裝其實是顏色相近的白上衣和白裙，上衣質料硬挺、袖子微微削肩，露出圓潤但不豐腴的上臂。女子左腕戴一隻銀色的錶，手裡握著一條白手帕。她坐在胡桃木色的矮桌旁，桌上是那瓶花，身後也是胡桃木色的矮櫃，櫃上散放著歐洲風情的擺設，還有一座小小的石膏像。

讓我驚訝的是她的表情：她不開心。我彷彿聽見陳明韶一九七九年發行的〈讓我們看雲去〉，唱歌的卻是父親略帶遲疑的低沉嗓音：「女孩／為什麼哭泣／難道心中藏著不如意？／女孩／為什麼歎息／莫非心裡躲著憂鬱？」她眉頭緊皺，臉上有幾道明顯的動態但極美。陽光直接灑在臉上，向日葵有些朝向窗外有些朝向她（它們應該是剛剛拿進室內，可能還整理過），她的不開心不是憂鬱的那種，而是憤怒的，最接近的表情是在太陽下睜不開眼。

「可是那完全不合理啊。」稍晚，我躺在那個我愛他但他並不愛我的男人胸口，這時候他已經愛我了，我卻開始不確定自己是否愛他。那陣子我們都在操場約會，我不敢讓他進到家裡，一旦他來，便會勾起一個我無法面對的自己。男人的欲望那麼單純而直接，他只問我開不開心。我想了很久，說：「我覺得我比較像是見識到了什麼。」像見到大自然。像站在一座瀑布下方。像看見獅子吃獅子。

我告訴他星期二的散文課我們讀傑夫．代爾《持續進行的瞬間》，書中提到狄卡西某個時期的作品總是請模特在設計好的場景裡擺拍，看似隨意實則花上好幾個鏡頭排練。一般來說，攝影抓住時間之流中的某個瞬間，這個瞬間有前因和後果，錯過就不能再重來。

然而在這些作品裡，時間被獨立出來，「彷彿是被永久而非短暫地留住。」不屬於現世，沒有過去、也沒有未來。

「所以一個人可以在一張照片裡皺眉，但一個模特兒在一幅油畫裡那樣皺眉？那不合理。」我在畫前站了一下下，老師便帶著兩個同學走過來。我退到一邊，感覺自己和它分離，感覺自己第一次如此貼近繪畫這門藝術。我沒有想到的是，幾天後的傍晚下著大雨，但因為我們又上了一本攝影的書，我便決定當下得立即回到藝術學院。藝術學院的走廊兩側都是教室，天黑加上教室都沒開燈，走廊便只剩下逃生標誌的綠光。我找到油畫教室，路上沒有遇到一個人。和我料想的一樣，教室上了鎖，我放手準備離開，卻感到門在晃動。原來門只是太重，教室裡空無一人，畫架和講桌都被推到最裡面，騰出一大片空地。打開燈，我又回到它面前。

我仔細檢查畫裡的細節，像怕把臨別的情人忘記，又怕在對方臉上找到沒見過的瑕疵。幾個小時後當我再度回到這裡，帶著那個愛著我的男人，他說他喜歡我談畫的方式，我說最不浪漫的話要用最浪漫的方式講，最浪漫的話要用最不浪漫的方式說，我不要任何浪漫影響我的判斷。離開藝術學院的路上我們經過小橋，橋的兩側結滿蛛網，我們看見一隻蜘蛛正在纏裹捕到的蒼蠅。「現在可以了。」我說。

放著向日葵的矮桌上還有一本書和一張紙，有人隨手將一只懷錶放在書上，錶鏈垂到紙上，再仔細看，那紙是一封信。女子身後的角落裡則吊著一盞沒有點燃的煤油燈，燈後方的牆上又掛著一幅褐色的畫，裡頭有一個女人把雙手放在膝上直視著畫家，此刻，直視我。於是我更加確信，這幅畫是關於繪畫的本質、關於時間的本質。而那個無視過去與未來的女子則坐在那裡，皺起眉頭。

身為一個模特兒，我無法想像要如何在油畫中留下這樣的表情。這麼大的油畫可能要畫上好幾個星期，最有可能的是畫家拍下照片然後看著照片作畫。但我比較想要相信是少年跟她坐在同一個房間裡坐了好幾個禮拜，她每天同一時間抵達，穿同一套衣服，把頭轉向同一個角度露出同一種微笑。突然有一天，或許是因為倦怠，或許是想起什麼，她的表情鬆動了，露出底下他看不懂的情緒。原來自己這幾個禮拜來從未看懂過她，少年看向一個全然無法理解的世界，感到無以名狀的悲傷，於是決定畫下這一刻。

那天，老師說這幅畫是他大學三年級時畫的（大約三十年前），只畫了兩個禮拜。我沒有再聽下去，因為他並不是那個作畫的少年了，他沒有我想要的答案。而我想知道的是：她為什麼不開心。這個問題或許只有她才能回答，或許連她也無法回答。我們模特兒真的能留下什麼嗎？會不會我們只是素材，情緒是屬於藝術的。畫筆是工具、顏料是成分，會不會我們只是介於兩者之間？

有次畫友把畫我的作品發布到網上後有網友留言稱讚：「你把她的神韻抓得很好。」說這話的人根本不在現場，要如何得知我的神韻？說到底，神韻究竟是什麼？我總是在想一些悲傷的事，所以難道神韻是一個通道，它是妳在這裡卻又不在這裡？如果那些畫不出來的都將成為神韻，又該如何捕捉？它又是如何在人與人、人與畫之間傳遞——或許神韻的流動規則係屬另一個星系、服膺另一套物理規律。

一開始當人體模特兒時，我以為藝術可以剝除情欲，裸體可以只是裸體。但我錯了，藝術從來就是最情欲的，我接受這一點，只是不甘心變成一種介質。一開始，我是真的以為自己可以去到另一個地方，睜開眼後卻發現我還是我，我還在這裡。人不會因為裸體而自由，自由沒有那麼簡單。某個禮拜我安排了五場工作，結果那整個禮拜都在做被強暴的夢。妳永遠無法掌控別人如何看妳，而我已對此感到倦怠。

或許，下一次站到台上，我不要再翻出一些悲傷的事，那總讓我感覺在仿冒自己的情緒。或許，下一次站到台上，我可以想想花蓮的海。想上次出海時爬到船緣，把腳伸出船外。浪擊打船身，再打到我們的腳上。

或許我可以反覆地想飛旋海豚從腳下游過的瞬間，或者想船怠速時，噴氣孔張開的聲音。又或許，我可以想花紋海豚灰底白紋的身體，想兒時在七星潭我有沒有撿過一千顆這樣的石頭——灰底白紋，再尋常不過。或許我可以想花紋海豚身上的花紋其實是傷疤，所以牠們的名字譯成白話應該是：疤痕海豚。

對，或許我可以想想這個——疤痕海豚。

本文獲二〇二二年第十八屆林榮三文學獎散文獎三獎
——原載二〇二二年十一月十六日《自由時報》副刊

劉大芸，一九九九年生，台灣人。女性主義者，人體模特兒。師大附中同等學力，東華大學華文系畢業，東華大學華文所創作組在學中。曾獲第十八屆林榮三文學獎散文獎三獎。

暑假——顏一立

熱氣升空，蟬聲大作，一個睡到再也睡不著的我，從暑假中清醒，一面害怕，一面尋找幽靈。

一，低速、無聲、監視器般地控制視線，從天花板下降到地板，再從衣櫃平移到電視，陰暗的臥室裡，電視螢幕只反射出了我。

二，打開廁所的門，裡面空無一物，再打開臥室的門，外面一條長長的走道，深不見底，沒有動靜。

三，趴到走道的地上，一間一間地檢查門下的光，家人有三、房客有四，七個人之中，一個也不在家裡。

那是距今二十五年前的暑假，當時家中，人多事多，來了個和尚說，某些東西不知道跟著誰，住進了這裡。

二十五年後的一個早上，我走到客廳，打開冷氣，當時的七個人，至今大多沒了消息，有的，也是保持距離，而這裡也不是那裡。這裡室友有二、家犬有一，時近中午，只剩下了狗、一個居家上班的我。主管說，每日確診人數降到二萬之前，沒事不要進辦公室。

我把日本新聞放到最大聲，邊聽東京出現白烏鴉或中國大量閃電的日語，邊攪拌冰塊、冰水和咖啡粉末，邊看地上的狗毛，被冷氣吹起，造成的小型旋風，恍惚之間，我落入暑假的幻覺裡。我在計算天數的手機程式，輸入一百天，程式回答了我一個日期，從今天到那天，整整一百天。

這一百天，就是我一個人的暑假，至於怪事，便是在這百日中，一一發生的。

（一百天）

前面幾個星期，我只是正常地生活，早上按掉鬧鐘的同時手機打卡，中午在餐桌上邊吃碳水化合物、邊處理設計稿和新聞稿，晚上逛社群回訊息看看網路影片，隔天又睡眠不足地醒來，每天的每天，造了一身孽般的贅肉，日子，也只是愈來愈重。

人們告訴我這樣可以得到幸福，講話的人，前世大概燒了很多香，但實驗在自己身上，我只覺得反而是不祥的什麼東西，好像從一個很遠的縣市坐上了車，吃著便當，看著窗景，風雅地向我逼近，同時進不去辦公室，見不到同事，喝不了公司的水，我失眠了。

一晚我在床上等待睡意，等啊等的，我感覺到真的有什麼，從門下進到房間來，那東西，是一坨渾沌的謎。

前年夏天，我和當時交往至第八年的男友，加上幾個朋友，吃完披薩，站在店口，我抽了一支菸，聽見男友帶有負面氣息地說，全部人等一個人抽菸就好了，但就在那一支萬寶路薄荷菸的時間裡，我們呼吸不到新鮮空氣，濃煙密布所有的問題，灰飛煙滅，非常疲倦，各自上回家的車，沒有說一聲再見，再見時，已是前男友，如同夏天裡的怪談、鬼故事和殺人事件，誰也說不上為什麼。

那天之後，我不明地很怕光，天空太亮，電視太亮，人的牙齒也太亮，亮得我在光天化日下，關門閉窗，住在床上，讀書吃飯，另外買一台投影機，沒日沒夜地看電影，好像這樣下去可以參透那謎，而前男友游泳，登山、衝浪，腳踏車、馬拉松，往太陽的方向高速移動。和尚說得沒有錯，黑暗裡，那謎幽幽地成了靈，從此不放過我。

今年夏天的我，從床上坐了起來，打開手機上的空白雲端文件，重新整理一次事件經過。

認識是暑假，十年前他升上研究所前的那個暑假，他帶我到他常去的中正運動中心游泳，我帶他到我常去的建宏，牛肉麵店的桌上，有很多的碗，碗裡面，是不知民國幾年就在這裡的深紅色膏狀辣牛油，很是我菜，他模仿我的動作，往湯裡一匙一匙地加，邊流著汗，邊說著好吃，八年過去，我沒有注意，那牛油加得愈來愈少，注意到時，他的飲食已近乎鮮花素果，理財、運動、工作，有如在雕一尊佛，也從自由的生活，去了地上二百七十二公尺的摩天大樓，二百七十二公尺底下的人間，我一個人吃牛肉麵。

像是那個哲學悖論，人全身的細胞每七年更新一次，更新後是同一個人嗎？說不是的人，說的是物質，說是的人，說的是靈魂，但靈魂又是什麼，是個性，是經驗，或是記憶。

記憶裡，更新前的他，好像珍妮佛・安妮斯頓，情境喜劇般地錯誤百出，講錯笑話、穿錯衣服、吃錯食物、弄錯氣氛、記錯時間、走錯電影院，記憶最深的，是一次摔車後的我，從台東的馬偕醫院檢查出來，挖苦他幾句，他便玩笑式往我肋骨打上了幾拳，我蹲在便利商店的地上，他拚命地道歉，我至今沒告訴他，那也大多是效果。

而作文永遠缺交、從事書本設計工作、當時夢想寫作的我，老是麻煩作文滿分的他幫忙校稿，在週末早上的雙聖裡，他沉默地讀著我的小說，我忐忑地看著早午餐的水蒸氣，待他平放稿子，在幾個相同場景的早上告訴我，這不是中文。

分開後隔年的夏天，我把人生中另一個大型的謎，寫成了散文〈一天〉，得了林榮三文學獎的佳作，那個佳作前，我在無數自己校稿的晚上，邊是聽見他那重低音的聲音說這不是中文，邊是從第一版修到了第五版。

坐在典禮現場時，我記起吵過一次這樣的架，他問我的房間裡放那照片是誰，我告訴他，那是日本節目《雙層公寓》裡的義大利人，完成了漫畫在週刊上連載的夢想，站在便利商店書架前的畫面，那次他非常生氣地問我：「沒有夢想又怎樣？」

夢想是詛咒，一個人的生活裡，我不時地聽見自己的聲音，小說也沒寫、減肥也沒減、存錢也沒存到什麼錢等等的，靈冒充我的聲音，趁虛耳語，那是最凶的靈。

我得除靈，好好地活下去。

一，小說。打開小說比賽的網頁，把收件字數記在另一個雲端文件上，得出數字X。

二，減肥。安裝交友軟體，找到幾個和我等高的男生，再從幾個和我不等的身形中找出一個，複製交友檔案上的體重，得出數字Y。

三，存錢。列出每月收入，扣去日用、房租、健身房、串流平台、電動機車的電池月租費，計算每個月可以存多少，再計算生日前的時間，加上帳戶、錢包和零錢筒裡的總和後，得出數字Z。

天未亮，風很涼，空氣乾淨得可見山的稜線，路上沒人沒車也沒有狗，我低頭下去，喃喃自語，X字、Y公斤、Z元，X字、Y公斤、Z元，再抬起頭，不知什麼時候，天空像是痊癒一半的瘀青，從建築群的邊緣亮了起來，天亮後，暑假又少了一天。

那天後，睡眠恢復正常，我睡得跟什麼一樣。

（八十五天）

之後幾個星期，我住到了一個新的時區，那裡人煙稀少，手機也不會叫。

早上四點半遛狗、五點寫小說、九點運動、十點半工作，下午一點飲控、二點工作、七點飲控，晚上八點半睡覺前結算當天的日用，隔天早上四點量體重，週末，去不同的泳池游泳。

每天都是一次新的輪迴，層層的災厄，重重的苦難，眼一閉，腿一蹬，又不得不從頭來過。

遛狗，時間一小時，家犬大小全出。小說，時間四小時，產出一百字。運動，時間一個半小時，重訓五個部位，五組動作，一組十五下，跑步時速八公里，一次五公里。工作，時間七小時，十二張設計稿和一份新聞稿。飲控，時間二十四小時，十八比六間歇性斷食，下午一點到七點，吃原型食物，煮無糖飲料，每餐預算一百元。睡覺，時間七個半小時，五個週期，每個週期九十分鐘。游泳，時間三小時，游一千五百公尺，讀三本書，曬一個半小時的太陽。

同時幾乎出不了門，見不了人，沒有時間玩，沒有空間吃，也沒有錢。

不知道是不是血糖掉得太低了，寫小說像在抄心經，看公園裡打羽毛球的穆斯林女性，像從陰間看人間，吃芭樂、雞胸肉、水煮雞蛋，也像在吃元寶蠟燭，我一點一點地消失，一天一天地不見，我再也打不開任何一個朋友的限時動態，什麼露營喝酒，什麼臉蛋肌肉，此刻彷彿山海間的鬼魅魍魎，引人墮落，我打開手機上的雲端文件，虔誠地念：「X字、Y公斤、Z元。」

看著螢幕上發光的數字，我記得有個都市傳說是這樣說的，忘記一段感情的所需時間，是交往長度的二分之一，也就是說再二年後的我，便可以失去這段記憶，投胎轉世，生為另一個自己。

再怎麼說也太久了，所以我試了七十二小時完全空腹。

第二天半夜，睡前的我中邪般地覺得活著有什麼意思，我知道是大腦缺乏多巴胺，但這個時間也跑不了步，生不出急用的腦內啡，所以我出門騎車，唱著「好きとか嫌いとか欲しいとか（那些喜歡啦討厭啦想要啦什麼的）、滅びの呪文だけれど（卻是毀滅的咒語）」這樣的歌，騎到了唐吉訶德。

時間也晚了，三層樓的大夜班賣場裡，一層樓一個的店員面無表情，我把商品上印刷的平假名和片假名念過一回，像在超渡自己，潤滑液、直髮器、紅茶燒酌、腹肌刺激貼、即食咖哩杯飯，念完以後，坐著電扶梯從一樓到三樓，再從三樓到一樓，我像幽靈徘徊在無人的賣場裡，飢餓得面目猙獰。

回到那家二十四小時營業的牛肉麵店門口，我記不得多久沒來了，老闆告訴我，自己找空位坐，一看，店裡全是夜遊後的年輕男女，大聲聊天，大口吃麵，但在這幅深夜群像劇之中，有個角落，畫風相當突兀，那是冷氣旁一位重百多斤的女子，自己坐在二張合併的桌前，小聲小口地吃麵的場景，我再看了一次店裡的其他桌子，每桌坐滿了四人，但那二張合併的桌子，六個空位上只有女子一個人，坐下來時，我過分地想像女子和我是同一種人，星期三的凌晨二點五十分，我們同時敗給了欲望，一匙一匙地，把深紅色的膏狀辣牛油往湯裡加。

我吃了一口，好油。

（四十九天）

小說說的是個生來便有高度幻覺的小男生，上了火山，被火山上的喑啞青年監禁至長大而失去了幻覺的故事。

這個下午，我在青年公園泳池游著星期天的一千五百公尺，思考著小男生為什麼上火山、青年為什麼監禁他、他們幾點起床、幾點睡覺、吃什麼飯、說什麼話，火山永遠在泳池的另一邊，巨型的灰，噴上了天，只有我看見。

游泳游累時，我會回想去年夏天約會的一個人。

騎車去龍洞浮潛的路上，那人問我，之前在東京生活時，日本人分得出來我是中國人或台灣人嗎？我說他們告訴我，頭髮整齊的是台灣人，那人聽了說，喔，這樣日本人看不出來你是哪裡人吧，過幾秒的我意識到，那是個髮量稀疏的玩笑，停好車後，有下個年紀差距的玩笑，到了岸邊，我脫掉上衣，那人像是中暑，一陣乾嘔，我問，沒事吧？此時那人，哈哈大笑，我知道了，這次是個身材羞辱的玩笑，浮在海平面上時，那人又問我，那人的前男友為什麼跟那人分手，那人難過，我想了想，告訴了那人，一個文學獎得主捏造的答案。

每次想到這裡，我便有了力氣，游到了底。

游完收工的我，或趴或臥地在游泳池畔，曬著太陽，讀著大量的書，也不知道自己為什麼每個星期天帶這麼多紙本書來游泳，背包像書包一樣重，但是在這裡讀書，吸得到活人的氣息。一座八水道的五十公尺泳池，有蝶式的水花聲、助曬油的味道、游泳耳機的音樂、攜帶式帳篷和人類皮膚的反光，我感覺得到那一個一個活人和我沒有什麼不同，來日不多，心願只是在夏天了結什麼。

看著這座泳池，我記起了上次帶我來這座泳池的人，是葉哥哥。

葉哥哥，家裡的前幾個房客，家父和家母叫他全名，而沒有哥哥的我叫他哥哥，剛滿十八歲的他，帶著一件行李來到台北，住進了我們家，白天睡覺，晚上去條通工作，葉哥哥的事，兒時的我只記下來了幾個畫面。

像是熱天。

葉哥哥在家只穿條子彈內褲，白色、灰色或深藍色，那是裝在子彈形狀塑膠盒裡出售的廉價三角棉內褲，是和食安風險糖果、非官方授權漫畫一起吊在雜貨店門口論斤秤兩的東西，在我的記憶中，家母有幾次大叫不要這樣，但他說熱啊，說下次不會，隔天又是一發子彈，射了出來。

像是午睡。

葉哥哥入住的半年後，來了個小林哥哥和他同住，平分房租，而吃完午飯的我經過，可以看到葉哥哥和小林哥哥，空著身子，趴在彼此身上午睡。再過半年，小林哥哥搬走了，家父問，小林回老家了嗎？葉哥哥說，我不知道。

像是游泳。

家母帶我去社區的泳池時，一次也叫上了葉哥哥，二人坐在池畔聊天，沒注意到我抓著泳圈，從兒童池爬進了大人池，再從泳圈的洞沉進了水底。直至今日，我仍感不可思議，葉哥哥怎麼可能在家母那無量的談話中，看見我的泳圈漂在水上，跳進水裡，救了我一命。在那天後，葉哥哥有時白天不睡覺，帶我到青年公園游泳，記憶模模糊糊，我只記得，站在狹窄的淋浴間裡，我往上看，葉哥哥很高很大，想像著自己長大後也是這樣嗎的我，感覺有風，風從氣窗吹進來，吹過葉哥哥的頭髮，吹過胸膛，再從股間吹了出去。

子彈內褲、小林哥哥、青年公園等等的符號，我現在知道了，如果我有那副通風良好的肉身，是不是也可以像葉哥哥那般自由，思考著這些問題的我，摺好浴巾，收好了書，走進淋浴間，但葉哥哥早就不在那裡。

淋浴時，我被活人看見了，一道視線，停在我的股間，那視線來自後方，有個害羞的小男生，像是很久以前的我，眼神的閃爍，我好像見過，是我看葉哥哥的眼神。穿鞋時，工讀生問月票要不要，買幾張幾張，省多少多少，看著那疊紙，我看見了一個長久的感情，就說了先不要。騎車時，我又不知不覺地念那三個數字，X字、Y公斤、Z元，已經從遠方，來到了可見的地方，從泳池騎車回家的路上，也好像從過去往未來的路上。

我哭了起來。

（三十二天）

家犬出門了，一隻養了十年的狗，沒說走也就走了。

這天下午，天有異象，雷電交加，患有雷電恐懼的家犬不知了去向，家中是個完全的密室，而犬，就從那裡面出去了，十年自學開門的家犬，打開了喇叭鎖，打開了一字鎖，直到今天的雷電之中，超越自己，打開了寵物安全電子鎖。

發出啟事後，我和室友們騎上腳踏車和摩托車，沿街大叫家犬的名字。靚仔！靚仔！靚仔！這樣叫著的時候，我一直在想，沒人問過靚仔想像中的生活，是不是自由。我們汗如雨下，台北也熱得膨脹，目擊情報指出，家犬從民生社區到了吉林錦州，再到了台北科技大學，抓住家犬時，牠奄奄一息，呼呼大睡。

過幾星期，我把追蹤器裝在家犬身上，打開手機內建的「尋找」程式時，發現了一件事。我的手機，一直追蹤著前男友的各台裝置現在所在位置，平板在家，耳機在公司，手機正在外移動，我摀住嘴，沒叫出來，被跟的是他，而那個幽靈，是我。

程式裡有個按鈕是「發出聲音」，我按下後，告訴了他，那聲音是我按的，過沒幾秒，我的電腦也發出了尖銳的警報聲，聽到那聲音，我很討厭地又恢復了記憶，記起某個星期一晚上的我，去了個荒郊野外，取回他掉在計程車上的手機，回家路上，我不停地聽到電子合成音，好吵，是他的手機在叫，打開一看，他使用了「尋找」，發出訊息到自己的手機上，收件人是我，而那訊息，不多不少，也是三個字。

我告訴他，剛剛那個神祕連結沒了，我不知道他在哪裡了。

再過幾個星期，我和東京的室友們去了新竹玩，室友們拍著限動，吃著沙茶火鍋，而我心事重重，走進昏暗的老市場，看見一台發光的白燈箱，寫著紅色毛筆字的「開天眼」，店內無人，全是神像，玻璃上貼滿了電腦割字的服務項目：精神異常、調改個性、法師鬥法、煮油淨宅、斬雞壓煞、五行奇遁、撒豆成兵、地府探親、觀落世界、草人替身、離家吊回、元神出竅、破開地獄、破開血湖、解下降頭、解下巫蠱。

我站在那前面，百思不得其解。

（負二天）

颱風過後，蜻蜓飛過，一個睡到再也睡不著的我，從負二天的暑假中清醒，家犬正死命地吠，我穿條內褲，走到門口，也沒有人按門鈴，不知道牠叫什麼，但門旁的大鏡子，此時反射出了另外一個陌生的男人，是經過了一百又二天的我。

風從陽台吹了進來，吹過我的身體，再吹了出去。

我整理行李，出了門去，揹著一本散文、一本小說、一本參考書、一副游泳耳機、一罐助曬油、三條浴巾、一瓶冰咖啡和一瓶無糖綠茶，到了游泳池門口，見著一張大大的白紙，封印了池子。

「公告：本泳池開放至九月三十日。」

夏天會過去，泳池會關閉，狗會走，人會瘦，誰也說不上來為什麼，我站在泳池門口，放下背包，打開手機裡的「尋找」，它又在移動，我按下了「清除此裝置」，手機、平板、耳機，一台一台，乾乾淨淨。

小說裡的小男生，長成少年後下了火山，而我也上了摩托車，往澡堂的方向去。

——原載二〇二二年十一月三～四日《自由時報》副刊

顏一立，國中畢業，彰化裔台北人。現為鏡文學資深設計師，曾任美術編輯、特戰傘兵、人力車夫。曾獲金蝶獎、林榮三文學獎散文獎、九歌年度散文選入選。

臉盲——崔舜華

一直以來，我始終學不會辨認他人的臉。

從年幼時開始，我經常被帶去某個叔公或某個姑母家，大人們要我開口向長輩問安，我總是執拗地抓著椅背或桌緣，緊閉著嘴不肯出聲。

因為我不認識他們——我不認識他們的臉。要我對一張完全陌生的臉孔撒嬌討乖，我感覺彷彿面臨某種危險。

我因此被認定是個彆扭而陰鬱的小孩。

讀幼稚園時，我最先認得的是老師的臉，她的臉上總是溢著笑，看見那笑容，我心裡有股說不出的踏實，因此我常常賴在老師身邊，細細碎碎地叨著無要緊的小事。我害怕回到座位，害怕對面坐著的女生，她動不動便用她的小指甲掐我的手背，我怕得甚至不敢將手縮回。而老師也察覺了我的膽怯，每當我開始哭，她便會將我摟在身旁，那豐滿的體溫讓我感到安全。她甚至替我懲罰了那女生——那女生家境優渥，外貌猶如公主，過度的寵溺使她心底生出弱肉強食的小邪惡。老師當著全班的面責罰她時，她委屈地墮下眼淚。

至於其他同學的臉，我則得反覆記上好久好久，而且是依憑與五官無關的特質去辨認：那個總是用亮晶晶的髮圈綁公主頭的女生是誰誰，那個總是隨身揹著黃色塑膠水壺的男生又是誰誰誰——直到過了好幾個月，我纔能逐一指認出誰是誰，誰又不是誰。

往往地，早課前大家排隊領牛奶時，我根本不識得擠開我、搶走果汁牛奶的那小鬼，只獃獃望著自己懦弱的雙手，直到各人早已各自領走喜愛的口味，我纔揀回箱底的最後孤零零的一盒。

下課時也一樣，我始終是排不到鞦韆、隊伍最尾端的那一條孤魚。獃看著那些髮辮飄晃的女孩們擺盪騰高，我不知道該如何說出口——我也好想玩，下一個可不可以輪到我？

我想，稚齡的自己之所以如此軟弱而自卑，或許多少與我對陌生臉孔的不安感有關。有時候，我會夢見：所有人的臉全都聚合、融化成一塊巨大的糖，黏膩而恐怖地聳立在我面前——我想放聲尖叫、想拔腿逃跑，身體卻如石頭般釘在原地、動彈不得。

每一回做了這類的夢，我就特別畏懼去上學。但我從不哭鬧，頂多是喝了早餐的牛奶後感到劇烈地反胃，一低頭，便將乳白的液體嘔在地上。

最開心的時候是放學，在一群群來接孩子的大人裡，我總伸長頸子尋找公公的臉。相較於其他正值壯年的父母親，公公的一頭銀髮與瘦長的顴骨特別顯目，我快樂地奔向他，讓他皺紋滿布的大手，牽著我走路回家。

身為臉盲的體質，一直到了長大成人後，境況依然沒有太大轉變。工作上見過的編輯，各種場合裡遇見的作家，演講時來訪的讀者……縱使對方早已遞過名片，或主動親暱地喚我的名字，或對我說「妳每一場發表會我都有來噢」，我總是心頭一陣慌張，努力掩蓋自己其實認不出對方的事實，熱切報以笑容與擁抱，且特意親切問候：「好久不見，最近好嗎？」實際上，腦子裡正像快轉電影般拚命尋找彼此之間的連結，幸運時總能找到片段畫面：「妳（你）前一陣子是不是……？後來怎麼樣了？」便成為我順利脫罪的證詞。

除了臉，我也經常遺失他人的名字。

前陣子，在家中翻出大學時的筆記本，上面寫滿了初識現代詩時的習作，夾雜著幾篇手記。隨意翻閱，一行句子撞進眼睛：「我記得黃，黃在我失戀的時候現身，頻繁且真誠地對待我……」

黃是誰？我是怎麼認識他的？我搜尋腦海，完完全全地一片空白。黃在我的青春時期必定占據過重要的位置，事過二十餘年，我已然半點頭緒也無從捉握。

事實上，回想大學四年，班上同學的名字我叫不出幾個，即使去年才去過同學會（我還因為記錯時間而遲到整整一個鐘頭，更穿了一件荒謬的蘿莉塔洋裝赴約），我僅清楚記得老師們的名字，當初同窗的女孩男孩，頂多不過記得某些綽號或暱稱——也許是由於當年我總是獨來獨往？或者乾脆我就是記性極差、心思也粗，像個記不住懷中女子芳名的負心漢？

這成為深深困擾我的煩惱，往往禁不住地想自己是不是提早退化了啊？當某人熱情地叫住我的名，我卻經常因為想不起對方名字故僅能迂迴地問候（而忘名常是搭配臉盲症狀一齊發作的），事後，往往感覺自己非常無禮，心懷愧意地回家抱貓。

寬慰地想：也許很久很久以後的某日，我們終究會遺失彼此的名字與面容，最終，連自己也從記憶裡脫落，墜地而碎成殘片。到了那樣的時候，我們的記憶被握取在身旁人的手中，像一撮細微的火光，在必將到來的時刻，最後一次溫暖我們的心房。

——原載二〇二二年十一月七日《中國時報》

崔舜華，一九八五年冬日生。有詩集《波麗露》、《你是我背上最明亮的廢墟》、《婀薄神》、《無言歌》，散文集《神在》、《貓在之地》。曾獲吳濁流文學獎、林榮三文學獎、時報文學獎等。

自由——張笛韻

封城的第三十八天，我養的烏龜離家出走了。我的烏龜安分守己，十五年來從未出逃牠那泡菜罎子大的一方世界，卻在這個時間點消失。我不得不認為這是牠對我當前生活狀態所擺出的一種嘲諷姿態。我下意識在房間叫了牠兩聲，又暗自好笑。烏龜不會說話，我叫牠牠可能應嗎？

金宇澄說，上海人最要緊兩個字：勿響。勿響不是犬儒地明哲保身，也不是弱者對危機的應對機制。勿響是因為有些故事太珍貴。若不能如實交代全部，哪怕針紮在指尖也要捂住嘴巴。勿響兩個字如鐵律，從我爺爺奶奶到我的烏龜，我們全家三代人龜都貫徹著這個中心思想。在武康路的露天咖啡，永嘉路的啤酒吧，黑石公寓的義大利家庭餐館出現之前，上海其實一直是個動盪不安的城市。狂熱年代的光芒早已切切實實地灼傷過我的每個長輩，卻沒有一個人和我透露過那些最困難的日子裡他們經歷了什麼。我大概能猜到一些，他們大概能猜到我能猜到，但我們之間保持著勿響的默契和一道翻篇的勇氣。

自從四月一日非自願進入現在的斯多葛生活當中，我也決心盡量遵守這二字真經。波拉尼奧在書裡寫過，道德規範、責任感、愛情、藝術，任何你相信的種種都會背叛你。但是平靜永遠不會。幾代人在這座城市的生活經驗則告訴我，除了平靜，沉默也不會背叛。除了不會背叛自己，沉默更不會出賣他人。於是我自願向不可改變的現實低頭，閉上嘴巴，試圖在高昂的物價系統和失真的大環境裡維持體面的日常生活。我在社區微信群裡和同樣緘默的鄰居接龍團菜，在微博上轉發求助資訊但從不評論。有時半夜我能聽到外面此起彼伏的喊叫和發洩，我下意識地把嘴張開，卻發不出聲音。

在封城的第三十六天我還是不得不親手打破了這份沉默。簡單來說，得益於我在互聯網上提交的反復投訴，街道的工作人員認為我必須開口解釋一下我的行為了。中午，兩個街道辦的工作人員敲開我的門。我靠在門框上，聽他們照著手機念出了我在網上提交的訴狀。

「就是你投訴街道主任抗疫不力是嗎？」

我點頭。

「你有什麼意見，可以直接打電話和我們聯繫。為什麼要上網寫這些東西？」

我想開口，但是也不知道從哪裡說起。要先解釋一下投訴的前因後果嗎？是告訴他們我已經打了一切能找到的聯繫電話，但無一例外遭到了忽視和拒絕嗎？還是告訴他們投訴只是存檔行為，我已經先斬後奏地解決了家裡老人的就醫問題。如果傻傻等他們來找我一切早就來不及了？我要不要背誦一段防疫條例告知他們我投訴的行為是正當權利？

「街道主任很忙，但是他也非常關心你這個狀況，所以特地找我們來和你了解情況。這樣子，你先取消投訴好嗎？取消之後我們就幫你解決這個問題。」

想到前幾天刷到的街道主任的擺拍新聞，我花了一些力氣才掩飾住心裡嘲諷的聲音，腦子裡飛快地計算著選擇同意或堅持抵抗我將分別付出什麼代價。

「你要知道，你在網上提交的投訴最後也是轉派到我們街道處理，我這裡可以隨時把你的投訴取消。」我的無所表示激怒了工作人員。「我現在明確告訴你，我們沒有人手上門採樣。我不管你爺爺奶奶年紀多大，是不是能自己走路。後天早上如果看不到他們下樓做核酸我會雙陽上報，叫疾控過來拉人。」

投訴的對象成為了投訴的判定和執行者，這本身是一件極其荒謬的事情。如果不是發生在我身上，我一定會把這段對話包裝成一個蘇聯笑話日後放在飯桌上分享。可惜當時的我身處其中，龐大的現實已經壓倒了我的一切情緒。我腦海裡閃過一個月來高齡老人被強制拉走的新聞和畫面。我甚至來不及細想這句話裡有多少是真多少是假。因為當權力和懲罰機制極度不對等的時候，證據、規則、法理，這些我用來抵抗危險的防禦手段早已全部失效了。我沒有了抵抗的籌碼，只有暫時選擇退縮。

「別說了，我會取消投訴的。」我最後還是開了口。

封城的第三十八天，我像往常一樣，伴隨著樓下的喇叭通知醒來。在這些天裡，我逐漸養成了一套固定的生活作息。早上八點，我起床，在社區微信群裡上傳抗原結果。十點，給烏龜餵食，下樓做核酸。晚上八點，在微信群裡上傳第二次抗原的結果。這天早上，我走到陽台想要給烏龜餵早飯的時候，發現水缸已經空了。我在各個角落縫隙裡找了好幾遍，卻都沒能找到牠的蹤影——牠就這麼憑空消失了。烏龜不會說話，也大概率對我沒有感情。但在這個特殊的時期，牠無聲的陪伴給了我一點力量。每天早上和牠的小小互動成為我新生物鐘裡唯一與疫情無關，只屬於我個人的生活秩序。今天，這個生活秩序被撕開了一個小口。

「你看今天下來做核酸不就好了嘛。」負責排隊維持秩序的大白在刷我核酸碼的時候，認出了我的名字。我直視他的眼睛，一言不發。其實我也認出他了，是之前上門的工作人員。晃眼的陽光下我覺得恍惚，有一瞬間好像看到了他在口罩下得逞的笑容。春風抽在我的臉上，結結實實地給我來了一巴掌。四月是最殘酷的月分。那一刻我想我甚至比艾略特本人更理解這句話的意思。

我加入核酸隊伍後，大白示意一輛警車跟上我。車裡坐著一個同樣穿防護服的警官，防護服和醫用口罩下看不出他的任何表情。我隨著隊伍往前挪，他也鬆油門往前。一輛四座小車硬生生隔開了我和後來排隊做核酸的鄰居們，似乎想用這種方式為我貼上某種標籤。背後傳來的細碎的猜測和推理讓我覺得有些滑稽。反抗與否，我們都不過是在成就一種表面秩序。我、鄰居、員警、大白，有些人可以暫時得益，但沒有人會成為永遠的贏家。只是現在沉浸在這場遊戲裡的人，在夢醒時分也會甘願悄無聲息地走入歷史嗎？

做完核酸回到家，我仔細地在家裡搜索了一圈，依然不見烏龜蹤影。我想睡個回籠覺卻又覺得胸口悶，索性換了衣服下樓走走。我的社區是防範區，已經十六天無陽性。因為一些未知原因被升級管理，居民可活動範圍從徐匯區縮小到社區內。我欣然接受了組織上的安排，一路走到社區大門口。社區大門正對著一條寬敞的大馬路，馬路盡頭連接著通向浦東的隧道和南北高架。這條大馬路是運輸物資的重要交通樞紐，因此在這寂靜的時期也依然車來車往——對隔離在家的人來說已經是絕佳的景觀位。走到大門口時看到有個媽媽帶著孩子站在保安亭裡。媽媽和保安閒聊提到，孩子特意挑選了最喜歡的衣服穿下樓。這是他一天當中最期待的時刻。保安為難地告訴她，明天開始不能帶孩子下樓了，剛接到居委通知，將對社區進行再升級管理。孩子聽到不能下樓這幾個字崩潰地大哭，大喊媽媽是騙子。媽媽慌亂地安慰著他，向保安打聽更多的細節。我聽著他們的對話恍了神，直到身體緊貼著封鎖社區的路障了才停下腳步。

「你，往回走！」我順著聲音往外張望，原來是那位臉上看不出任何表情的警官。核酸結束之後，警車沒有離開，徑直停在了社區大門左邊的人行道上。而現在，他終於對我說出了第一句話。我後退了幾步，他仍不滿意。「你沒事不要下樓亂跑。」我再次讓步，直到我的身體和路障外的世界隔出大約五米。五米，這是我用身體丈量的與自由的距離。

晚春裡的太陽像冷光燈，亮得刺眼卻不發出任何熱量。紅白條的路障被曬得閃閃發光。路上偶爾有已經解封的路人經過，拎著大包小包行色匆匆。我看著他們的購物袋出了神，心裡計算著這個春天我錯過了多少碗刀魚餛飩、蠶豆、野菜和春筍。四、五月的上海承載了我對這座城市的所有柔情。往年這個時候，我大概會騎車到吉安路的麵館和朋友接頭。騎車穿梭在路上，能看到躲在綠化帶裡吹薩克斯的爺叔，街頭上打扮時髦的阿姨媽媽互相幫忙拍照。到了店裡和朋友擠在長條的木板凳上，一人吃碗陽春麵，一人喝碗雙檔湯。下午，步行到光明邨排隊兩小時換來兩盒刀魚餛飩，一盒鮮肉月餅。沿著淮海路，我慢悠悠地走回家，順手捎上路邊本地奶奶放在扁擔裡賣的新鮮草頭或蠶豆。那個時候我的心願很小，小到只能裝下明天要吃的一碗蟹黃菠菜麵。我的心願又很大，我許願街頭的梔子花香氣長駐，我的城市像力波啤酒廣告一樣活力、長青。但無論如何我不害怕春天的稍縱即逝，因為我總期盼著下一個春天的來臨。

「沒事不要下樓，叫你回去聽到沒？」警官再次對我施令。但我堅守在我的陣地上，五米是我願意讓渡的全部距離。我透過幾何形的路障空隙呆滯地望著他，他坐在車裡，用同樣呆滯的目光回敬站在路障後面的我，似乎一直在等我給他一個回覆。我感受到一些事物此刻正在離我遠去，就像過季的蠶豆一般飛速地發黃、變硬、乾枯、消失了。我知道我抓不住，可是我總不甘心，想要回頭看。在漫長的僵持裡我終於明白，我有感謝的自由，有堅持的自由，我唯獨沒有勿響的自由。

本文獲二〇二二年第四十三屆時報文學獎散文類二獎

張笛韻，一九九七年生於上海。本科畢業於美國埃默里大學（Emory University）政治科學系，現居上海，是一名商人。二〇二二年十月獲第四十三屆時報文學獎散文類二獎，之前未發表過文學作品。

輯三　等孩子長大

重抵一個「可以回去的地方」——湖南蟲×孫梓評

From: Rounder 2022/6/12
To: Eric Sun 2002/11/22
信件主旨：Re:冬至快樂

哈囉梓評，

不知收到信的你，會嚇一跳嗎？現在的我，在二〇二二年的台北。深夜，窗外的雨時下時停，像猶豫著該傾訴多少。我重複播一首歌，蘇慧倫的〈戀戀真言〉，感覺時間挾帶經驗，一直在兜圈。為什麼這樣喜歡它呢？可能因為它是一首很誠實的歌吧，赤裸像一個投降的擁抱，那當然也是一種能力吧？

十多年後，〈戀戀真言〉拍攝了新ＭＶ，不再由盧昌明執導，又是為什麼？有些未來的事，想了想還是決定保密。能夠透露的，大概是你始終偏愛舊版，那裡頭有一閃而逝的紐約世貿雙塔，一閃而逝，就永遠了。永遠記住，永遠感傷。

世界末日沒有發生，但疫病再度籠罩。我們正在寫的那本瘟疫小說集，是寓言，也是預言，像你幾年後會寫出的詩：「如果地球從不毀滅／只是輕輕撣掉身上多餘的人。」這些日子，我如常感覺自己是多餘的人，不懂為何仍被吸附在地球表面，日日移動，但好像哪裡也沒去成。所幸仍見證了許多事，眼見了黑洞的照片，被光包圍，或許光也是黑洞的一部分？也許哪天我們都可以從太空寄回風景明信片。

但最感激的，還是認識了許多歌吧，比方說，張惠妹變出的新分身阿密特，或是你愛上的叫蛋堡的饒舌歌手。Coldplay每次出專輯都說那是最後一張，而從沒正式告別的王菲呢，則是再沒有新輯產出了。

也沒關係，無論如何我們都擁有了當時的月亮。抵住了歲月侵蝕，像琥珀封住了恐龍血，我們的後青春期就是靠這些歌才一直鮮活的嗎？因大疫而身心受困的時光，我就靠著這些歌不斷抵達一個名為「過去」的遠方。

前陣子出差去了趟高雄，曾經熟悉的如此陌生，工作結束後，我努力走逛，不願太早回飯店休息，卻只得出「我真的只能住台北」結論。傳訊告訴你，你說：「因為不熟悉吧。熟悉就沒事了。」我說東京也許可以，你提醒：「東京很寂寥喔。」

嗯，反正我習慣了。這幾年，我談戀愛，恢復單身，兩者都像空轉，耗費好多能量，到底完成了什麼？我不知道。你還不認識的郭頂唱過一首〈不明下落〉：「好在是原野，若是不停歇，說不定能走出重圍。好在是山海，若是不感慨，應該還能浮出水面。」歌外的世界，是水泥的圍牆和緊鎖的國境，想去東京也去不了。

也有人想留卻留不下來。最近，我到機場送機，趕最後一班機捷回台北（對，我們也有機場快線了。說到香港，則是一個比悲傷更悲傷的故事）。空的車廂裡，我用僅存不多的電力聽歌，隨機的禮物，是你還不知道的陳綺貞的〈太多〉，你比較喜歡黃鶯鶯版本的張惠妹〈哭砂〉，以及陶喆的〈沙灘〉。你說你最近剛好很復古地聽了幾首陶喆，順便研究他為何消失，「有時候覺得，一個人的創作生命就是有限。能寫一輩子還沒有退場，甚至被喜愛的，終究是少數，多數的人也許只能短暫燃燒……」

然後就談到了我。我已到站，正在騎車，夜色無條件收容了我電力耗盡的身體，任我在其間飄浮，暗中手機跳出訊息：「我不知道你是怎樣。有時候會覺得你還沒有被你生出來。」這話，就像郭頂唱的，「浸入身體發生出障礙。」是更致命的病毒。我繞了一個彎，把話題扯開，但其實動彈不得。

你還是那麼知曉世事準則。這些年，一閃而逝的人物事那麼多，我們的心力有限，只能擱置到過期。像我們通過的幾十封信，住在我的硬碟裡十多年，如今找不到程式開啟。

我用記事本強行解鎖，讀到那些句子，還是被安慰了：「有些文章，寫完之後，自己也會對它意見很多。可是沒有關係啊。它都是自己。」「到過花蓮嗎？我住在一個有陽台的高樓裡，遠方可以看見花東縱谷與海洋。有時想著自己就要離開這裡，總有些不捨。然而人生的緣分又是說不定的。」

其中一封信，你說正在聽〈戀戀真言〉。時間當然不只是兜圈，歲月侵蝕無可抵禦，但我還是太想回到那時候，不為什麼，只想用彼時的心情，再聽一次那些歌。

＝＝＝＝＝＝＝＝＝＝＝＝＝

Eric Sun於 2003年12月22日　週一　下午16:29寫道：

哈囉，振豪。

最近好忙又好累啊。我的症狀完全反應在我的房間裡，光是那些忽然長出來的毛衣們到處堆疊，就有一種冬天都積雪在那裡的無力感了。

……比較感傷的是，畢業或許就會離開花蓮了。一想到此，空間都哀愁起來。

……你什麼時候會回台北？寒假會獃在台北還是高雄？

今天冬至，反而不那麼冷了。細細的斜陽從窗外踏進來。你會煮或買湯圓吃嗎？喜歡吃什麼口味？

冬至快樂。

我是梓評。我在聽蘇慧倫的〈戀戀真言〉。

From: Eric Sun 2022/6/12

To: Rounder 2003/11/22

信件主旨：Re:飛行的能力沒有理所當然

哈囉，振豪。

火車來了。意外地是一列全新的列車。黑白優雅低調，簡直轉個彎它就會開去瀨戶內海。然而窗外是被雨沾濕的汐止工業區，八堵暖暖，是流向與我相反也許從來沒有老去的基隆河，再往前，穿過山洞，會途經龜山島。我也期待當火車離開蘭陽平原，風景將換幕，海偶然現身於明暗之間，或一大片密密與車窗擦過的綠，我只要以不打擾鄰座的動作，從背包拿出灰紫色略有重量的VAIO，就能假裝自己此刻並非置身二〇二二，而是二〇〇三——通訊沒那麼便利的年代，當想說的話比簡訊長，把字預先打在WORD裡，等到可以連線，才讓它發出，成為一封電子信——當然，現在，我們不這麼做了。

現在的人們，不分國籍種族性別，長出一種體外器官，叫做手機。那跟你手上那隻GD55，或我用了六年才換的GD90，不可同日而語。簡單來說，沒有人只拿手機打電話了。去年約吃飯，你擔心遲到，傳來一則GPS定位：點開雲端地圖，那台被你移動的機車，顯示著它的路徑。上個月你出差（你退伍後換了幾個職稱，且短暫與我待過同一公司），工作結束，在駁二附近找晚餐，你用手機拍照，傳來夕陽的樣子。十多年來我在同一場所勞動，把資訊與文字排列，透過紙張印刷，傳播。我相信，多數人已不經由紙張讀這些字，而登入電子頁面的人，據說百分之九十是使用手機。

可以說，不光是閱讀環境，整個人類工作／家庭／情感／生活，都因「智慧型手機」誕生而翻天覆地。近二十年來，你和我，卻仍然，與字為伍。生活是讀字，工作是寫字。是因為，「說放棄要放哪裡」？

我們的這些通信，大約會停止在兩年後。那時，我被許多死線畫滿，你即將入伍，我把每一封信全貼進一個WORD檔，居然有98132字。這些我想像橫跨了中央山脈才抵達你的字，有瑣碎無聊的生活近況，讀書看電影報告，當然也有對於彼此作品的意見——與我所預期不同，入伍前你籌備中的短篇小說集擱置出版後，你使用筆名寫作，卻再也不曾出版小說。我們相識於一個瘟疫小說接龍企畫（順道一提，你會成為你筆下的小說人物喔），那之後，我沒再寫過短篇小說。

儘管「飛行的能力沒有理所當然」，你始終沒放棄試飛的可能。那麼，被疫情圍困的此刻，希望移動、重回「二〇〇三」，為的是什麼？人生過了一半開始懷念青春？走到路的起點，想選一條未擇之路？從當下種種疲勞的破碎之中離開，回到某種已被翻頁的古典？火車在花蓮靠站了，我沒有下車，從車窗隱約望向整修後的站體。大約半年前我曾開車回花蓮，照慣例我到從前住過的地方繞繞。鄰近出海口的牛失去蹤影，沿著南濱公園，且開出一處地下道，我被吞入又吐出，記憶短路：

什麼時候多出這條路線？就像有人拿剪刀把你的記憶剪開，剪成無法恢復的形狀，而你——就算是二〇〇三的你——也只能別無選擇接下那一紙被剪過的圖樣。

當時速一百二十公里的列車載我一路穿越吉安壽豐鳳林，手機上傳來香港朋友突然地問：「你喜歡自己的人生嗎？」列車載我滑過荒溪鐵橋，又滑過幾處顏色優美的田，「不算喜歡自己的人生，但我知道，我很幸運。」同一秒，另一位朋友傳來周杰倫〈髮如雪〉，但他說，其實很長一段時間避免聽周杰倫了，「因為我太喜歡了。」喜歡的東西居然有一天也會膩，自覺感傷，於是就不聽了。「而且以前的歌聽起來有一種可怕的親密感，聽久了會悲從中來。彷彿現在的自己配不上以前了。」我在他的最後一句話按了一個「哭臉」，對他說：「以前的歌真好聽，我常常回去聽。如果要說，人變老了有什麼好，就是可以回去的地方比較多吧。」

飛行的能力沒有理所當然，多數時候，還仰賴幸運，或者命運。

＝＝＝＝＝＝＝＝＝＝＝＝＝＝＝＝＝＝＝＝＝＝＝＝＝

Rounder於 2003年11月22日　週六　下午22:29寫道：

嗨，梓評：

……也許是被巨大的報告搞煩了吧，我現在正處於休息的狀態。

昨天寒流來襲。我很喜歡冷的感覺，涼涼的我覺得很舒服。我想過一陣子之後，我就會恢復寫東西的能力了。

……我覺得創作還是看自己，如果哪天我變得很有自信，就會毫不遲疑了吧。

最近你好像很忙，如果累了就不用急著回信或什麼。睡眠是我最愛的休閒活動，所以我也希望別人都有足夠而高品質的睡眠。

振豪

——原載二〇二二年七月《幼獅文藝》第八二三期

湖南蟲，一九八一年生，台北人。曾出版散文集《昨天是世界末日》、《小朋友》與詩集《一起移動》、《最靠近黑洞的星星》。經營個人新聞台「頹廢的下午」。

孫梓評，一九七六年生。東吳大學中文系，東華大學創作與英語文學研究所畢業。現任職《自由時報》副刊。著有散文集《知影》等，編有《九歌一一〇年散文選》。

在路上——張經宏

我疑惑那是怎樣的打開：有幾次我搭上朋友的車，長長的靜默伴著冷熱不調的話題，車子在未及更新的地圖，社區與社區的巷弄曲折之間，駛上意味不明的小徑，恰恰是廣播裡的那首歌來了。一首許久未聽見的，一不小心就洩漏隱衷，猜想這主播的年代或許與你重疊，你和他同在一條河流中，讓他帶領，和許多的過去相遇。

某段旋律讓你想起某些事某個人。聽歌是進入另一個世界的窗口，通往魔法世界的月台。主持廣播的委實重要。他講他的，簡單勾提幾句，不吵人不自嗨，然後爽快進歌。這樣的相遇不是沒有，但不能期待。開車的人眼觀四面之餘，他其實也在神遊。副駕的那人也很重要。「往這裡，往那裡。」一路指指點點很煞風景。握住方向盤的那人常進入半開悟狀態。某個玩重機的朋友說，後面那緊緊抱住油箱缸的可以是不同的阿咩啊，但風馳電掣的瞬間，你會清楚這個抱「對或不對」。記憶會回來找你。「興來每獨往」常常是聰明的態度。

如果風景泛泛，路途尋常，那麼駕駛需要的是安靜，一些驅趕睡意、排遣無聊的音樂。這些穿越潮濕混濁的空氣，黏貼窗框的葉片觸動了你之後證明，你總會遇到對的音樂：原來我們的心還有空隙，容納一首歌的風息。因此你聽得特別傾心，所有的紅燈聽命於你，意志延伸每個車輪。有時車子恰恰駛出了頻道的邊境，切進電台的那歌戚戚嚨嚨泛起毛邊。美好的遇合常常不活在你循環播放的操控之中。來如春夢，去似朝雲。

還沒有藍牙的年代，提姆幫我找了一具名片大小的MP3，儲歌約莫數百首。喜或不喜，汰除更新，全憑己意。小器物連接一根通往喇叭的電線，我反覆聽到後來，喜歡的感覺跑走了。「這很正常。人就是這樣，」提姆說：「難搞。」

提姆是二十多年前教過的學生。那是個台中郊區突然冒出的，沒有光榮的歷史，也不知未來如何的新學校。學生們很寶，有的超級能睡，有的跟你說百來步外，九二一塌陷的民宅那邊，有個腳不著地的鬼魂，每天中午穿過惺忪的陽光，來到飲水機前喝水。

有的考試作弊。被抓到學務處，「你看見我偷看幾題？兩題？那我還你四題。」學生跟抓他的老師說。有的上課喝酒。桌下擺了兩瓶空罐，在學務處一臉紅通通：「被抓到的這一瓶，都不冰了。上一節的比較好喝。」上一節的老師在幹麼？上一節是我的課。有一個女生，喜歡別輛校車上的男生，每天校車開走之前，兩人偎在那男生校車的最末一排（十分鐘的戀愛）。好幾次全車盯著司機走到最後面：「同學，這樣可以了喔。」

這事終於傳到學務處。兩造家長見面的那天，據在場的老師說，女生的父親看了男生一眼，「妳給我丟這個臉！」朝女兒的頭臉一陣狠打。「你打死好了。」父女都用足了力氣，幾隻會議桌腳磨出軋軋的號泣聲。

有天下課，「別看有的靜靜的，」某同事靠住二樓欄杆，望著遠方的球場：「這些學生，性格很烈的。」

提姆在他們班很能睡，走廊上遇見不怎麼搭理，卻是畢業後十年，接到他的電話。「老師真的是你。」當年應學校要求，老師必須留手機號碼給學生。十年後他從床下清出國文課本。

我們聊得很順，之後約在市區見面。若不是他招手，我幾乎認不出。他那時開一輛改裝車，熱鬧的烹痴烹痴的電音，整個人卻有一種清澈。是眉目打開後看得進去的五官，清澈底下透出滄桑，具體的事件不明。

這種車在中南部不算少見，卻是第一次坐上。跟散步的老先生手掛一台收音機，走到哪都要昭告世人同一個意思。一輛車就是一個陣頭。提姆說，這處處鬼遮眼的怪路，驀地冒出一條鬼影，如此性命交關，卻誰都沒在跟誰客氣。來者若是三寶，「那更該提醒他生人迴避。」宮廟平安符不如電音管用。抱歉了，不常路過的地方，人家不會知道你是誰。

後來他換了正常的車，帶一個日本阿尼基南下，才知道他在日本住了一段時間。阿尼基鬍渣滿腮，威嚴的小肚，家裡從事五金零件批發，提姆負責提包包，像個小助理跟前跟後。這回到了台北街頭，阿尼基遇見幾個朋友。大家都來了。對某些日本人來說，台北秋天的午後嘉年華，跟某些台人對熱帶島嶼的嚮往，是同一個意思，提姆說。像是去到南方的歡樂之城，帶著朝聖、見證此生的心情，在無水的彩虹岸邊，觀看各色鮮豔的人魚。

遊行的隔天，提姆開車來我家門口，三人一同去西屯。阿尼基對此地超商的置物非常好奇，一列一列，一排一排，像是參觀博物館的陳設，細細參詳。我和提姆在角落小桌邊，說起當年陪社工系的女孩逛商圈，騎樓下零落的幾個背包攤販，「那個就是了。」我目光投向十幾公尺外，一個神色飄忽的男子，「他有妳要的東西。」女孩豪氣地上前探問：「老闆，片子怎麼賣？」「一片兩百，六片一千。」女生像是點三種冰：「泰國、日本、歐美，各來兩片。」老闆邊找貨邊問：「妳不會是警察吧？」又轉頭對我：「你也要的話，可以更便宜。」

誰教你一臉尋尋覓覓，提姆說。車子開上大肚山，我們聊到真崎航。東瀛甲片首席男優。和翻雲覆雨前，參與的一方禮貌地：Douzo（請）。像是請對方踏入電梯還是就座。半帶羞澀半是邀請，之後似戲非戲地神鬼交鋒。「這是什麼文化呢？」

那是你有所不知。提姆說，多少人就衝這鄰家男孩兒淡淡的一聲有禮的問候，說不盡的性感。「他們就是這樣，」甲片的流派繁衍，都分門別類成那樣了，日常若不意撞見同事查看型錄，或掃過別人的桌面發現這個，說聲「抱歉」都太有事。心照不宣，不動聲色是上策。「他們就是這樣。」不信，你問後面那個。

阿尼基問起前面戚戚簇簇什麼？經提姆翻譯，「你怎麼跟老師聊這個啦？」照後鏡裡，阿尼基紅上耳根的臉頰兩球麻糬。

提姆從照後鏡遞出一個眼色，「這算什麼。」

有一小段時間，車上沒了音樂。番薯田盡頭的矮樹叢後方，白雲一簇一簇擦過發亮的海。我怎麼那麼鈍感呢。

和提姆最近一次見面已是三年前。手機的音樂可接上藍牙喇叭，大肚山此去十數公里，幾無岔路，向左向右，山景綿延，海色隱約。是莫文蔚唱的〈外面的世界〉。那個年代的情歌似乎簡單一些，「我擁有你」四個字倒過來：「你擁有我」，就是一個完整，一段過去。一首歌。

聲音真是奇妙的東西。樹就那樣，雲就那樣，一有了好聽的聲音，樹還是那樣，雲也是，卻觸動了很多的靠近。那聲音再形式化一些，就是音樂了。音樂不言說。言說經常摻雜著謊言。再美再動人的言說皆難逃這一讖言。

我沒在阿尼基那邊了。提姆說。

又說：不是你想的那樣啦。

然後來了一首〈台北下的雨〉。略經世故而帶著飲泣的敘事風，在這煙灰一層一層弄髒擋風玻璃的秋天，潮濕如此必須。怪了最末一句：「像太平洋的風一直擁抱台北下的雨。」

太平洋的風不是在巴奈、胡德夫的老家那邊？

「聽歌需要那麼沾黏？人家唱的，是一個感覺。」提姆說：「而且他是揚州人。」

喔。沒事的。

走完了大肚山，又從沙鹿這頭上山，月光袒露，萬戶窸窣。提姆的車依舊開得很好，靜靜滑過暗處的遠山與燈火。

——原載二〇二二年十月十七日《自由時報》副刊

張經宏，台大中文所碩士。曾獲聯合文學小說新人獎、時報文學獎、倪匡科幻小說首獎等。並以《摩鐵路之城》獲九歌二百萬小說獎首獎。另著有散文集《雲想衣裳》、《晚自習》，少兒小說《從天而降的小屋》，小說《出不來的遊戲》、《好色男女》等。

我們快樂地向前走——陳宗暉

「不知道要去哪裡，」我邊走邊穿鞋，感覺鞋底有小石頭。「但還是一直在準備。」你邊走邊把巧克力和橘子收進背包。

我一休息可能就走不動了所以我們不能中途休息。沿途默念夏宇：「蜥蜴不假思索／斷尾求生／我不行／我必須想很久。」我們拖著長長的尾巴上山求生，邊走邊想。穿跑鞋來走登山步道，如果滑倒也是自找的。但是這雙跑鞋陪我去過那麼多地方，去哪裡都要一起去。登山的順暢度也是一種體能檢測。總不能一直在房間裡重複做著「登山者式」。我這個身體第一次闖進這麼高的地方，紅血球還來不及適應，我感覺天空裡有紅色氣球一去不回。

「你有沒有聽過老狼翻唱朴樹的那首〈旅途〉？飛進山後、被繫在屋頂上的心愛的氣球，等著爸爸帶你去尋找，『有一天爸爸走累了／就丟失在深深的陌生山谷／像那隻氣球／再也找不到』。爸爸與小孩的旅途在出發之前就開始了。」

想像攀附隱形的索道緩慢上升，沒有纜車，沒有流籠，這種疑似缺氧的感受不是高山症，這是我虛構的高山滑雪症。雪融人散，孤高的鋼架與纜車遺址原地駐守。天氣那麼熱，多年以前這裡還可以結伴滑雪。走到那麼高的地方，只是為了好好地滑下來。搭乘纜車來到那麼高的地方，有人卻不敢滑下去。有人不為了什麼，只是想要走上去而已。

在自認可控的冒險範圍內，走一步是一步。眼看山下的氧氣室愈來愈遠了，多走一步是一關，就像練跑多跑一公里。如何在危險之中知道自己仍然安全。走兩步退一步，上下求索，一邊放棄一邊慢動作登頂。終於，被高海拔接納，坐在風雨狂歡的山頂休息時還是會覺得幸好有來，幸好我也曾經中途放棄。

回頭眺望來時路，張望更高處。多年以前，有人扛著天線與發射器，上山架設廣播站。遙望奇萊，感覺可以從這裡走到花蓮。無法一日走盡的山路，無法直達的電報與消息。試圖向東直送花蓮的信號受阻於奇萊山壁，有人嘗試在合歡北峰山頂架設反射板，微波信號藉此轉折繞路，群峰試音回聲，花蓮那邊的你們終於聽見了嗎？

上山來看你，這是最高的重逢。遙遠山頂的反射板，把我們反射回去。陡峭長路如霧如雲，四十歲的前夕疑雲罩頂。登上山頂的我們今天忽然二十歲。天光有時，雲霧有時。從山頂反射過去的花蓮年輕如昔，海拔二十年，二十年前的花蓮是要這樣回去的。

一封簡訊最多只有七十字，字斟句酌練習電報體。那時我們也才剛開始使用鍵盤打字。鍵盤敲擊像是逐步靠近的舞步。句子的結尾連續打上好幾個逗號，未完待續。句尾也可以連續打上好幾個句號，句號本身也是字，是節奏，也是跳火圈。說一些破碎的故事，問一些沒有答案的問題，「從來沒有朋友來過我家，是因為沒有朋友還是沒有家？」

電波連線，水球通話的兩端，不用睡覺也不像生病。「再不睡就罰你突然停電。」「再不睡就罰你怒沉木瓜溪。」「再不睡就罰你變成牛山的假牛。」「再不睡你就變成牛山的木瓜。」二十歲那年我們也戴著口罩，經常洗手，不常說話。在漆黑的網路裡慢慢寫信寫紙條，傳紙條般地傳來一張陳綺貞《Demo 3》。那時我們還會按照順序聽完一整張專輯。音樂裡的她說：「互相羨慕互相幫助。」睡前故事般地說起：「媽媽睡了。」她還說爸爸是一個「神祕的動詞」。

第三張專輯是在市區的光南買到的。那年夏天看過一遍〈躺在你的衣櫃〉MV，那些畫面就躺進身體。在土星環的色調裡，有人手持《人際關係》讀本，有人怒而踩碎一地散落的蘋果。MV之外，遠方有人在衣櫃死去，想不起到底是誰把誰藏在衣櫃裡。

「而你也早已不是你。」反覆哼著〈九份的咖啡店〉的這一句，寫成一張明信片把它寄出去。站在路邊繼續等待花蓮客運，有人會來接我嗎？火車站前的廣場草坪，有人把傘當帳篷，隨地就寢。

寫日記就是寫信，寫信就是寫作，寫作有時也被傾注遺書的意志。那時我們應該都留下了些許可以被人引述的行凶動機與證據。在山頂等待一個父親回來。在海邊等待一個母親浮現。

在電影院聽見片尾的〈你怎麼捨得我難過〉前奏響起，銀幕裡的車窗影像流逝，我想起小時候媽媽在和爸爸吵架後，一個人在收音機前聽著這首歌，手裡還拿著吹風機，電線垂落。

遙遠的山頂的廣播站。遙遠的媽媽的美髮店裡的收音機整天開啟。從小就在店裡聽著中廣流行網從早到晚播放的歌曲，在店裡的角落用摺疊小桌畫圖寫作業。寫字的時候有歌作伴，寫字寫成歌詞。

媽媽的最後一張照片意外掉出我的皮夾，發現時已經找不回來。沒有再補上另一張，因為那就是最後一張。但我還是在手機裡存進一張翻拍的照片。那是大概四、五歲的時候，媽媽在打烊後的店裡幫我剪頭髮。

我還記得我是怎麼樣興奮地抓起那張小小的塑膠板凳，放在大人的剪髮椅座上，組合完畢，登高入座，被小飛俠的披風包圍起來。曾經在這個加高的座椅上被洗頭髮，洗髮粉的泡沫流進眼睛刺痛。曾經被燙成小鬈爆炸頭不識潮流因而放聲大哭。最舒服的還是剪頭髮的時候，梳子手指輕輕滑過，剪頭髮就像被媽媽的手指催眠。

長大以後，很長一段時間不知道能去哪裡再找一個媽媽來幫我剪頭髮。壓力很大時，就會想去剪頭髮。剃刀推過像除草，快剪店的理髮師輕輕拎起我的口罩棉線，修理鬢角。感謝他全程都沒說話，讓我好好休息。美術勞作的最後一個步驟，他拿起吸塵器般的管子幫我吸取臉上殘留的髮屑，讓我醒得連根拔起。

你知道《青春電幻物語》也有出現過的那種蒸氣護髮機，就像太空人的頭盔，躲進去，就是美髮店小孩的大型小話筒，連接遠方的另一座小話筒。

「我不知道這個小孩怎樣憑空而來。」又是夏宇的歌詞。小孩可以看見另一個小孩。幻想朋友在傍晚現身，我們一起跑去溜滑梯。在山間或海邊的小學裡，小孩落單也不完全是因為少子化的緣故。如果我不會有一個自己的小孩。如果我竟然擁有一個憑空而來的小孩。

今天的醫院回診是兩個小孩的郊遊遠足。候診曠日廢時，禮讓高齡長者優先看診。原來所謂的「高齡」要到八十五歲才算數。在八十五歲的高齡長者面前，我們看起來還是小孩的模樣。高齡長者以傘當拐杖，裝扮舉止優雅，來醫院也不忘戴上粉紅色的太陽眼鏡，搭配蘋果綠蕾絲短襪。當我們八十五歲時，我們也要戴上那種粉紅色的太陽眼鏡。聽見有人在醫院唱搖籃曲安撫懷抱裡忍住不哭的嬰兒，把醫院唱成一個搖籃。

複習童年，直到二〇四六年。小孩沒有長大也會變老，再老也要唱歌。小時候記得的歌詞成為長大的指南。

二〇一三年夏天的鐵花村，即將組建「走下坡樂團」的何欣穗，巡迴演唱的安可曲翻唱蔡健雅〈記念〉與陳珊妮〈來不及〉，那些追憶潸然的歌。周邊商品的促銷手段是歌手寫明信片給你；只要現場認購歌手的攝影作品翻印的明信片，留下地址，歌手就在背面簽名並寄去你家。二〇〇三年的河岸留言，我們戴口罩一起擠在地下室聽她的發光搖擺；十年後，我一人出院來到遍地威脅的狂犬病疫區小型巡迴。我在明信片裡寫下十年相逢的軌跡，期待有人把我們的二十歲寄回來。

〈我們快樂地向前走〉是歌手寫來祝福四十歲的歌，一首歌有The Birth與The Death兩個版本，那是我畢業離開花蓮前買的最後一張單曲CD。忘了今年幾歲了，我們各自快樂沉默地向前走。當我二十歲，然後二十五歲接著二十九，進不去三十歲，繞回很長很長的二十多歲循環多年，退檔補油忽然轉向四十歲。

二十年前揹著背包站在路邊等待花蓮客運，在小站等待兩個小時以後才會進站的平快車。拉開車門，推開車門。多年以後惶惶推開診間厚重的門，推開世界，再見明天，楊乃文〈推開世界的門〉唱著：「原來你就是我回去的地方。」

我們快樂地向前走。當你從遠方開車來接我，躺在你的副駕駛座。「我好像快要變回正常人了。」像是平地的高山症，「你這是在換身體喔！」每三個月的回診為一個「人生單位」，逐片拼接，繼續向前。每天都未必是最後一天，無法預知的最後一天，二〇一三年陳珊妮〈啟示路〉唱著：「別預言／人生中最壞的一天／應該多麼慎重／啟示我／靜靜想念一個人那種寂寞。」壓力轉支撐，自己把自己撐起來。當你扶著我的時候，我好像是自己把自己撐起來。

躺在副駕駛座，接下來要去哪裡？跟著前面的車走。跟著紫色外套阿嬤的摩托車，投石問路，轉進她家巷口。高速公路遇見蛋車請超車。不管六月二十九日的解封是在六月還是七月。陳昇今年的跨年演唱會在一點十八分才開始倒數。

有人穿著雨衣戴著圓圓的太陽眼鏡，沒有戴假髮但是戴了黑色的口罩。去電影院看《瀑布》之前，要再看一遍《醫生》嗎？衣櫃裡的幽靈，耳朵裡的瀑布。〈躺在你的衣櫃〉MV，毛衣裡的那尾蛇。只有你會相信我的屋裡有蛇，只有你會幫我驅趕門外的衛兵。當我們在電影院一起聽見《美國女孩》的片尾曲，那久違的清澈憂傷的嗓音，想起的是我們二十歲的花蓮。

單曲循環蘇慧倫〈Final Home〉一整個下午：「你坐上了火車／往曼徹斯特走了／不知道那裡會有什麼／你開始有點想念我」。二十年前寫下的散文〈不知道那裡會有什麼〉成為後來一直想要回去的地方。當時我不知道二十年後有一天你會捧著一盤黃金奇異果出現在家門口。每天點燃一盞光明燈，沿途照亮我們的公路電影。「下次約吃飯。」我是說真的。所以下次就是這次。「把這裡當成自己的家。一起在家裡吃的飯還是比較能讓人長大。」你說。

青春的尾巴很長很長，東部深夜莒光的尾巴也很長。當年向死而生的少年，現在都說：「我不會死。」向前走明明就比較難。走下坡明明就沒有比較輕鬆。我們爬樓梯來到溜滑梯的最高處，當代公園的溜滑梯變胖也變高，寬敞又湍急。向前走下坡，只有你會告訴我：「前面可能在後面。」下坡不是溜滑梯。多年以後才明白，下坡也是一種上坡。

愈南愈東，愈南愈北。從台北出發開往台北的觀光列車。從花蓮出發走向花蓮的徒步旅行。我們繼續向前走，七天就有可能從霧社散步到太魯閣峽口。這些都只是暖身而已，這些都只是行前演練。蛋車進擊，烏龜走路，日日夜夜嬰兒睡眠。木瓜溪橋下的土地公保佑我們平安起飛平安落地。

讓我們把鞋底的小石頭倒出來，把鞋底的床重新鋪好。下鋪有人輕輕為你歌唱，下鋪有人幫你日出。黃小楨〈大溪地〉的前奏響起，我們就來到傍晚的海邊。並肩沒有說話的時候，就是在看海，就是看著海上的傍晚的日出。老朋友新知己，我們快樂地向前走，我們的前面在後面。在大海面前，我們都是憑空而來的小孩。

——原載二〇二二年十月二十五日《自由時報》副刊

陳宗暉，一九八三年生於雲林。東華大學中文所（後改稱「華文文學系」）碩士。著有散文集《我所去過最遠的地方》，獲Openbook年度好書獎、台灣文學獎蓓蕾獎。

走在一場電影裡

李桐豪

大約是去年秋天，疫情在歷時一整個初夏的燃燒後得到抑制，城市解除三級警戒，社交活動稍稍恢復，美術館、電影院、動物園都可以去了。在一個週間的下午去西門町國賓看《月老》試片，一個人自閉久了，與上百名觀眾齊聚一堂，置身哄堂大笑所匯集的巨大聲浪之中，竟也起了陣陣雞皮疙瘩。

散場後，有些嘴饞，突然想吃康定路一甲子焢肉飯，從電影院所在的成都路到康定路，中國地圖中兩個相隔三百多公里的城市，在這個城市其實也不過兩、三條街的距離，巷弄裡兜兜轉轉，沿途想著九把刀精巧的劇本和台詞、柯震東的美貌與本色演出、還有劇中那隻很搶戲的米克斯大狗，走岔了路渾然不知，待回過神來，才發現自己站在一個市場出入口。

眼前是一條甬道，黑壓壓的如同洞穴，甬道盡處有光亮，是另外一個出入口。鑽進市場，彷彿一隻昆蟲不由自主地趨向光亮處，好奇地想知道光明的盡頭是什麼。下午的市場沒有人，水果攤、肉鋪皆已收攤，唯獨越南人的美甲店兀自亮著燈，虛弱的日光燈卻照不亮黯淡的市場。空氣中有濃濃血腥氣和油耗味，眼前有個日本料理鋪子，不知是已過了營業時間，還是尚未開張，望之非常淒清。尋思那鋪子看上去眼熟，像是在哪裡見過，下一秒，頓時血潮澎湃，耳畔一陣轟轟然的耳鳴，

「啊，那是電影裡柯震東打工的日本料理店啊！」直興市場海鱻味刺。

電影散場走進現實裡，低頭回味著電影奇幻的劇情，一個抬頭，發現自己還在電影裡面。那樣的魔幻感受並未因為鑽出市集而消散，拐進另一個曲折的騎樓，「初極狹，才通人。復行數十步，豁然開朗」，走到西昌街口，簡直不敢相信自己的眼睛所見：週間的下午三、四點，人潮絡繹不絕——過半是老人。是了，那是西昌街「賊仔市」，賣貨人在街道中央席地而坐，隨意鋪著瓦楞紙板，就在上頭擺著來路不明的高粱酒、香菸、普洱茶餅、茶壺、葉啟田卡帶、日本AV色情光碟……多半是些無用的廢物。說是老人與舊貨構成的時光廢墟一點也不為過。

自國賓戲院散場，成都路、康定路、西昌街，一路都是奇遇，走到龍山寺，坐在廟門對街的廣場，曬著暖烘烘的太陽，心裡懶洋洋的，腦中盤點著那些在電影場景裡看電影的奇特經驗：在威秀看完《一一》、《瀑布》、西門町看完《月老》、《六號出口》……這大概是定居台北的華語電影愛好者，獨有的、幸福的共時性。

「我所有王家衛、周星馳、蔡明亮都是在電影院看首映呢。」一回，跟小一輪的電影發燒友聊天，突然撂下這樣一句狠話，那口氣不無炫耀的意味，但能在華語電影的盛世之中度過青春期，確實是一件值得關注得說嘴的事。《海灘的一天》、《青梅竹馬》、《戀戀風塵》台灣新電影的興盛，余生也晚，未能躬逢其盛，但自己的的確確在牯嶺街少年的年紀看過《牯嶺街少年殺人事件》，在青少年哪吒的年紀看過《青少年哪吒》，自己的青春年少與一整個時代對時，彷彿就能白頭到老。

少年時光在台南讀中學，彼時，未有週休二日，星期六仍要上半天課。下午放學沒有誰捨得回家，同學們相約去打球打電動，本事大一點的，和外校的女生聯誼，然而那些花團錦簇的熱鬧行程、活動的笑聲歌聲，全然與自己無關，我只能逃遁到電影院或者出租店，在一本又一本的武俠小說或電影當中打發難堪的時光。

「我在台南無聊得要命，每天可以看幾十本武俠小說。後來，我叫他們去幫我租最厚的小說來看，其他的武俠書名都不記得了，只記得一本《戰爭與和平》。」在中國城大戲院當中聽見牯嶺街少年在電影中講出這樣的台詞，簡直是自己心聲。黃飛鴻李連杰、小馬哥周潤發、捍衛戰士湯姆・克魯斯……大銀幕上盡是閃閃發亮的大明星，供小粉絲們崇拜與迷戀，可有一次在延平戲院看了一部國片，主角不是劍法高明的劍客或槍法神準的警探，只是一個拒絕聯考的青少年，其貌不揚的青少年在台北街頭晃來晃去，拿課本打蟑螂、拿圓規劃破他人的機車坐墊，那電影就是《青少年哪吒》。自己那些難堪的孤單的不可告人的情緒被攤在大銀幕上，記住了，那個電影的導演叫蔡明亮，演員叫李康生，感覺被理解了、被安慰了，後來，大學聯考志願全填北部的學校，因為覺得遠方有同類。

其後，如願考上淡水的學校，在他方展開生活，那感覺很好，甚至比自己預期的還要好。平日在學校上課讀小說，假日就搭客運到北門塔城街，散步到西門町。東至中華路、西至康定路、北至漢口街、南至成都路，西門町沿襲日治時代的舊地名，可馬路全是中國西南省分地名，一九四九年國民政府來台，把中國地名重疊台北城行政圖，頗有毋忘在莒，收拾舊山河的企圖心。初抵這城市行走其間不致迷路，除了拜高中地理課將秋海棠地圖背得熟爛，腦海尚有一張電影版圖。

中華商場拆了，西門町天橋還在。天橋上沒有魔術師，天橋上有周潤發。《英雄本色》兄弟在台灣遭暗殺，小馬哥來台尋仇，他在天橋倚著欄杆讀著《中國時報》，天橋下有火車轟轟轟的經過。天橋一階一階走下去，就是紅樓戲院，就是《戀戀風塵》辛樹芬工作的裁縫店。至於周潤發身後掛滿看板的建築則是新世界大戲院。建築的背後，即《青少年哪吒》少年少女混跡的萬年冰宮和美食地下街、獅子林電影院，蔡明亮和他的西門町。

都說楊德昌善拍台北，他的《青梅竹馬》英文片名就是*Taipei Story*，都從六〇年代城南牯嶺街到八〇年代城北迪化街，從九〇年代東區TGI Fridays到公元兩千年的信義區華納威秀，終其一生也只拍台北，可在當時，覺得他電影中的人物太中產、太光鮮，自己更寧可把情感投射蔡明亮膠卷裡的西門町，畸零的、邊緣的、彷彿一個不留神就會跌入深淵。

邊緣的、畸零的西門町。周潤發劇照的新世界大戲院，在很久很久以後將會變成誠品商場、變成H&M旗艦店。但在我讀書的那個年代，它的黃金店面是麥當勞。某一次，等著看真善美早場電影的空檔，在麥當勞吃早餐。聽見鄰桌有三個老人正竊竊私語議論一旁的女孩。女孩穿著髒汙的桃紅色體育服，傻呼呼咬著碎肉漢堡。

老人們說，女孩懷孕了，不知道是誰的孽種呦……講到孽種的時候還特地壓低聲音，口氣好像東方三博士在討論伯利恆星星下即將有聖嬰降世。老人們說女孩是智障，只要請她吃漢堡，就可以搞她，多輕易的事情呀。在速食店裡，性與漢堡的交易同樣容易，也是一個看完電影的傍晚，我在麥當勞吃薯條喝可樂，有老人湊過來問：「小弟弟幾歲了啊？我帶你去吃大車輪，買球鞋好不好？」聽見自己嘟囔了一句「Fuck」，留下沒吃完的晚餐，豁然起身，那行徑絕非對同性欲望的嫌惡，畢竟，在欲望漲潮的晚上，自己也在漢士三溫暖，仰賴另外一個陌生人的慈悲。那一聲「Fuck」，是嫌惡老人這樣在大庭廣眾之下把自己揪出來，一點禮貌也沒有。

紅包場、電動遊戲間、男來店女來電電話交友中心、ＭＴＶ、那個邊緣的、畸零的西門町總有各式各樣的去處，可以安頓鰥寡孤獨廢疾者的欲望，當然，還有三溫暖。往往是在那樣寂寞的夜晚吧，低著頭匆匆走進一家又一家的欲望的澡堂，彩虹、大番、漢士、皇宮、北歐館。按下了面板上的亮燈，電梯哐當哐當緩緩向上吊，一環日光燈管稀微的閃爍，似乎快要斷氣。面板上貼著的一枚小小的鏡子，上面漆著專業搬家專業捉姦錄音。電梯面板的燈亮在該停的樓層，而老舊的電梯遲疑了五、六秒，宛若舞台紅色厚重的天鵝絨布幕緩緩拉開，肉體的廢墟。

在那裡，隨時可見老人們彷彿枯藤老樹一樣扎根在那裡。老人們一直都在，躲在暗房通鋪裡或蒸氣室，等待一個落單男孩的誤入歧途，他們或蹲或跪，領受年輕男孩的體液和唾沫。凝視與被凝視，權柄始終掌握在最青春、最貌美的那個男孩。青春無敵的少年披上了國王華麗新衣，身邊升起如露亦如電的七彩夢幻泡影，赤腳踩過淋浴間的磁磚都開出了鹹濕的玫瑰，少年走向了浴池，優雅的登基，也就宣布了整個肉體廢墟的統治權。

當然不是每次都能嚐到甜頭，然而每一次的敗興而歸，總要告訴自己，下一次再來，那個人就會出現了吧。一次次的落空，一次次自我欺騙，如同毒癮者一樣的惡性循環。某個盛夏週末的黃昏，孤單與海綿體一樣膨脹得隱隱生疼，躲進了一家三溫暖。厭惡地甩開老人友善的手，企圖握住另外一個更青春的。欲望的追求往往是這樣，年輕的推開年老的，但自己也被更年輕的給推開。醜惡之下是更醜惡，美貌之上是更美貌，一次又一次被拒絕了，等於把自己往醜惡的深淵往下推，一個晚上的追逐，累了、乏了，穿上衣服，離開三溫暖，飄飄渺渺晃到電影院，隨意買一張票進場，那場電影，我記得，是蔡明亮的《河流》。

失能失衡的家庭，父子、夫妻日常裡無話可說，爸爸兒子最終在那樣殘敗的三溫暖相見。那是人生觀影經驗最「噁心」的一次了，所謂「噁心」並非是好惡評價，而是真真切切起了某種不舒服的生理反應。自己癱坐在座椅上，脊椎一節一節地發涼，反胃、想吐。心裡那些不可告人的、難堪的欲望全被攤在銀幕上了。自欲望的三溫暖敗陣下來，逃遁到電影院去，未料等待自己的是另外一座三溫暖。

那電影是一場太荒涼的惡夢，但惡夢並未隨著演職員表字幕跑動，戲院燈光變亮而醒來，電影散場走出電影院，三溫暖、天橋、茶樓，我還受困電影的時空裡，武昌街、峨眉街、成都路、在巷弄兜兜轉轉，明明是夏夜，但身體卻陣陣發抖，其時，捷運仍在大興土木，中華路開腸破肚，處處圍起鋼板鐵籬笆，路徑曲曲折折，籬笆上頭一閃一閃亮著紅色警示燈，置身其中，彷彿《封神演義》的奪命陣法，愛的天絕陣、寂寞的地烈陣、孤單的寒冰陣、情感的落魂陣，我逃不了了，那是在西門町看蔡明亮的電影，獨特的、哀傷的共時性。

西門町的荒涼人間地被自己走成了一座荒蕪的大安森林公園。電影讓人難受，但電影也給人安慰。銀幕上有楊貴媚幫你嚎啕大哭，有李康生歷經欲望劫毀，醒在一個狹小的旅館房間，他拉開窗簾，畫面之外隱約有鳥鳴與車流聲，他抬起頭，陽光灑在他臉上，也灑在看電影的人的心上。

收錄於二〇二二年八月出版《我台北，我街道2：那些所有一切的並存》（木馬文化）

李桐豪，復旦大學新聞學院畢業。記者。著《絲路分手旅行》、《不在場證明》、《紅房子》。

發自山林的情書——郭熊

親愛的鄭茜茜：

停下腳步，森林開始安靜下來。

我坐在步道上的一顆石頭上，開始數著接下來的天數，一遍又一遍，一次又一次，手指算來算去。一個人入山就會這樣，想著一成不變的事情，還不如寫些東西比較實在，反正時間說快不快，說慢不慢，還是會過去。

PS：林大哥說夢到鹿角是好夢。

走到山陰，發現一坨熊的排遺，散落的樣子就像熊沿著步道邊走邊拉肚子。後來快到十里又碰到一坨新鮮的熊排遺，兩者的內含物都很相近，混雜著泥土與昆蟲殼，而且都在步道上，又都很新鮮，難道牠也要去大分，所以才沿著步道走？

傍晚抵達空蕩蕩的抱崖山屋，自己煮了一碗麵當作晚餐，倒入登山者遺留在山屋的醬料包調味，湯頭五味雜陳。大概是太久沒人來，有頭水鹿徘徊在山屋上方森林內，不時朝山屋方向嗚叫幾聲，感覺像是跟我宣告地盤似的。

隔天早上被滂沱的雨勢嚇醒，我迅速打包好行李，泡了一碗麥片當早餐，在大雨之中走出山屋朝大分前進。雨中快步行走，我幾乎沒有停下腳步休息，也沒有看到任何動物，也許是因為天氣不好吧？但是路上到處都是水鹿排遺，在雨水中散發新鮮光亮的色澤，就像剛排泄出來一般。

＊　＊　＊

上個月離開大分後，有登山隊進來，路上多了一些垃圾，山屋的椅子也被移動過，接下來這幾天會不會再碰到登山客呢？不過若看到他們下山，我也超想跟著他們一起下山。

下午在大分吊橋前方的小溪遇到兩隻水鹿，碰巧是一公一母，只不過是一前一後分開遇到，兩隻看到人不約而同都跑開了。但是母鹿剛好跑到我要前往的步道上，我看見牠頻頻回頭看我，發現我朝牠走去，又向前跑了一段。我好想跟牠說：「我不是獵人！也不是登山客，而是研究人員，好想要了解妳與森林的關係，所以如果下次再碰面，請別這麼快就跑開。」

當我一個人在山上，有時感覺好快樂，有時又很孤單。日子有時過得好慢，碰到困難的時候，尤其氣餒。有時我就沮喪地在森林裡大叫，滿腦子想要放棄。這時候內心就會出現兩種聲音，一邊希望自己趕快放棄，另一股聲音則告訴自己必須再堅持一下。坐在山屋前面的板凳上拿出紙筆書寫，靈感跟想法會一直從腦中跑出來，有時一抬頭看見前方山坡的松樹林與大崩壁，突然出神了，好美！但是一時又找不到形容詞來描述眼前景象，就很自然，很自然的樣貌。

我早上出門蒐集數據的時候，碰到了三對母子檔，當中有兩對是山豬，一對是水鹿，這可以說是山神給我的驚喜，那麼我可以拜託讓我遇到黑熊嗎？我猜動物這麼容易發現人類，一部分原因是人類走路步伐太重了，動物遠遠就能聽見腳步聲。這兩天碰巧下雨，窸窸窣窣的雨聲掩蓋了我的聲音，有幾次動物都沒發現我靠近，所以我們幾乎同時撞見對方！

山豬媽媽就是這樣，完全沒發現我的存在，朝著我走過來。當牠一個抬頭發現我站在眼前，立刻飛奔逃開，我連相機都還來不及拿出來……下午天氣總算轉好，不過雲霧還是一如往常卡在大分山屋對面的好漢坡上。傍晚四點多，藍天一度出現，這是這幾天我第一次看見藍天，心情都開了！好天氣就讓人期待今晚會有滿天星星。

今天下午我沿著步道在大分瀑布附近散步，突然發現自己也正在當亞歷山大超級遊民（《阿拉斯加之死》），我在大分就像是在阿拉斯加一般，獨自一個人在大自然裡面，陪伴我的是一群野生動物。雖然我入山是進行研究，不過每天都坐在溪旁看著水流發呆一段時間，但其實腦袋也不斷亂想，只是最後還是呆呆看著溪水不停流動。散步有時會遇到水鹿，通常我就停下來看著，直到牠離開為止。有時我會對著山谷鬼叫幾聲，再拿本書坐在山屋前面翻了起來。

昨天晚餐後喝的咖啡意外讓我失眠，半夜走出山屋，竟然飄起霧雨，不過早上又是大分式的熱情大太陽，陽光從山坡緩慢降至溪谷，照得森林呈現燦爛金黃色。可惜下午鋒面從拉庫拉庫溪谷湧入，雨也跟著飄下，工作結束之後，我靠在門旁喝著咖啡看著水氣不斷往山上爬。大概是昨夜失眠的關係，我竟然夢到今天是下山日，開心了一陣，醒來當然格外惆悵，所以看著雨景有點失落。

夜晚有一隻山羊路過山屋前面，不疾不徐踩踏山屋廣場的石板，發出如同恐怖片的腳步聲。我一邊寫日記，腦中想像著妖怪撲到窗前，窮緊張一陣，之後點亮頭燈鼓起勇氣打開山屋大門走出去，只見一頭山羊跟我四目對望。看牠朝我好奇觀望的可愛模樣，剛才的緊張氣氛瞬間融化。打衛星電話下山，得知明天開始又要變天，不過這幾天山上天氣都不好，變天是要變成怎樣的天？希望藍天趕快來。

晚上我睡得很沉，完全沒聽見平時都會在山屋奔竄的那隻高山白腹鼠的細碎腳步聲。

剛睡著沒多久，我夢到自己看見一頭黑熊在樹上大快朵頤青剛櫟。早上起床我帶著期盼的心情走進森林，不過還是沒能遇到黑熊，沒關係，我想一定還有機會能遇到。今天果然變天了，氣溫下降好幾度，風吹來充滿寒意，雲霧依然卡在山屋對面的山坡上。大分山屋的太陽能熱水已經完全冷卻，剛才洗澡只依稀感覺微溫，真懷念山下無限的淋浴熱水澡。

* * *

入山五天之後，生活的節奏逐漸歸於平常，每天都在差不多時間醒來，出門進行實驗，傍晚回到山屋放下裝備，然後四處散步。有時候會對著山神說話，祈求研究能順利，祈求能平安下山，然後在山屋上方的河階平台走走，期待樹上碰巧有熊讓我看見。傍晚藍天有用力出現一下，然後濃霧就迅速覆蓋上去。天氣轉為乾冷，待在山屋不動，就會感覺到寒意竄入袖口，拉緊保暖衣仍然不夠，只好不停喝著熱水，希望這波鋒面能趕快離開。

山蘋果非常苦澀難以下嚥，不過加入砂糖一起熬煮水果茶則是另一番滋味。此外，土肉桂種子加上米酒和鹽巴會造就難以想像的香氣，適合煮麵時加入些醃漬土肉桂，湯頭變得相當濃郁。沒有蔬菜的時候，回程途中順手折斷Lili（瓦氏鳳尾蕨）的芽，但是必須先將它單獨煮過，再泡鹽水去除植物鹼，才能料理。這幾天都有做夢，我又夢到一間家屋旁的大樹上有隻黑熊，只是夢境多半都沒能實現。剛上山時期待早日下山的想法也消失了，現在反而感覺自己更融入山上的日子，也更能放下山下的牽掛。

回想自己剛踏入登山口時，感覺突然變得不真實。雖然之前就做好無數準備，不過當走進步道，就有種即將要啟動的感覺。

入山前在部落喝酒，不知不覺又被取名「烏浪」。雖然我很堅持叫我郭熊就好！但是七分酒意的魏大哥說烏浪在部落是工作認真的人。不過南投那邊的朋友笑著跟我說：「可是，在我們那邊，烏浪是酒鬼！」布農族的文化挺有趣的，會看一個人的個性、特徵、習慣或事件，去尋找對應的名字，也許是這樣才發展出地域差異。不過還是有些共通性，例如Lon普遍都代表高壯的男子，刀巴斯則是厲害的獵人。只是一旁喝酒的大姊們都普遍認為烏浪這名字適合我，只見他們七嘴八舌的討論著，因為名字沒取好是會生病！

結束一天的工作之後，趁著難得沒有雲氣的夜晚，我拿出衛星電話站在大門等待訊號出現，撥通之前聽著斷斷續續的來電答鈴，有種不切實際的感覺，電話另一端聽見妳的聲音特別遙遠。衛星電話讓我們得以對話，但是我腦中浮現星野道夫在阿拉斯加極圈之下凝視星空，看見極光灑落在雪地之上，驚呼寫下「想到我跟居住在東京的人一同望著同樣的星空，如此不可思議」。

回到通鋪寫日誌，窩在睡袋裡面趴著回想一天的經過，格外放鬆，一如往常六點半起床之後，我循著水管路走到盡頭，再朝上坡走，同樣會看一看青剛櫟樹上的熊抓痕，經年累月之下，新的抓痕覆蓋在舊的抓痕之上。一旁的熊窩是用賽山椒灌叢搭成，感覺十分蓬鬆有彈性，看起來相當舒適，彷彿眼前有一隻熊四腳朝天慵懶地窩在裡頭。

路上有許多新舊不一的熊便便，有大有小。熊在大分吃的不外乎就是青剛櫟、台灣蘋果或呂宋莢蒾，這幾種果實的外觀一眼即可認出。呂宋莢蒾會幾乎整顆排出，因此排遺呈現鮮紅色。台灣蘋果則因粗糙不易消化，排遺會有果渣。青剛櫟則會徹底消化成泥狀。對呂宋莢蒾而言，每一坨熊便便都是一個新的播遷希望。種子被熊吃下肚後，隨著熊離開了母樹，又隨著排便來到新環境。

排遺偶爾會出現動物的毛，因此，我們習慣蹲在地上盯著排遺，必要時還用樹枝翻攪，仔細挑出殘渣中的毛髮，苦主是誰？山羌的毛偏細，棕色混合白色漸層，水鹿的毛粗且長，山豬還有點黑棕色，最難的可能是山羊。如果此時恰巧有人瞧見，應該會對如此大費周章的舉止感到不可思議。

放晴的早晨，大太陽曬下來十分舒服，特別是經歷過寒流之後。現在我放下背包，坐在長椅上享受著太陽，就像第一天辛苦從溪谷底爬上大分山屋一樣心滿意足。在山上即便吃飽睡飽，但是每天的步行量依然會累積疲勞，若不斷注視著疲勞感，只會更加勞累，所以我刻意把注意力放在動物的痕跡上。

＊＊＊

今天整日都是風和日麗的好天氣，下午陽光從二葉松的樹梢照射下來，松針散發薰香，大樹倒影在金黃色的二葉松針地上，我不斷拿出相機拍攝。呂宋莢蒾上垂下一串串鮮紅飽滿的果實，鳥群飛竄在森林之間，森林充滿著生機。只是越靠近冬季，日照越不允許我慢慢來，隨著太陽消失在中央山脈後方，森林立刻黯淡下來，天黑前一群松鴉從眼前的青剛櫟飛過，發出吵嘈的叫聲，在樹枝間跳上飛下，就像一群引人注目的青少年。

雖然立冬剛過，但是只要沒有寒流，大分白天的陽光和溫度都十分宜人，紫外線甚至強烈到刺痛皮膚。這短暫的日照是清洗衣物裝備最佳的時候，只要可以曬到太陽的地方我都會充分用來晾曬。只是下午兩點一過，太陽越過中央山脈，陽光一斜，谷風吹起，雲霧順著河床蜿蜒而上，溫度就開始下滑，風吹來帶有涼意，再晚一點就需要穿上保暖外套。

目擊野生動物的機會逐漸增加，每天都能碰上水鹿，但是都以母鹿居多，有時兩隻一起活動。此外，還有一隻長鬃山羊停駐在賽珂仙人掌隧道附近，似乎還是很怕人，每次前去都能聽見牠奔跑踢落石頭發出的響聲混雜著急促的叫聲。相較於山羊，大分學校附近的母鹿似乎就不太怕我，今天我坐在石頭上休息，牠竟然從後方的草地經過。

和動物相遇，最遺憾的莫過於「遠在天邊，近在眼前」。前幾天在河階地上尋找動物，我目光在遠方草地與松樹之間游移，怎樣都沒想到竟有母水鹿窩在附近茂密草叢裡，直到牠拔腿狂奔而去，我才遺憾未能及早發現！

另外，最刺激的就數誤打誤撞的相遇。有次我從山屋上方的小草原找路腰繞到另一側山谷的過程之中，在一轉彎處突然聽見動物的腳步聲！我還沒看見，直覺先立刻停止腳步，動物也感受到前方有莫名生物而停下腳步。此時鬥智不鬥勇，雖然看不見彼此，不過都可以感覺到對方就在不遠處，因此採取「你不動，我也不動」的策略。正當我在思考要如何是好，突然之間，動物叫了一聲，隨後朝下奔跑，我立刻看見一頭壯碩的野豬，只是這樣相遇不到五秒，牠就消失在森林之中。

似乎有更多黑熊來了，樹上出現新的抓痕，路上多了一些新的熊排遺。但也僅只於此。水鹿還是最容易遇到的動物，有一頭初次長角的公鹿，第一次相遇時牠一臉疑惑看著我，想必是第一次見到人類吧。年輕的公鹿對眼前的人類充滿好奇，我內心默默說：要好好的活著啊！

在大分待了數天之後，發現有趣的動物相遇分布。山屋上方的小草原附近似乎有一隻野豬長住，賽珂附近則有一隻長鬃山羊，大分學校的平台上最常出沒的是幾隻母水鹿，至於沿著水管路生長的瓦氏鳳尾蕨叢則有兩隻公山羌。

＊　＊　＊

中午過後水氣湧上來，很快下午就飄起陣陣霧雨，從衛星電話得知這一兩天有鋒面經過。看著窗外滴下的水珠，內心依然期待明天起床看見的會是晴天。雨不停落下，山屋後方那株台東柿泛黃落葉會被打落多少？柿子落葉之後，遠遠就能看見鮮黃色的果實掛在枝頭上。不過下雨時動物比較不會發現人的氣味。

山屋前面有一棵化香樹，這是胡桃科的落葉喬木，每逢冬季樹梢的羽狀複葉全數枯黃落下，只剩掛在末梢的毬果，樹枝隨風搖擺。另一側，山屋北方的古道上的幾棵山柿早已光禿禿一片，冬季的蕭瑟夾在鬱鬱蒼蒼的闊葉林地之間，孤寂感在踩踏枯黃落葉之間流瀉而出。

昨晚的水氣持續到今日早晨，不過走進森林就相當愉快。細雨大部分被樹冠擋住，走在林下無須穿著雨衣。稜線下方傳來野豬的叫聲，突然有種走到養豬場附近的錯覺，不曉得有幾隻野豬在活動。

鋒面離開，雖然風吹來會感到寒冷，不過溫暖的陽光巧妙彌補了體溫。我像隻動物一樣，靜靜躺在陽光曬得暖乎乎的松樹旁，享受一個人自在的感覺。總是在這樣的時刻，我慶幸自己並非身處於都市環境。我無法想像自己脫離山林，穿西裝打領帶坐在辦公桌前枯槁的模樣。現在已經不會急切想念山下食物，即使就要下山了。

想到自己能在山裡面工作，心靈是滿足的，我喜歡自己在山裡的笑容，也許身體很疲勞，不過停下腳步仔細思考，我一點也不匱乏，只要能填飽肚子，其餘物質都是多餘。

上午收拾器材，下午放鬆地坐在山屋前喝著咖啡愉快地閱讀，直到雲氣再次從溪谷下游湧來，陽光已經不足以抵擋風吹來的寒意。

闔上書本，準備下山。

收錄於二〇二二年四月出版《走進布農的山》（大家出版）

郭熊，畢業於國立屏東科技大學野生動物保育所。大學時期即跟隨「黑熊媽媽」黃美秀副教授從事野外台灣黑熊生態研究。熱愛山與冒險，從事動物研究多年之後對於山與野生動物有獨特的自我信念，期待在自然之中透過身體經歷與追蹤等待的方式看見野生動物真實樣貌。

為了展現信念，尋找野生動物足跡遍及世界各地，包括在中國青海省三江源自然保護區旅行一個月等待雪豹，也曾經為了體驗星野道夫的自然觀獨自前往阿拉斯加荒野拍攝棕熊與美洲黑熊。

在和室裡——陳柏煜

他仔細搜索記憶，閉上眼睛，像在黑暗裡摸到了一根線頭，一點一點小心地往上撕，在那個他踮腳尖也碰不到的高度，游移朦朧的起始，最初，他的房間就掛了這一張三思圖。超過半人高，懸在藺草色的和室壁紙上，在他還沒高過餐桌的時期（僅略高於一隻狗的視野），這圖顯得如此巨大，簡直就像一扇門，那頭白霧茫茫，站著三隻白鷺，淡墨乾筆勾勒的羽毛、枯枝般細瘦的腳升起了霧，讓牠們隨時都沾滿了水氣。牠們踏在藺草色的沼澤之中，彈珠般油黃的眼睛正在覓食，搜索積水裡的移動之物，他躺在地板上——那麼，其實該是在水平面之下了，呼吸的氣泡會引來那些尖銳的喙無情地拉扯。抓到那個門後調包。三隻鷺鷥長得一模一樣，其中兩隻站在一隻的後面於是更小一些，腳也被輕易省略了，就像兩個分身在本尊後面排隊，命運一般堅定。或許已經有一隻飛出來繞電燈盤旋，伺機將底下的小孩抓走。

在還沒高過餐桌的時期，他並沒有「房間」的概念，對他來說這裡更像是「巢」。他始終沒有問過父母，當年他們新婚買房時（已經懷上了他，卻還不知道他還會有個妹妹），親自參與室內設計，為什麼會在客飯廳打通的開闊空間裡，隔出這突兀、像收不進櫃子裡的抽屜一般的和室。但對當時的他來說，外頭的世界反而是突兀的：過遠的天花板、冰冷而黏人皮膚的沙發、磁磚地板、當門上的風鈴（警示）大響，隨時可能出現的陌生面孔——這一切都讓他保持小狗般的警戒，身體裡裝著一只小茶壺沸著。而且……外頭的世界，都得穿上鞋子（或拖鞋）。這才是他真正在意的。和室如一只裝糕點的精緻竹盒子，糊上薄紙的拉門，點上燈時就像燈籠，像一只隨時可以攜帶走的軟包袱。和室裡頭鋪置了各種花色的床墊、枕頭，他隨時負責巡視任何露出的木地板，照料傷口般用布料填補它——這裡不是一個房間，是他用棉被築構起來的窩。和室離地墊高外邊二十公分，頗有花萼或碗的意思，不過他覺得，這樣它就更像一艘膠囊太空艙，懸浮於全然的黑暗與真空；可是，他又忍不住透過縫隙偷看外頭的父母與客人談笑風生。兩件事情讓他失望了：一是他至今尚未發現那墊高的二十公分底下是填滿的還是隱匿了什麼。二，這艘太空艙從未在這個屋子裡移動任何一吋。

幾乎在同樣的盡頭，也就是三思圖的那端，妹妹已經出生，並且躺在他的旁邊。他試著把線再撕高一點點，卻徒勞無功；他無法記起這個家還沒有妹妹的時候，那身為獨生子唯一的一年。既然忘記了，或許從來就沒有，在「外面」的時刻，妹妹和他最初在和室的幾年等於失去了時間。他與她並沒有真的擁有過孤獨、年齡差、剝奪感，他們像一組同時降生的雙星。母親常對他說，凡事多讓妹妹，為什麼呢，因為你多了一年我們給你的愛啊。他始終無法被說服，反而執著地相信，妹妹同樣不會感受到差別，他們所擁有的愛不是閃電，光與聲音有先有後。他與她在「裡頭」，他們的影子如一窩兔子在棉被高低起伏鑽來鑽去，誰也分不清誰，在祕道裡，有時他們甚至會撞到另外一個自己。於是我們得更改一下先前的敘述，在所有的場景裡再多畫上一雙眼睛。那思圖下並排躺著的是他和他的妹妹；風鈴警報響起的時候，是他還有她滿屋子沖天炮亂嚷亂跳，但只要門一打開，又寂靜得如一座空城；是他們一起躲在和室的門縫看大人們在做什麼，映成兩個小小的人形在紙門上，是她的大拇指總是不小心在紙門上戳穿一個小洞。

和室從來就不只是他的。在他還有她都還沒有高過餐桌的時期，一家四口都睡在三思圖下這間和室。冬天換上墨綠鑲金邊的厚被子時，這些綠海浪就要變成四座山丘：兩座大的，兩座小的。而這也是線的起點，他們原本就是睡在一起的。他們似乎由此不自覺地分清了「家人」和「外人」。不管經過怎樣的白天，他們各自蜜蜂般在屬於自己領域的花朵移動，夜晚終究會脫掉拖鞋，到裡面一起變成並排的四個小山丘。藉由睡眠，他們就像同一個星座，一起移動；他們在一個電梯車廂內，即便擁擠，卻能真實地感受到彼此的存在。回憶起那段快要斷線的睡眠時光，他腦袋裡冒出睡前他們常講的「牛便便」的故事。不是牛糞，是「牛便便」，為什麼和小孩子講這樣的故事呢，想來也真是奇怪。四座山丘輪流發話，「從前從前，有一個善良的小男孩……」長大後，他問妹妹，「然後呢？」妹妹說，有關寶藏。嗯，我也記得有關寶藏。那牛便便呢？「善良的小男孩對牛很好，牛臨死前對他說：去挖我便便的地方，能挖到寶藏。」可是他又記得，「想害小男孩的壞人，要去挖寶藏時，挖到了一堆牛便便」……他們再也挖不到這個故事了，無論是寶藏還是便便。雖然當初的故事是輪流講出來的，但確確實實只有一個版本，要不然他們怎麼能知道對方下一句會說出什麼話並搶先說出來呢？不知道為什麼他也記得這是個哀傷的故事。

深夜，故事落到地縫裡被蟑螂撿來吃的時候，他倘若還沒睡著，就得小心兩樣東西。一是父親的鼾聲，那粗魯起落的聲響和平時的父親太不相同，讓他不自在。另外一個是月窗，那是和室唯一開的窗，挖空呈彎月形，透明玻璃封死，木條隔出方型的小窗花。讓他害怕的是夜裡（或是他的夢裡），發現有人在客廳走動，而身邊其他三座小山丘則毫無動靜，他知道那個影子緩緩接近月窗，把它的臉貼上玻璃（並泛起白霧）向裡頭探望。他縮成一顆胡桃，不敢向那兒看，沒法確定它是否還在那兒。月窗是隻巨大的眼睛。安全的地方很少，和室裡是最安全的，但他總在這裡感到不安。我們可以說，在離開船艙之前，這是他第一次感受到孤獨。

還是在同一個盡頭，舅舅打從一開始就住在他們家，或許……他有點猶豫，事實上是同一個盡頭，但心理上，舅舅是遲到的。不是因為血緣遠近，更不是因為舅舅的愛分量比較單薄，他只想到一個緣故：舅舅晚上不跟他們睡。那時兩樓之間還沒打通成樓中樓，舅舅一個人住在樓上——其實大部分活動時間都在他們這樓，只有睡覺時回去。我們可以微調一下前面的敘述：當警鈴大作亂嚷亂跳至一片死寂後，如果他們發現推開大門的是舅舅，就會雨後春筍般冒出小毛頭來——舅舅的出現通常都是帶著歡樂的——他愛說笑話，愛把他們當作小大人討論嚴肅的問題，常帶禮物，常幫忙說情。舅舅是例外的代表，太陽的代表——就像舅舅油光滿面微禿的前額。他不知道舅舅也參與了房屋的設計，也就是說，舅舅不只更了解，甚至更先於他擁有這座和室。但出於尊重，舅舅幾乎從未踏入它。這顆懸空的家的心臟。

不知何時他養成了壞習慣。某夜，輪到他靠牆睡，他在牆壁與棉被間胡亂摸到一個線頭。起初以為是棉被，他輕輕地扯，發現線頭連接在藺草色牆壁上像一隻小小的尾巴。他好奇地開始撕起來，一點一點往上，他想知道，這條線會通往哪裡？（通往樓上的房間，連接到其中一個舅舅放小物的抽屜？）他邊扯邊撕，揭開藺草色牆紙，後面還有另外一層白色牆紙。那條線就像他尺蠖般的手指，一屈一伸地向上爬，逼近邊界。在黑暗中，他實在難以確知到底撕到多高了。然後，啪，線斷了，他的心也隨之震顫一下，有什麼輕飄飄隨風箏飛走了，一團軟弱的線縮在他汗濕的掌心。不久他就發現到那裡有上千的線頭，只是有些顯露出來，有些還編織在壁紙裡頭。他心裡有種幸福的罪惡感，他知道，每當他撕著壁紙的時候，都像小心地撕開自己的皮，會傳來一陣酥酥痲痲的痛。他想把牆一點一點地撕開，他抓著那些頭髮般的線頭摩娑著，他想總有一次那條線會抵達某處而不會應聲斷裂。他偷偷和妹妹分享這個祕密。於是，他們趁父母睡著時，並排睡在牆邊假裝睡覺，手裡卻一同偷偷撕著壁紙。就像在剝枇杷那樣。

其實誰也記不得那天早上是怎麼了。外頭天已大亮，陽光透過紙拉門透進來，像皮影戲的布幕，他和妹妹裝在戲台後面。父親母親早起，不知道是出門了抑或在屋裡某個角落忙碌著，他們也不全然睡著，微微擱淺在床上，在夢的沙灘一呼一吸地換氣。一面影子投遞到他身上，他被驚醒了。首先他發現天已經全亮，然後他感覺到有人從月窗偷偷窺視他們。是舅舅。難道他開門時連風鈴都沒有響？（父親母親都在外頭。）走近玻璃，舅舅先是看見自己的倒影（一瞬間甚至對自己的樣子感到有些困惑），於是他把自己的臉貼到玻璃上看，倒影融化在黑暗中，兩個孩子蜷在被窩裡睡得正香，像躺在水族箱底的兩尾小金魚。這不是一般的時間——有時透過相機的觀景窗也可以到達，他感覺自己彷彿是未來的使者凝視著過去。影子從月窗消失了。（舅舅一定以為他睡得很熟吧？）他看見影子先被牆遮住片刻，隨即靈活地游移到紙拉門上。刷。舅舅突然拉開。逆光的身影顯得格外龐大。他們兩隻捕獸器般彈跳起來。妹妹瞪大雙眼尖叫，躲進被子裡，一會兒冒出頭，舅舅還在，她尖叫，她蒙起頭，再冒出來。他對妹妹說，小聲點。舅舅不斷出現、隱藏。後來母親說起這件事，那天舅舅不過是要給他們一個驚喜禮物……他不記得是什麼了，但有一陣子，妹妹都只會叫：壞舅舅。

之後發生的事情都很快。舅舅結婚，搬出樓上的房間，從此沒有在家裡過夜；他們長高過了餐桌，被要求自己獨立睡一個房間，上小學了；父親母親決定把兩樓打通，在樓上規畫他們各自的房間；舅舅的房間因為重新翻修已經看不出任何痕跡；他們參加了人生中第一場婚禮，做花童撒玫瑰花瓣；然後，他發現舅舅消失了——不是真的從生活中消失，而是像被撕掉了一角。他以為是結婚的緣故。剛搬入自己的房間那陣子，夜裡他會將整個頭埋起來，並想起有次母親發現他和妹妹躲在被子隧道中氣喘吁吁、滿臉通紅，母親怒氣沖天地責罵，她說他會把自己和妹妹悶死。那是他第一次對死這樣的空間有所概念。這幾天他時常夢見父親與母親的死。他並沒有親眼目睹，夢裡都是後來的場景，一間和室般的靈堂。往往要等到醒來他才開始難過。當他從屬於自己的那座小山丘鑽出來，卻發現這裡已經變成一間儲藏室。他想起來，妹妹終於也消失了。斑斑駁駁的牆紙沒有換新，他從裡面找到一個線頭，拉起來，突然又怕起握住另外一端的手。他咬牙，刷地拉開，藺草色的紙下面，他自己是一身白色的羽毛。從牆上，另一隻鷺鷥正飛下來，代替他推開紙門，走出和室。

——原載二〇二二年四月十九日《聯合報》副刊

收錄於二〇二二年五月出版《科學家》（時報出版）

陳柏煜，台北人，政大英文系畢業。木樓合唱團、木色歌手成員。曾獲林榮三文學獎散文首獎，時報文學獎影視小說二獎（當屆首獎從缺），雲門「流浪者計畫」、文化部青年創作獎勵。作品多次入選年度文選。著有散文與評論、訪談文集《科學家》，詩集《陳柏煜詩集mini me》，散文集《弄泡泡的人》。譯作《夏季雪》。

等孩子長大——陳維鸚

接下來就交給我們。醫師戴上口罩前這麼說，然後那扇門就關起來了。

唯一能做的就是等待。

兒子臉頰接連冒出青春痘，安穩了十幾年的肝指數突然毛躁起來，主治醫師於是安排穿刺檢查，查看細胞是否發生異樣。也不是第一次檢查了，但聽到醫囑時，胸膛還是彷彿被塞進了大石，久久難以喘息，噢，老天，又得等待結果了。

每一次都以為自己應付得來，但坐在等候椅時，全身好似中了毒。明明隔了牆，卻彷彿看見了醫生將針如鑽木取火緩緩刺進兒子腹腔，我的肚子也翻攪起來；前一次胃鏡檢查時也是，看見了細長黑管插進他嘴裡，我的喉頭隨即被一條蛇纏繞，深深落下了齒印；最難捱的當屬核磁共振，像是被扔進地道底，轟雷巨響讓人暈眩，以為世界即將崩離。多年來一直無法適應白色巨塔的步調與氛圍，儘管表面看似紛亂中游刃有餘，其實卻是無槳之舟，深怕被推向難以靠岸的深淵。

只要是曾經歷家人罹患重病，可能都和我有相同感覺，對檢查都有著又愛又怕的情結，與主治醫師的見面心情比盲目相親還來得矛盾複雜。因為永遠都不知道在好好活下來之前，還會差點死掉幾次？

醫師說過程順利，躺在推床上的兒子意識清醒地向我揮了揮手，問痛不痛，他說有點，針剛刺進去時還好，但更深入時，就比牙疼還厲害。很意外兒子居然選了局部麻醉，雖然大家都稱讚很勇敢，但他說：「下次不會再做這樣的決定，全身麻醉睡著比較好。」

「下次啊……」我摸摸他額前濕黏的髮絲，心頭酸苦。

原本預備讓他全身麻醉，前一晚還刻意午夜後禁食，如今雙唇都乾裂了，黑眼圈更加深凹，我倒了杯溫水讓吸管貼近嘴，他只喝了一、兩口便搖頭。為了讓傷口止血復原，必須平躺四小時，連翻身都不行，腹部捆綁了個砂袋在穿刺部位上，胃部也連帶壓抑住，儘管已經十二個小時未進食，卻一點食欲也沒有。

回病房後，麻藥漸漸退去，痛楚來了，兒子眉頭更皺了，向護理站要了顆止痛錠，勸他睡覺，他卻做了個鬼臉說：「媽媽，我現在是烏龜，只是殼長在肚子上，手腳縮不進去沒辦法睡覺啦！」

明明疼痛難捱，兒子仍不忘說笑安慰我，他傻傻地咧嘴，左手食指和中指比了個「V」。不過沒多久還是累到睡著了，我拉上圍簾、關燈，聽見他發出均勻呼吸，才在陪病床側躺下來。被局限在這小小方寸之地，突然意識到在某種程度上，我們確實都像縮在龜殼裡，被圈在這裡了，很想翻身，但能翻到哪裡去？

想過無數次如果我們是正常家庭，就可以跟普羅大眾一樣，只要思索晚餐要吃什麼，或是功課為什麼還沒有寫完，偶爾也許會因為換工作感到迷惘、買不起房而苦惱，而不是看見巷口汽車違停，就擔心萬一得去急診出不去該怎麼辦，買了兩支額溫槍仍嫌不夠，還囤了一堆消炎止痛與退燒藥，成天憂慮萬一世界大戰爆發，拿不到兒子的救命藥該如何是好，然而這種病態想法，卻是我的日常。

傍晚醫師到病房探望，問兒子感覺如何，這孩子傻氣說不能翻身讓人難受，腳底有點癢抓不到，嘴巴想吃東西可是胃說不要。醫師說辛苦了再忍耐一下下就好，孩子又天真地問，穿過肚子把一小塊肝臟夾出來真的很痛，有沒有機器只要照一照就能知道結果，這樣多好啊，醫師說：「我也很希望有人發明，要不等你長大後研究……」

兒子急忙搖頭：「這個實在是太難了。」

曾說過要發明無毒農藥和種出媲美傑克豌豆藤巨大空心菜的兒子，似乎對現實有些了解了，或許是長大得付出的代價，發現做不到的事情愈來愈多。

醫師對兒子的印象還停留在小時候，講了許多過去的事，說他當時就是天不怕、地不怕的小子，好不容易才學會走路就愛到處亂跑，哪怕是鎮定劑尚未完全消退，也能歪斜身子在走廊跑；喝牛奶要翹二郎腿，喝柳丁汁就皺眉；遇到眾醫師巡房特別開心，喜歡被人包圍，有次就是因為太興奮，還扯斷了鎖骨旁人工血管接連點滴的管線，鮮血瞬間流了出來，嚇壞所有人；還說他喜歡抓人家胸前的筆和眼鏡，所以來看他的醫師都會自動後退。

兒子先是難為情說不記得了，又說不可能是他，一定是醫師記錯人了。雖然搖頭否定，但還是忍不住問：「媽媽，我那時是什麼樣子？」

佛洛伊德的童年失憶症說人類不會記得三歲半前的事，兒子最悲慘的遭遇全在那段期間裡，可說是不幸中的大幸。當時為了查原因，不斷將他送上各式各樣的冰冷刑具台，核磁共振、電腦斷層、骨骼掃描、腸胃道攝影、胃鏡大腸鏡檢查、骨髓穿刺，對成人來說也夠殘忍，何況還是一歲多的小孩。我自然不會告訴他，為了避免扯去身上管線，得用束縛帶固定四肢，就像釘在床上的標本，也不會提為了灌藥拿湯匙撬開他的嘴，更不想說為了抽血，得讓他像蜘蛛纏繞的囊中物，哭得差點連氣都喘不過來。

我一直相信生活中需要謊言，就像菜餚裡的味精、辣椒，不然怎麼去咀嚼蔬菜的生澀與苦味，人面對赤裸真相時很難不介意。這麼多年來，我也跟醫生學會了委婉術語，譬如這些抽血指數大致還可以，只有小小波動，還是得留意藥物濃度，副作用影響都在可控制範圍內，青春期身體難免因賀爾蒙而有變化，目前醫學研究仍有限，但未來發展是無限，科技一直在進步，或許有朝一日問題就有解答了。

「那個時候會是什麼樣子呢？」我忍住了沒有問醫生。

究竟是有答案好，還是沒有比較好呢？

那時我常推著嬰兒車在醫院兒科長廊繞行，從A棟到B棟，再從C棟、D棟繞回來，光線時暗時明，總感覺是陷在果凍裡，一切朦朦朧朧的，隔著簾的哭聲、笑聲都好似遙遠。住院就是一種未知等待，幸運的人等到了康復返家，不幸的人則是等到人生終點，這些孩子們竟如此早就遇上了達爾文，成了學說的驗證，在兒癌病房裡感觸尤其深，真相一直都很殘酷。

●

結束四小時的平躺，原以為兒子胃口盡失，沒想到竟說想吃好一點的東西，如牛排、鐵板燒、炸雞、滷肉飯。每樣食物都是亮紅燈的違禁品，何況又已禁食十幾個小時，不宜接受太過辛辣與油膩的東西。住院的人要吃有益健康的好食物，我說這些東西完全不合格，兒子馬上噘嘴反駁：「我說好一點的意思就是要讓小孩選自己喜歡的，這樣才叫好一點啊！」

他說的一點也沒錯。我彎進醫院旁小巷，滷肉飯的招牌閃閃發亮，一如表面油潤的光澤，滷汁氣味芳香誘人，站在面前發呆，禁不住吞了吞口水，腦海閃過兒子驚喜的臉。我真的很想讓他開心，但最後還是到隔壁攤買了兩碗魩仔魚粥，因為我是媽媽。

「就知道會這樣。」兒子嘟嘴還是接過了碗，一匙一匙毫不遲疑地將稀飯送進嘴裡，直到見底。

他就是體貼的孩子，除健康的顧慮外，沒什麼事好讓人擔心，或許是經常出入醫院急診的緣故，心更善良柔軟，沒在他身上看見對世界的怨懟，也沒有對人生的自哀自憐，但因為如此，反更覺得不捨。

睡前，隔壁床臨時進來了小小孩，嗚嗚咽咽，原本鬆懈就寢的兒子像隻貓仰頭問：自己小時候也是這麼哭著嗎？媽媽心裡一定也很難過吧？

兒子的臉滿是淡淡溫柔的光，儘管沒有如小時候蘋果般圓潤，已成了青春男孩的瘦長臉龐，但眼神還是一樣清澈，我摸摸他的頭，要他快點睡，已經超過養肝時辰，但兒子的一顆心全飛到布簾半掩的鄰床上，他專心聽醫師和小小孩媽媽的對話，皺起了眉頭，捂嘴壓低音量說那小小孩看來也是多災多難，不是說善有善報、惡有惡報，小小孩什麼事都還沒做，怎麼就生病住院了呢？

鄰床媽媽說孩子是安裘曼氏症寶寶，因不斷癲癇所以從地方醫院轉診過來。偷偷滑了手機，找到了罕病資訊，不免揪心，她跟我一樣陷入難題，顯然更為棘手。醫生走後小小孩不哭了，臉頰貼在媽媽胸前，淺咖色柔軟鬈髮、寶石般的眼睛就像個混血兒，她眼神落在很遠很遠的遠方，心思彷彿出了神，嘴角卻慢慢上揚起來，發出咯咯的笑聲。

兒子情不自禁說她好漂亮，笑容好燦爛，就像個天使，根本不像病人。我不忍心告訴他，正因為小小孩得了安裘曼氏症，才會有如天使般的外貌特徵以及愛笑的臉龐，這個又名為天使症候群的罕病，會讓她學習遲緩、智能障礙，沒有正常人的成長軌跡，即使身體能慢慢茁壯，但心智卻幾乎停滯了，就像個不會長大的孩子。

鄰床媽媽擁著小小孩，溫柔低聲哼著歌，輕輕搖晃著身體，將自己當成了搖籃，她應該知道這輩子聽不到小小孩叫媽媽，不會有機會牽孩子的手上學或是收到任何一張成績單，她也不會看見小小孩唱歌跳舞的模樣、開心地跟同學手勾手，更不可能等到交男友的一天，甚至結婚典禮。真實如此殘忍，如此悲傷，一想到此，我擱下手邊的毯子離開陪病椅，硬是擠到兒子身旁。等待孩子長大很難熬，一如走在鋼索上，記不清多少次半夜驅車將腹痛或發燒的兒子送往急診，或是接到學校醫護室來電說孩子暈眩要回家，他虛弱忍痛時蒼白的臉，他高燒腹瀉時昏沉的臉，讓我焦慮得寢食難安，皮囊像被吊掛在巨釘上，但有機會等待卻也是一種幸福。

兒子察覺我的異樣追問怎麼了，我說睡覺吧，就像十幾年前那樣。那時我總是把瘦弱小小的兒子放在胳肢窩下，再用小棉被將他牢牢圈住，怕隨便翻動又扯斷了點滴線，我很謹慎，時時得留意他的呼吸，不過現在的他長高了，腿也長，我的手臂已無法將他圈起，反倒成了被他呵護的人。輕觸兒子的濃眉和唇毛，細看他的手，掌心竟比我的還寬厚，手指更細長，臉蛋也比我大，曾經那麼讓我懊惱焦慮，幾度以為就快失去，現在已是個青春燦爛的少年。

兒子問像他這樣的小孩活最久的紀錄是幾歲，我小心翼翼地說應該都變成大人了吧，他咯咯笑出聲：「啊，這麼說每天都在破紀錄囉！」

他笑起來好看極了，興奮得滿臉發光，再過一陣子將會成為高挺的青年，摟著另個女孩，沒關係我永遠都是媽媽，揉揉他的頭髮順便嘮叨：「回家該洗頭了！」他把五官全擠在一起做了個鬼臉，佯裝嬰兒嗚嗚哭了幾聲，我說都長大了還這麼幼稚假裝是寶寶，兒子撒嬌說他只是長大了一點點，還沒有完全長大，我追問還要多久呢，兒子很認真地回答說：「就是等我長大之後咩。」

——原載二〇二二年十月二十六日《自由時報》副刊

陳維鸚，宜蘭鄉下人。長大後出鄉讀會計系，曾任商業雜誌編輯和副主編，會計師事務所企劃專員，懂事後回鄉當媽媽提筆煮字；得過民生報、台東大學、九歌現代少兒文學獎以及林榮三文學獎、時報文學獎、蘭陽文學獎、台中文學獎等，出版過幾本書，也編輯過幾本書，寫過策展文案與宣傳刊物。在年齡逐漸遞增之際，盡力在世界留下字跡。

輯四　新生

新生——夏夏

手機裡存著一組號碼。每回這組號碼打來，都會心頭一緊，深呼吸後才敢接起。

那是父親所居住的照護機構的號碼。

若是缺尿布、看護墊、衛生紙，照服員會用LINE傳清單給家屬。又若是零用金不足，需繳洗衣費等事，也用LINE通知。只有一個時候會打電話。

一次是我跟朋友聚會完，正要搭捷運的路上。好幾次是過了傍晚，正在收拾餐桌。

掛上電話後，首先確認孩子有沒有人接送照顧，其次是打包在醫院過夜的物品。從家裡到醫院的路有段距離，計程車跳錶要五百多元，上環河道路會快一點抵達。我看過無數次這趟路程的風景，密集的住宅高樓退去後，會有超脫現實的高架橋彼此穿越，另一邊則是綿長的河堤。路上，打電話確認家裡、通知姊姊，若確定要住院，得趕快臨時找到看護。

手機裡還存了好幾組號碼，都是曾找過的看護仲介。

仲介操台語，說話很直，「幾歲？什麼病？會凶嗎？體重？屁股有爛嗎？」我懂他們的意思。體重太重，不好翻身，要找力氣大的。會打人的，不敢接。屁股爛了，代表長期臥床，傷口要護理。

這是我第一次在計程車上哭。剛才電話那頭說，陽性。

這回不用在醫院過夜，不用找看護，下救護車直接送進只有醫護人員能進出的隔離病房。我和其他家屬依照指示，在門口等醫生出來說明。那扇門原是通往餐廳的捷徑，我來過這裡太多次，已經熟門熟路。現在為了因應新冠肺炎疫情，醫院動線重新規畫。

排在我前面的家屬極力爭取讓發燒的長輩住院，醫生委婉說明住院條件的嚴格控管，簡單說來，就是得夠危急才能住院。我站在醫生背後偷看她手上的夾板，確定父親的名字在上面。

已經很久沒見到父親。

從疫情開始後，相見愈來愈難。為了避免長輩群聚，父親住的機構依照衛服部規定，滾動式修正探訪條件。上次疫情升溫時，隔了好幾個月終於恢復正常探視，我們照慣例帶父親到公園散步，好險他什麼都不知道，什麼都不記得，也好險他還記得我們。本以為大家終於熬過最難的一關，接下來只要乖乖戴口罩勤洗手、按時接種疫苗，應該就沒事了。沒想到病毒變種，再次造成一波封鎖。

看不到父親，有時候我會打電話給姊姊開玩笑說，「好像坐牢被關。」但刑期有期，疫情卻無期，除了耐心等待與盡可能維持正常生活，別無他法。

每晚熄燈後，一家人做睡前祈禱，祈求父親的心不感到孤單以及見面的日子快快到來。只要閉上眼睛，眼前就會浮現父親在等待我們的模樣。

這一次等了十個月。彷彿心上懷著胎兒，靠著想像度過漫長且焦急的等候。

透過急診的玻璃窗看著父親躺在床上，他雙眼眨巴眨巴望著天花板，手背上插著針管，雙手被綁上形如乒乓球拍的約束手套。單純得宛如剛誕生的嬰孩。我舉起手機像隔著月子中心玻璃窗一樣拍下父親的模樣，可惜他聽不見我，否則他知道我在旁邊，肯定會開心。

父親當晚轉入專責病房，此後只能透過電話了解病況，更加嚴格禁止探視。

不知何故，電話幾乎都在深夜響起。每晚睡前確認手機電力、音量，放在餐桌上，留一盞燈，以便任何時候都能最快接到電話。

每一通電話都很困難，雖能體會醫生的耐心講解以及語帶保留的原因，不過每個抉擇的背後都有更多抉擇和晦暗的複雜未來。

「有考慮洗腎嗎？」後來變成，「現階段洗腎可能也有風險⋯⋯」

「願意接受壓胸、電擊的急救嗎？」後來變成，「那插管呢？」

前往簽署洗腎同意書時，事先在手機錄下要對父親說的話，我拜託醫生把手機帶進去播放，但醫生說手機進到病房就不能再拿出來，讓他們討論一下。過了很久，護理師出來，他們想到用護理站廣播系統播放的方式。把手機遞過去後，護理師還貼心提醒我離病房門口愈遠愈好。退到警戒線後面，過一會兒，聽到厚重的門板後面依稀傳來我的聲音，聽到那個聲音播放了兩、三次。但沒辦法確定，時間感已經喪失，且後來只聽見空蕩蕩的走廊竟會將我蹲在角落的哭聲放大得如此響亮。

半夜，醫生又來電。那時候新冠肺炎的療程已完成，檢驗結果為陰性，醫生原有意讓父親轉普通病房，並且在只能有一人陪病的院規下，破例讓我們姊妹倆都進病房。

半夜通知姊姊後，兩人就沒再睡，各自著手安排孩子隔天的照顧，打開電腦一一回覆信件，也把工作進度再往前推一些。半夜三點多，姊姊提醒該吃點東西，到醫院大概沒辦法脫口罩進食，要預先儲存體力，所以煮了泡麵。

兩個年過四十的女兒，在七年前還不知所措地面對母親的驟逝，如今居然鎮定地洗衣服、摺衣服、準備食物、在電腦前工作著，以防萬一之後有更多變故。姊姊出門前還澆花，才搭上第一班高鐵。

而在三十年前，被大人帶到祖母臥床的療養院的記憶猶存。祖母因為心導管手術失去意識，憑藉機器維持半年多的生命才離去。葬禮在學校運動會那天舉行，那是我有生以來唯一一次缺席學校活動。

除了不願意看到父親也受到那樣的磨難，更因為對父親的理解。我們太清楚他會在抉擇的時候說出什麼樣的回答，帶著什麼樣的表情，以及在同住時便和他幾次討論過，所以儘管疾病發生突然，我們的理智和情感都希望能尊重父親到最後一刻。也由於彼此的信任而深知，只要是女兒做的決定，父親肯定欣然接受。

和姊姊在醫院大廳會合後，前往專責病房大樓等待父親轉出。已經數不清是第幾次聽醫生說明，再度回到大廳等待，才短短幾分鐘，醫生來電通知已經不宜轉出，請我們先回家，「等到最後時，再去懷遠堂處理就好。」我聽不懂這是什麼意思，懷遠堂是什麼，然後突然間我又懂了。「拜託請跟我爸爸說，兩個女兒都來了。」

姊妹倆坐上計程車討論要準備哪些衣物，一大早該去哪裡打點，最後一刻總得把父親打扮得帥氣些。

車停，上樓，還沒開門，電話又響起。父親聽見女兒都到了以後，跳動七十七年的心臟緩緩停歇。醫生說不用帶衣服過來，那又是什麼意思，太多我聽不懂的話。

後來才知道由於父親最後在專責病房內離世，大體按照流程需裝裹在兩層袋內便不能再打開，經由專屬通道直接送往負壓房，並且在二十四小時內火化。

也不能看看他嗎？姊姊不甘心地問。

除了護理師幫忙播放錄音時，透過監視畫面拍下的父親存在手機裡，這十天內都沒見上一面。父親的模樣相當辛苦，特別是護理師轉達，他聽到廣播放送我的聲音時，無力的身體做出了反應。我們都很慶幸他不用再為我們辛苦下去。從母親走了以後，留下來的每一天，都是出於他對女兒的愛。在姊妹倆分別於南北兩地奮鬥時，想到一直都在的父親，便感到可靠的避風港始終都在。

走上懷遠堂的路旁，盛開的紫色牽牛花美麗得讓人駐足，是個好日子。簽完所有的表格、批價，每日的疫病分析數據出爐，統計結果不再只是冷冰冰的數字。最後，久未闔眼的我們居然戴著口罩趴在美食街桌上睡著，電話終於不會再響了。

而我心目中留下父親最後的身影，是急診那日，宛如新生兒模樣的我的父親。

——原載二〇二二年九月十三日《自由時報》副刊

夏夏，著有詩集《德布希小姐》、《小女兒》、《鬧彆扭》，小說《末日前的啤酒》、《狗說》、《煮海》，散文集《來日方糖》、《小物會》、《傍晚五點十五分》。

迷你倉——江佩津

我始終記得母親嘴角的那一抹微笑，當下我並不清楚那笑容中的自信或釋然是從何而來，但一到了隔日，我就知道了。

回頭看那日手機中訊息框的話語，我鼓起勇氣點開那些與親近友人的對話框：「硬掉了」、「煙燻味」，我拋擲出這些話語，像是這樣就能丟下這些記憶，只是那些未好好處理的記憶，依舊存在於那裡，以及每日的腦海裡。

距離那日不久，我重新開工，搬好住所、整理好自己生活，接了幾個案子，只為了支付生活所需，也許更多的是讓自己有事可做，忘記發生在自己身上的事。幸運的是，總是陽光普照的採訪日；但不幸的就是每一次採訪都是滿頭大汗，連續幾個小時在車站前守候、希望找到有故事的受訪者，一旦覓得就是上山下海也都得跟著去。

一日，採訪工作結束，我和攝影前輩們帶著器材，坐在南部舊車站旁的冰店，終於可以放鬆下來，而不是想著還有什麼畫面要拍、話語（bite）要問。

「我以為你媽媽是因為生病，所以走的啊？」

為了填補對話間的空白，我開啟話題聊起母親的離開，攝影大哥怔了一下，拋出問題。我用鐵湯匙切著碗裡的剉冰冰塊，一塊一塊剁碎，發出沙沙的聲音。我答：「對啊，我想也是。」關於死亡，這大概是人們數一數二無法接受的離開方式，突然的離開總是讓人錯愕，也不知道該怎麼言說，而我也已經習於在說出這些詞語後的沉默以及不自在。

總之，在經歷了一年後，我終於打開電腦中的空白頁面，開始記錄下最後的那一日，而不是一切都已經發生後，冰冷的日子。

那日稍早，母親臉上掛著微笑，是在我帶她往返醫院回來後的樣貌。在這之前，護士為她打了一劑止吐針，還打了點滴，補充她連日因為化療副作用嘔吐、也鮮少進食而流失的體力，但在止吐針發揮效用之前，為了照ＣＴ，她連脫去上衣、胸罩的力氣都沒有，於是我進到更衣間裡，跟她一起待在小小的更衣室裡，幫著她脫去衣服。

黑色格子的上衣、有些鬆脫但還是細緻的蕾絲內衣，我跟母親從未這麼貼近過，卻也是最後一次如此貼近。

在急診室等了一陣子，結果出爐，檢查的片子看來正常，也沒有發燒，以癌症患者來講算是很好的數值。我鬆了口氣，急診室醫生說我們可以離開了，不用住院。

母親的頭垂得很低，像是要睡著了，或許她真的小睡了一陣。然後我叫了台Uber，帶上她先回到外婆家。抵達之後，她躺在沙發上，我到廚房打開大同電鍋，舀了外婆煮的南瓜粥，裡頭還有些肉絲，當時還在發願吃素的我只得挑掉，把我碗裡的肉放到母親那碗裡。母親吃著外婆煮好的粥，臉上露著笑容，同時催促我趕快離開，去跟朋友聚會，然後遞上舊貨商的名片，叫我之後聯絡，把家裡有價值的東西賣一賣，我推著不想收下，我記得，我是有些不耐地說：「不用啦，還不急著賣，妳要賣可以之後再去賣啊。」但她堅持著要我拿走，所以我收下了這家位於高雄六合路上的舊貨商名片，專營老酒、舊錢幣、郵票。

在沙發上的母親微笑著，看著我，那是我最後記得的一抹笑容，我轉身離開，去赴朋友的約。

據說母親在我出家門後，接續著我的腳步下樓，對著外婆說：「對不起，我是個失敗的女兒。」去到她獨居的房子裡，一個人待著，在外婆打來的電話中，她告訴外婆：她跟朋友在一起，不用擔心。

然後二十四小時後，是她躺在沒有對外窗的浴室裡，冰冷的身體，沒有笑容。

那張母親交予我的舊貨商名片我沒有用上，我反而是先把所有物品一箱一箱地收好，搬家、放進整理箱裡，想著有那麼一天再來處理。當下的我並沒有足夠的勇氣全數拋棄或變賣母親的物品，唯一的力氣花在把租的房子退掉，眼下無所適從的我，最後則是把那些物件都放進了迷你倉，包括自己與母親生活的所有。

我很早就明白自己會是迷你倉的使用者，對於一個沒有固定居所、不知道下一個月會身處何方自由自在的人來講，比起房子這更是剛需。儘管也有人對我說過「沒有根的人就是要斷捨離」，但斷捨離之餘，仍希望有自己可以掌握的些許渣滓，也許像是一些希望自己在未來某日可以足夠勇敢面對的回憶，所以我一箱箱封起母親僅存的一些證明，剪了一角的身分證與護照、已經沒有任何意義的印章，還有她努力留下來的舊照片。

每一次打開倉庫的門，隱隱地，還是讓我感覺到了家，那個讓人長出氣力的地方。

「因為我們仍然有機會，重建我們所熱愛的生活。」

真的有機會嗎？我想起母親曾放著好幾個玫瑰鹽燈、木化石，是她在百貨尚未倒閉前，任職的櫃位所販售的商品，為了不讓月底的業績太難看，她會買下來充當業績，家裡很多尚未開封的擺飾都是她賣的商品。「如果有自己的家就能放了。」一日我跟她一起整理，看有什麼東西好變賣時，母親這樣感嘆地說。我同意母親，對於這些收束在迷你倉內的物件，我的確是期待著有那麼一日，擁有自己的家，然後把這些物件全數放進去，彷彿母親尚未離開，彷彿與母親一起生活。

母親離開的一年後，我鼓起了勇氣，經過那間舊貨商。想來老闆大概也忘了，曾有一名戴著口罩以及漁夫帽的女子進門，向他索取了一張名片，或許講了些什麼，但也不重要了。只是當我抵達門口，舊貨商的店面是鐵門深鎖，這條原本是位於市區精華的街道，早已經蕭條許久，只餘下些許原本就有家業繼續經營的人們。因著疫情，原本鄰近的觀光夜市也稀稀落落地、有一搭沒一搭地做著生意。

那張名片我依舊擺放在迷你倉的深處。

「妳花了多少錢租這個倉庫啊？」

偶爾有些朋友問起，我講出金額後，偶爾有些人露出了不可置信的表情。不只是倉庫，我也需要銀行的保管箱儲放一些價值較高的物品，以及自己不知道怎麼收納的物件。

每一次，我都會忍不住疑惑地說：「這樣很昂貴嗎？」

能有一個地方安置自己僅存的家，我總覺得已經足夠划算了。

我過了一陣子對物質價值失準的日子，倒不是各種心理補償似的報復性消費，但就是覺得無須勉強自己了，像是租下一層的房子自己住，三房兩衛一廳，的確，自己一個人住實在太大了，但我當下急著要搬出母親所租的房子，清掉生活用品，卻又不想再花錢買任何布置住家的物件，所以想要一卡皮箱就能入住的房子。只要給我一個採光良好、有對外窗、可以好好入睡的地方就好了，我是這樣想的，而這其實是在租賃市場裡最基本卻也十足奢侈的想望。

有人繼續住在親人燒炭離開的房子裡。我想，若不是當時其他親朋好友要我退租、離開，我說不定也會做上一樣的選擇，繼續住在那間房子裡，想要躺進去母親躺的那個浴缸。或許在那一日，她覺得不適合，所以又爬出來到地板上，隨著空氣逐漸稀薄、緩慢窒息而死，一部分的我恨不得趕快離開這個傷心地，但某一部分的我，其實很想躺在那裡，看母親所記得的最後一個風景。

當時用最快的方式脫離，卻又忍不住想要回到那樣的慣性。

直面過死亡後，好像什麼都無所謂了，好似可以活得更加豁達，但其實，我發覺我還是會勉強自己，當手上事情繁雜、想要躺平時，我會在房間裡質問自己：可以這樣偷懶嗎？可以不前進嗎？可以不變「好」嗎？我會這樣告訴自己，自母親離開後，我所度過的每一日，都是母親的逝去所換來的，她為我積攢而下的，可能是金錢、福報，可以讓我順利長大的幸運。每當念及此，我都覺得自己呼吸不過來，宛如普拉絲筆下空氣稀薄的鐘瓶裡。

我相信，母親的那抹笑容，也許是在叫我放心，她已經做了她的選擇，我也應該做我自己的。

我打開圖書館預約系統，鍵入關鍵字：療癒、悲傷、自殺。除了閱讀，我也加入Facebook的遺族社團，儘管有些遲疑，還是報名了與遺族有關的活動，試著跟有同樣遭遇的人聊聊。我只想知道，像我一樣被留下來的人們，是怎麼度過這之後的生活？

以我身處的台灣來看，每年有兩、三千人自殺（二〇二〇年，據統計有三千六百五十六人），每十萬人口中有十二人自殺，高於全球的平均。每個認識的人也多少會說自己經歷了身邊的人的死亡，或近，或遠，這應當是如此尋常的一件事情，但我卻彷彿依舊圍困在這裡頭，我只好讀、也只好寫，只希望讓可能也身在其中的人知道，生活是如此，不必憂懼，若憂懼，也無妨。

這是被留下來的我們，生活的樣貌。

——原載二〇二二年十一月二十四日《自由時報》副刊

收錄於二〇二二年十二月出版《修復事典：被留下來的我們，不用急著好起來》（大塊文化）

江佩津，七年級生。曾任記者。曾獲文化部選送美國聖塔菲藝術學院Santa Fe Art Institute文學駐村、西班牙巴賽隆納甘賽拉中心（Can Serrat）集體敘事駐村計畫作家補助、國家文藝基金會與文化部青年創作補助、「藝術游擊」藝術家馬祖駐村。著有散文集《卸殼》、《修復事典：被留下來的我們，不用急著好起來》；合著《暴民画報：島國青年俱樂部》、《結痂週記：八仙事件　他們的生命經驗，我們不該遺忘》。

百元理髮——隱匿

每次走進這家百元理髮廳，都有一種朝聖的感覺。

店裡的客人幾乎都是七十歲以上的老太太，她們坐在四張皮椅上聊天，談論彼此的媳婦和孫子、鄰居的八卦、養生話題等等，講電話則必定以大音量擴音放送，電話彼端的人說話聽得一清二楚便罷，此間的客人和老闆娘還會加以回應、吐槽，多方對話，其樂融融。

該是因為年紀大了，早已卸下所有包袱，老太太講話都有一種渾然的喜感，類似這樣的對話源源不絕：

「白毛總比無毛較好啦，某某人就算想欲染頭毛嘛毋法度啊！」

「啊你目睭已經遮穲啊，葉黃素敢免加食寡？」

「阮查某囝問我要買啥款保健食品，我講欲食落會婧彼款。」

當然，這些只是附帶的娛樂，重點是這位理髮師兼老闆娘的手藝，不輸我住台北時遇過的髮型沙龍高級設計師，而且，至今仍堅持一百元的收費！過程大約如此：先噴濕頭髮之後剪髮，剪完後我自己拿吹風機吹乾！她的剪髮資歷和我的年紀差不多，雖然我要求的僅是清爽好整理的髮型，但她會根據季節和我的頭型做調整，每次都有點變化，我感到很滿意，後來便不再要求髮型款式，可以放心地將整顆頭交給她。

她唯一的缺點就是有點固執。有次她幫一位白髮老太太剪髮，對方因為健康因素不願再染髮，她卻無法接受，滿嘴碎念不休，說誰誰到了一百歲也還在染髮燙髮，頭髮整理好人變漂亮，心情才會好，所以愛漂亮的人都會長壽……等等，但是對方不為所動，她愈講愈氣，最後竟然說出這種話：「我一點都不想和這樣的人往來！」在等候區的我看到她那一臉嫌惡，與邋遢的人誓不兩立的態度，暗自心驚，真覺得已經有點離譜了。

偏偏我也沒好到哪裡去，因為在家工作，疏於打理，總是累積到自己也被嚇到才去報到。有次她剪完我的頭髮之後，彷彿得救般鬆了一口氣說：「總算像個人了。」接下來便開始規勸我應該染髮和化妝等等。有趣的是，其實她並不在意客人是否給她染髮，純粹希望所有人都漂亮、得體，像個人。

每次我剪完頭，她必定會尾隨我出門，並對著我的後腦勺讚嘆不已：「你的頭型誠好看！」我便會回應道：「無啦，是你手藝好啦！」這時在座的老太太就會有人搭話：「伊頭型好看，你手藝讚啦！」眾人大笑！如果她有空，甚至會站在門口欣賞我的後腦勺，直至我消失在地平線的彼端。我感覺在她對我新髮型的讚嘆裡面，有很大的成分是在讚嘆自己——挽救了一個人免於醜陋的命運。

有一回我來報到時，已接近打烊時間，幾位客人離開後，便只剩下我和老闆娘。我發現她那天的髮型不同，便隨口稱讚了一下，誰知她臉色略變，告訴我其實她剛做完化療，所以現在戴假髮，甚至還解釋道：因為她太忙，今天沒有好好整理假髮，本來應該是怎樣怎樣吹整才漂亮……等等。我嚇得差點從椅子上跳起來，趕緊詢問詳情之後，發現她竟然是我的病友！

於是我立刻質問為何化療期間仍要開店？她說因為是自費沒什麼副作用，閒著也是閒著，就繼續為大家服務……這在懶散的我看來簡直太荒唐，我忍不住開始勸她應該多休息，或乾脆把訂價提高，以此減少客人……等等，但是這些建議都被駁回了。她說這些客人一輩子都給她弄頭髮，如果她休息或是漲價，大家要怎麼辦？

我心想：如果你休息，大家自然會找別人，到底還是自己的生命比較重要吧？但這些話無法說出口，畢竟如果她不繼續服務，我也會很為難的。過去我曾在別家百元理髮被剪成櫻桃老丸子，為此煎熬了好一段時間，出門都戴著帽子遮醜。由此可知，我也不是不愛美，只是程度和老闆娘差很多而已，但或許更準確的說法來自木心，他說：「我們維持外貌形象，為的不是愛美，而是身而為人的尊嚴。」

回家的路上，經過某家餐廳門口，恰巧看見一張有趣的標語，文字旁有簡單的圖案：持箸的手，將一雙筷子高高舉起、大大地展開：「在這個世界上，除了筷子，其他都可以放下。」起初，我覺得這話太妙，應該給老闆娘看看！我甚至猜想著：就是那份對美的偏執、把自己看得太過重要，才導致罹癌的吧？

然而，念頭一出，我立即感到慚愧了——這樣的想法，和那些隨口判定他人罹癌是因為祖先造孽的人有什麼不同？我對她一無所知，唯一的接觸僅是剪髮的那幾分鐘，我憑什麼評斷他人呢？再進一步想，或許，愛美即是她堅持不能放下的「尊嚴」吧？而我眼裡的可悲，不正是她的可敬之處嗎？一個什麼都丟失了，僅剩筷子的人生，真的會是我們想要的嗎？

唉，難怪古人要說頭髮是三千煩惱絲，難怪我經常想要將頭髮全部剃光——無論如何，此刻還保有人身且僅以一百元就換來清爽髮型的我，誠心地感覺到：在這個世界上，還能為了美與尊嚴而煩惱，還能有所追求與堅持，是多麼幸福。

——原載二〇二二年八月二十九日《聯合報》副刊

陳宥中攝影

隱匿，寫詩、貓奴，曾經營淡水有河book書店十一年，現居台南。著有詩集《0.018秒》等六冊、散文集《病從所願》等六冊、法譯詩選集《美的邊緣》。曾獲二〇一六年度詩獎、第五十屆吳濁流新詩首獎、Openbook二〇二一年度好書獎等。

巴黎野餐——洪愛珠

媽媽一生中，與巴黎相處過三十二個鐘頭。

我們一家人旅行不算少，唯獨媽媽難得出門。有段時間，我奇怪她對誰都慷慨，就是捨不得在自己身上花錢。長大才知道，有個幾年，家裡財務破洞，媽媽一個人挖東牆補西牆來撐持。起初，確實有經濟包袱，久了，就成為心理包袱。

媽媽初老年紀就罹癌，一確診即晚期癌症。我總想著和她長年心理煎熬不無關係。醫師總是先將媽媽請出診間，留我面談。預估餘命從兩年，此後隨每次會診，遞減成一年半、一年。最末一次，通知一到兩個月。

回想起來，媽媽病程中，我一直在生氣。為折磨媽媽身體的賊老天生氣，為身而為人的拚命與徒勞生氣，為消耗媽媽生命的，包括我自己在內的所有人而忿忿難平。

基於報復心理，我勸媽媽把錢花了，設法吃喝玩樂，什麼都不要留下來。雖說到了這份上，人要善待自己，都快要沒有時間。我策畫她去一趟歐洲，共計兩週。以巴黎為起點，乘火車到亞維儂，租車穿梭普羅旺斯的幾個小鎮，尼斯還車，轉飛羅馬。如此除了短暫遊覽的歐洲兩經典大城，過程多在轎車上遊賞南法風景，不至於累著。

我在病房的沙發上訂機票，租車，在病床的邊桌上，以筆記型電腦展示訂房網站上優美的民宿照片，使媽媽一天天期待起來。偏偏，出發前一段時間，媽媽因化療食欲壞透，才幾天飯量少了，免疫力立刻低落，因感染而急診，高燒不退，具體感受卻彷彿身在冰箱，渾身冷到發抖，齒列磕磕顫顫。

醫院要求住院十四天，不巧重疊旅行出發日。

家族成員議論紛紛，苦勸我媽應該取消行程。眾人左一言右一語的那幾天，媽媽怔怔坐在病床上，悶聲不響，像小孩闖了大禍。只是不想吃飯而已，怎知道嚴重至此。

平時媽媽的主治醫師，是姿態權威的外科大夫。此回住院，遇見一位溫柔的內科大夫，有幼犬般透明的眼神。每回探視，都平視媽媽，說：「數值進步了、今天氣色好、妳很棒」。說「很棒」的時候，雙手會在胸前握拳，輕輕振動，做加油手勢。每回這和煦的人來過，日光就烘乾病房。

醫師引我到房外說話，大意是：眼下雖度過危險，但長期病況會逐漸轉壞。我徵詢醫師，媽媽歐洲旅行的可行性。他沉思半晌，鄭重答覆：「如果這是你們想做的事，就盡快去。」

回病房，和媽媽聊天，但她明顯一腔心事。面上溫靜，但突然清晰而突兀地打斷我，說：「我想去。」我一時沒聽清楚。她負氣似地又補一句：「我要用自己的護照出國。」

這下聽懂了。我沒敢吭聲，脊背涼成一片。「護照」是我家的措詞，每逢鄰里有人死，我爸便說：「那個誰，免護照出國了。」媽媽平素對誰都笑咪咪的，配合全世界。實際是，全世界矇不過她。

力排眾議，決定出發。爸媽的機票延了兩天，讓醫師判斷情況安全才放行。我按表起飛，先抵巴黎安頓好住處，再接應他們。事後算來，我媽媽一生中與巴黎相處的時間，僅短短三十二個小時。清晨五點，爸媽抵達戴高樂機場。天猶未開。從機場乘地鐵進城，全程地底梭行，不見天日。直到從拉丁區的Cité站走上地面，媽媽乍見巴黎景色，驚呼出聲。那正是沐浸於爍爍晨光，甦醒中的聖母院及塞納河。

這麼美，我今晚不要睡覺了。媽媽說。眼神金亮，如河面反光。

媽媽逝去幾年後，二〇一九年，聖母院半毀於惡火。隔年，全球大疫。幸或不幸，這一切繁華崩毀，她永不得知。

●

病人體力有限，我們在巴黎市內移動，一律搭乘那種傻氣的觀光巴士。在巴士頂層露天座位，媽媽戴起耳機聽中文導覽，沒事人似地一派輕快。從台北出發前，媽媽回到老交情的髮廊整理頭髮。她原來髮量極豐，因病失去不少，髮型師一把握起剩髮，沒有說破，仔細染黑髮根，燙成細卷使其蓬鬆豐厚。事後多年，髮型師說起當時心情，仍悄悄撇過頭去。但此時在車頂吹風的媽媽看起來很好，略施脂粉，抹上最喜歡的正紅色ARMANI唇膏，穿細百褶花洋裝，及肩的細鬈軟髮在風中揚起，背景是飛移的巴黎。

我在巴黎六區的聖哲曼德佩Saint-Germain-des-Prés的塞納街Rue de Seine租了一間公寓，步行可至塞納河，和馳名的老咖啡館，如花神、雙叟、調色盤。此區有巴黎藝術學院，因此藝廊和畫具材料店林立。為了供應此區的布爾喬亞，每幾步是一間熟食鋪，咖啡店和餐館。

在巴黎的時光短暫珍貴，不能餐餐在館子裡正經吃飯，故有兩頓飯，我們決定野餐。

年輕時的爸爸，總是機動旅行。興起就載著全家出門，旅館餐廳都不訂，隨遇而安。遇旅館客滿，一家四口睡在車上也不覺委屈。這種風格，養成我們什麼都吃，不講排場，席地而坐，隨時入睡，當然也是何處皆能野餐的一家人。

第一餐，選在孚日廣場Place des Vosges。我每至巴黎，都會來此待上幾個鐘頭。四百年的孚日廣場圍繞以三十六幢對稱磚石房屋，甚為古雅。本地人在中央草地隨意坐臥，讀書，枕著情人的腿小憩。孚日廣場廣而不陌，開放又私密，是一流的野餐地點。

我們找一片樹蔭攤開薄毯坐下。餐點是從路邊撞見的傑出熟食店Au Sanglier買來。這間店鋪散發出明確的專家氣息，選項繁多而一絲不苟。媽媽吃了些肉凍派，和經典的巴黎人三明治，長棍麵包剖面，抹上厚厚的帶鹽奶油、薄火腿片，簡單，但永恆耐吃。飯後的閃電泡芙，來自烘焙學校LENÔTRE開設的烘焙坊。時差緣故，爸爸真的在草地上睡著，我與媽媽就在迴廊間散步。

隔天，前往艾菲爾鐵塔前，先步行至住處附近，塞納街七十六號的熟食名鋪 Maison Mulot。我認為將食品陳列成珠寶般輝煌精美，是巴黎人傲視全球的專長。我們買下鹹派、鮭魚慕斯、氣泡礦泉水，另外挑了巧克力修女泡芙和兩塊馬卡龍為甜品。幾步路以外，在肉鋪前見串成一排團團旋轉的烤雞，也買隻雞。然後攜著食物，前往鐵塔。

賞艾菲爾鐵塔最佳的視野，不在鐵塔腳下，而在稍遠的夏祐宮Palais de Chaillot。夏祐宮前廣場，遊客原就不少，兜售紀念品的小販則太多。為求清心，我們往廣場下的公園走，找到樹蔭下的長椅，食物擺開就吃起來。

周遭數十公尺綠蔭，僅我一家人。面前是畫片般勝景，每件食品皆味美精良，媽媽興致很高，盯著鐵塔百看不膩。胃口也好，長久困擾她的化療副作用之一，舌尖的鏽鐵味這幾天奇蹟般消失，或因為景色，也可能因為久病中難得弛放的心情。飯畢，媽媽以我從未見過的孩子氣狀態，在草坡上高舉雙手跳躍，讓我捕捉那種年輕人常有的如飛在半空的凝結照片。

此時此地此刻，在記憶的盡頭，也當下凝結。霎時間，環境皆模糊退遠，日光單獨照射在我們都無法觸及的這個女人身上，她既非病人，也非誰的妻子與母親，沒有過去和未來，她是宇宙間一嶄新的，快樂的婦人。我願她永遠這樣，無親無故，無病無痛。清亮、完整而恣意。

——原載二〇二二年五月六日《自由時報》副刊

洪愛珠，台北養成，倫敦藝術大學畢。平面設計工作者，工餘從事寫作。文章多及家庭餐桌、庶民吃食與人景，曾獲台北文學獎散文首獎、鍾肇政文學獎、林榮三文學獎。著有散文集《老派少女購物路線》（遠流出版），榮獲二〇二一台灣文學金典獎、二〇二一Openbook年度中文創作、誠品職人大賞三大獎項、金石堂二〇二一年度十大影響力好書等。

時光電影院——田威寧

當我意識到我會避開進場整理環境的工作人員，我才明白：電影並非結束在放映廳燈大明的一刻，而是清潔人員不帶任何表情地進場，將環境整理得彷彿方才什麼都沒發生，這才真正意味著：曲終人散。

西門町人潮聚集的街角有家台式日本料理店，門口橫著一台白鐵攤車，攤車上一半是關東煮，另一半則是冷藏櫃。方形黑輪鍋滿滿地浸著高麗菜捲、海帶肉捲、油豆腐、白蘿蔔、竹輪和魚漿水煮蛋。鍋旁有醬汁筒和高高疊起白底紅花滾邊小圓瓷盤，在關東煮與客人之間，除了筷筒還有裝著六、七條肥厚魚卵的小盆。冷藏櫃裡雜亂堆著不鏽鋼托盤，盛著尚未切片的生魚塊、魚頭、蝦、花枝和壽司材料。中年平頭男子在聽到客人說出「大份」或「小份」後，微微頷首便拿著特長筷子夾出隨意搭配的關東煮，再用同一雙筷子切出不規則塊狀，淋上褐色的醬汁，端給客人。檯面灑著湯汁，醬汁筒外滿滿的溢出的醬汁，但坐在冒著白煙的前方座位時，覺得沒有比這再應當的事了。

這家店我來過許多次，但我不知道這家店到底有賣多少品項，因為我總是點關東煮和魚卵沙拉。

剛上國一那年，因為父親欠下的債務而亡命天涯，不安感化為自己的影子，無論照的是日光抑或月光，不必回頭也知道它就在那兒。逸出生命常軌那年，像是在電影院裡突然聽到放映機發出嘶嘶嘶的聲音，在感覺到彷彿有焦味傳來時，銀幕上已從獅子王換成古惑仔。

那年我來了初經，長了第一根白頭髮。轉廣播頻道時發出的沙沙聲，總讓我不由自主地想起那段歲月。

沙沙沙沙的那段時間的後半，我們被迫和父親分開，是姑姑無條件地收留了姊姊和我——往後被潑漆被砸玻璃與電話鈴總在午夜響起的日子前前後後不超過兩年，但命運的導演將鏡頭直推到人臉前，連有幾根睫毛都數得清清楚楚。

當父親的部分終於不必再以字卡與畫外音的形式出現，我和父親卻終究沒能活成小津安二郎的長鏡頭。和父親在一起的日子，總是一連串的蒙太奇，下接淡出——而我始終來不及參與淡出的部分。

父親還沒開旅行社時，用他的二手BMW開白牌計程車。那半年我們住在新生北路三段的大樓裡，父親分租了一間帶著迷你陽台的套房。房內僅能容下一張雙人床、一張桌子，兩張椅子，一台電視。衣服疊在透明塑膠收納箱裡，放在陽台。那棟樓全隔成套房出租，住戶幾無交集，若有相遇的一刻，可能是假日時我睡到自然醒後出門，偶遇正拿著鑰匙開門的渾身混雜著菸味、香水味與酒氣的濃妝女子。我從小見多了在風塵中打滾的女子，而鄰居散發的氣息是我熟悉的。

晴光市場後面有個商圈，但父親總會在福利麵包門口稍停，讓我進去買沙拉麵包和福樂巧克力牛奶再繼續送我上學。那天父親特別早一點出門，開車前先帶我去晴光商圈吃早餐。那是我第一次吃到米粉湯。父親還點了油豆腐和肝連，除了米粉湯裡的油蔥讓我忍不住用鐵匙挑出來之外，這樣的台式古早味也很有意思。那天早晨若有什麼突兀的，大概就是父親居然帶我吃路邊攤，以及稍晚坐在我身旁的客人了。在米粉湯送上沒多久，有對男女坐在我身邊，我知道他們應該不是夫妻，可能是因為女子的妝容和穿著，或是指甲油的顏色與皮包的款式。不過，當然也可能是因為男子吃米粉湯時一手拿著湯匙另一手則不時在女子的臀部遊走。

父親顯然認為那不是適合少女的用餐環境，明明小菜還沒吃完，父親就示意我起身。那可能是我高中時期唯一一次和父親在外共進早餐，但就像我和父親共度的多數時光一樣，總是戛然而止。只要父親一出現，再尋常的旋律也會出現變奏，永遠是猝不及防，沒有徵兆地就這樣開始了，不需要給出任何理由就這樣結束了，有時甚至連沙沙沙沙的聲音都還沒有出現，就進下一個鏡頭了。

這些年來，和父親坐在攤車前用餐的記憶，恐怕只剩下西門町那家台式日本料理店了。輟學的那年，父親帶我去了幾次，父親為不敢吃生魚片的我點了一份關東煮和魚卵沙拉。那可能是我人生中第一次吃這兩樣食物，寒冬裡坐在冒著熱氣的關東煮鍋前，身體比胃先暖了起來。在那一年，我感到溫暖的瞬間，都發生在極其簡單的場景，在極其偶然的時刻。我記得當時吃的白蘿蔔和高麗菜非常甜。高中時因為地緣關係，父親也帶我去了好幾次，都是點一樣的東西。我注意到對人沒定性的父親對於食物異常忠實，他總去一樣的店，點一樣的品項，配同樣的佐料，甚至有特別習慣的座位。只是他從未在固定的時間出現在固定的地方。

在我進入職場的第一年，父親毫無預警地消失了。只是，我不必再為此改變住的地方，也不必再為此換電話，更不必為此改名換姓消失在既定的人際網絡中了。那可能是我第一次產生「長大」的感覺。很鄭重，但不沉重，畢竟在父親消失的前幾年，我和父親已是兩條平行線；在父親消失之後，我也常常忘記我已經找不到他了。若一個人的存在可化約為一條線，父親的絕對是條虛線。

我工作的地方和住處離西門町很近。父親失蹤後，我騎單車經過一個轉角，發現那間台式日本料理店居然還在。賣關東煮的攤車檯面依舊濕漉漉，醬汁筒外依舊是溢出的醬，彷彿沒有比這再應當的事。我還看到了那個裝滿魚卵的不鏽鋼盆。我一時懷舊了起來，坐在攤車前，吃著父親總會為我點的食物。我饒富興味地看著眼前的平頭中年男子用兩支長長的木筷分割油豆腐、白蘿蔔和高麗菜捲，彷彿看著龍祥電影台重播了無數次的老電影。我自己點餐，用自己賺的錢付帳，卻彷彿感到父親就坐在我的身邊。

後來我一個月至少會去一兩次，彷彿在意料之外卻當然是在情理之中的，我始終沒有遇見父親。就這樣過了十個春夏秋冬，中間沒有父親的任何消息。而我在經歷了無數有驚無險的波濤之後，畢竟也習慣了成為一個大人。只是，我發現自己總是想著父親在我這個年齡時，他在做什麼，而我又在做什麼。我就這樣在腦海中投映著虛擬父親，十年中從未下檔。

有一次，一位抱著馬爾濟斯的女子坐在我身邊，我突然想起我曾經養過長得一模一樣的狗。那年父親和我窩在住戶複雜的大樓裡的分租套房，父親突然帶回一隻純白的馬爾濟斯——約莫四個手掌大的牠蜷在寶藍色的拱型鐵籠裡，睜著圓圓大大黑黑亮亮的眼睛。我已經忘了那隻馬爾濟斯被我們喚作什麼名字，只記得那隻狗唯有在第一個月擁有漂亮的白色的毛。高一下學期時我們又搬家了，那隻狗沒有跟著我們去東湖。我已記不得牠後來去了哪裡，也許是因為父親沒有告訴我牠是從哪裡來的，也就沒有必要告訴我後來怎麼了。

在父親重新浮出地表的那週，我特別去坐在那家關東煮的攤頭，突然想起父親初次帶我來那家店時，他也是三十六歲。我夾起煮透的白蘿蔔，一口咬了下去，一如往常地滲出甜甜的汁液，不小心地滴到盤子外頭，我抱歉地向平頭男子點頭示意。平頭男子沒有任何反應，這樣的畫面，他看多了。他知道桌面總是會髒的，擦一擦就是了。

——原載二〇二二年四月十四日《聯合報》副刊

田威寧，政大中文所碩士，碩士論文為《臺灣「張愛玲現象」中文化場域的互動》。自碩三始，除了二〇一三—一四在上海感受一輪愛玲姊的春夏秋冬之外，一直任教於北一女中國文科，以愛玲傳教士的身分長年在各班舉行布道大會，夢想是「凡入北一女者，必聞愛玲教」。要在退休前進入二百五十個班級，傳愛玲教給一萬個北一女學生。喜歡費德勒和達洋貓，喜歡喝茶。曾獲台北文學獎、台灣文學獎、教育部文藝創作獎、林語堂文學獎等。出版散文集《寧視》、《彼岸》（聯經）。

跪姿練習——李屏瑤

跪著的時候，想像在牆上的押花壁紙塗上顏料，這裡一塊紅，那邊是綠色跟藍色。想像成填色遊戲，試著轉移注意力，忘記眼前凹凸不平又有髒汙的壁紙。

以過來人的經驗給一些建議：膝蓋跟牆面的距離大概要抓十公分。太近有壓迫感，太遠又難以躲懶。側耳聽見腳步或人聲時要趕快跪好，被發現沒跪好可能又要延長時間。每次到底跪多久，已經記不得了。

外公外婆的房間裡沒有時鐘，也還沒有擁有自己的手錶，無法判斷時間流逝的時刻，時間詭異地過得特別慢。只能側耳聽客廳傳來的電視聲，進廣告了，可能又推進了十分鐘。兒童的時間感似乎是不均勻的，有些日子軟，一踩就陷進去，一張眼怎麼又過了許多天，有些日子硬，拖磨著走，一抬眼還沒有度過同一個下午。

一開始是跪在外公外婆的房門旁邊，電燈開關下面。房門隔著走廊跟大門相對，所有人回家進門都會經過。三代同堂大家族的往來人口眾多，門邊放置大型拖鞋架，除了自用還有客用，我再也沒有在別人家看過這麼多層且巨大的拖鞋架。走廊向右是客廳與佛桌，向左是浴廁、廚房、以及阿姨們的房間，所跪之地堪稱屋宅的核心，動線樞紐，每個經過的人都可以盡一份監督的責任。

看見跪著的孩子，不太會有人問發生什麼事，大家都有自己的事在忙，好不容易從工作中抽身，都想完整享受放鬆的時間。緊密且疏離的大家族，既雞犬相聞，又片葉不沾身。除非是孩子間起了爭執，就得立即起身護著自家孩子。

跪著的時候不僅影響動線，下班進屋的人一時不察，就會被門後的跪姿嚇到，於是開始往裡跪，最後緊挨著衣櫃。跪著的時候要精細控制肌肉，肉身看似不動，卻要巧妙地將重心在兩腳之間移動，再進階一點，還要試著用腳趾輪流發力，才能避免之後的腳麻。被喊說「可以了」的那刻，最好要乾脆起身，毫不在乎地離開現場最好。如果因為腳麻而動彈不得，實在有失兒童的體面。

跪著的時候百無聊賴，所有感官都被放大。稍加留意，就能聽出整棟公寓的出入動靜，更能依照腳步聲判斷來者何人。常常只有我跪著，沒人可以講話，我也因為常常跪著而跪出心得，跪著的時候最棒的選擇是讀書打發時間。外公外婆的家裡一本書都沒有，我從母親的書櫃亂翻書看，最後拿了一本《撒哈拉的故事》，皇冠出版，封面是一身白衣往前走的三毛。

那可能是國小四年級或五年級期間，我把書藏在衣櫃與地板之間，一跪下，我就撈出三毛來看。其實看不太懂，反反覆覆讀，也讀出自己的心得。動彈不得，更理解出一種模糊的遠方。

回想起來，奇異地並不覺得在受罰，而是被困住。困在兒童的身體，困在尚且跟不上的言語。每次跪下，心情都很平靜。跪下的好處就是可以不用假裝聽話，更可以聽不見那些講話。身體貌似服從，而心靈自由。

在知道跪下是正確解答之前，平白挨了許多打。連討論的能力都不具備，只能一句接一句的頂回去，對錯很難釐清，但成人往往是對的，而頂嘴就是不對。有次客廳的邊桌被胡亂塗鴉寫字，大人們試圖揪出凶手，表姊與表弟異口同聲說是我，我說不是。這樣的時刻母親總是在顧店，沒有大人出面釐清事情，沒有人要聽我說話。我持續辯解，最後忘記是誰說，這個囡仔跟她爸爸一個樣。

爬梳整個童年，那大抵是傷害的震央之一。我練習不回嘴避開被打的可能，不回嘴跪進衣櫃的牆壁之間的直角，讀一本遙遠的遊記。偶有疼痛與麻木相伴的時刻，想像遠方沙漠中筆直前行的白衣女子。當兒童再次擁有直立行走的能力，在成長中與家族漸行漸遠，想來也是理所當然的事。

——原載二〇二二年四月《幼獅文藝》第八二〇期

李屏瑤，文字工作者，貓派。
台灣大學中國文學系、北藝大劇本藝術創作研究所畢業。
出版有小說《向光植物》，劇本《無眠》、《死亡是一個小會客室》，散文《台北家族，違章女生》。

「在社會生存的本質不適合我們，那我們就去改變這個社會。」

我現在不跟你道晚安——馬尼尼為

我們先洗手洗腳
洗掉你母親叛逆的靈魂

就在這張媽媽的大床上，我開始冒汗。雨水從我身上滲出來。我打開身上所有的窗戶。裡面有一張小小的床。床的陳年乳膠浮進我的身體。我用我的盲目固執地回憶。我用我的盲目寫作。用玻璃寫作。我嫁給紙張，把紙張推倒，把床單鋪平。我躺在生產檯上，沒有床單。我想要找回母親生我時的力氣與青春，帶回自己的手，帶回自己的床。

太陽坐在我大腿上等公車，太陽正在昇起，太陽在那裡一起湧出淚珠，在那裡低著頭沒有目的地憤怒。我正在面臨劇痛，正在把熱血擠進你的身體。生完你後我凝結成塊，被放進病床的床單裡，摸著發抖失去知覺的腿與你的新生肉體，摸著你結實的呼吸。大床上落著血，子宮裡落著黃花，肚皮上的傷痕還沒停止搖曳。

小時候媽媽化成玩具的靈魂，爬進我的教室，穿過我的淚眼我汗臭的背在我手心上躲在我的書包裡。放學時慌亂的振奮，媽媽變成的玩具開始張開嘴，像山一樣喝起雨水。我把幼稚的故事寫在那個玩具上，講故事給它聽。天熱媽媽的經血開始腐臭，我把它放入一個雨後的水坑裡，它像白糖一樣溶化了。

就在這張窄窄的手術檯上，我正在被切開。像雨後水坑的濁，像小時候跌倒的哭聲。把小時候的沙坑填上，拉出裡面臭掉的玩偶。把玩偶放進書包，讓玩偶寫字，畫重點，下課，讓玩偶死掉，變成說話的輪子，兩側發出銀光。透過貓，透過異鄉，把手放下來。住進沒有吭聲的霉味，縮進滿天星斗的斑點，凝滯在家庭的地板上。

生了你後我開始有了書寫的需要，有坦訴一切的需要，像每個月讓經血靜悄悄流出來的排放。每天晚上我做了數不清的夢，我深切地厭惡你的父親，每個月都想要深深地劃一刀在他身上，就這樣我必須一次又一次回到我的童年旅館，一次又一次地把大腦重組，必須一次又一次地拍打貓，一次又一次把鼻子埋到貓毛裡面。把雙手像根一樣深入貓毛裡面。

就這樣，我必須把一山又一山的回憶解散，把一山又一山地挖掉。在這個寫作的過程中我是個愚公，在這個過程中我感到振奮。我正拿起鐵鍬一把一把地鏟死你父親。我對自己的力量與暴戾感到吃驚，我只是坐在椅子上安靜地打字，我的唇還有咖啡的味道。我舉起手把那些人趕走，把你父親的肉體燒成沙子。然後陽光降臨，我站在陽台觀賞植物。然後海洋降臨，我化成一片水。我捏死那些熟悉的絕望感，書寫垃圾。

我感到每個指尖冒出小小的花朵，冒出洗碗精的泡沫。感到故鄉河岸沙礫的熱氣，感到已經很久都看不到的星空的大熊座。感到媽媽給我的餘溫，黏黏糊糊地冒著泡泡。肥皂洗衣的聲音堵在記憶的洞口。那是鋪了白色床罩的寬敞，抹肥皂，搓揉，洗熨。單純的聲音，繁殖成一座山。

生了你後我搬進了廚房的抹布，我的身體住在那裡。我躲在人的身體裡假裝盛滿鮮花。我躲在人的身體裡假裝自己會寫作。我想起自己已經沒有太陽的肉體。還是白皙的，還沒有枯死。我還能爬樹，能跑千米。我忽視我的身體。你給我挖了一個洞，沒幾天就長出一朵野花。沒幾天野草野花又都死了。

換上乾淨的衣服繼續活著，跟世界上那些興高采烈的孩子一樣。帶著全新的心臟與眼球，帶著全黑的沉穩，全新的厭惡感，用一隻腳行走，這是人母的生活。流著汗聞你，小小的碎片砸向你。一點點殘缺，裝箱讓它長大。為了終將衰敗的稚嫩，叫他們息怒吧，吃些貓毛平息吧。進去吧，孩子。你的時間還久，不用管他。放下卡在枝椏上的垃圾，看垃圾回頭跟你笑。

從那個像貓的身體一樣的房間，從每一根毛的末端，通往媽媽大床的氣味，通往我自己的手。平常的吵架，像貓的舔毛，像擠在一間房間裡的書本。那房間，收了黃昏。收了黑色。那隻手繼續挖洞，在書本裡挖。那裡的野草硬挺，像半夜那些被關在鳥籠裡的鳥叫聲，像小孩子精神煥發的鼻息。挖掉那些假的責罵，假的老師。你快跑，因為明天不停地笑著，太渴望光明地笑著。

在你的身上今天是童年，是放好的溫水，在你的身上造路，鋪水泥，冷卻。今天是鏡子，我們掃了落葉，邁進去你新的身體。貓在你的肚子裡，去把她抓出來。在夜裡睡，電扇盎然地轉，顏色被轉掉了。媽媽抱著你，穿著貓的身體化成的衣服，棕黃色的身體在對你笑，無聲地走過你的船，用毛吸乾你的鐵鏈。媽媽不見了，在粉撲的鏡子裡不見了。

這浴缸一圈一圈的垢，一層一層地異常分泌。你用力跑吧，用力爬上那滑溜的浴缸吧，張開嘴巴大口呼吸。早晨的味道都在你的嘴巴裡，在你的雙手雙腳裡。替你換洗的那一份空白，是延續了好幾年的陰雨。更多的溫水，更多的清潔劑，更多的老，更多的恍惚在房子裡跳上跳下。留給鐵門，留給外面，還是留給靈魂？成為腐敗，成為外面，還是成為黑？我只是覺得餓，餓站在我肚臍上。我只是想要陽光與枕頭。

那時我想要寫一本小說，那本小說叫病房。病房裡是我剛滿四歲不久的兒子。我寫不出來因為我動輒就淚眼。在騎車往返醫院時，淚就流在風裡，回到家淚就擦在貓毛裡，它們不會介意。醫院裡面的噪音刺眼，醫院裡的光亮讓人無話可說，醫院裡的小說無話可說。冷氣房裡篩進來的陽光很快就用完了。我和年幼的你被放逐在醫院。這個世界不再奔向父親，不再回頭，野貓野狗會載我們回家。

我必須住在那間房間，把你塞在口袋，把吵架塞在喉嚨，拿抹布擦掉殘餘。不斷擦拭一遍一遍，接受生活，把字忘掉。你渴望大量的關愛，我會送你，鮮豔的雨衣。因為你永遠都是個孩子，我聞你就知道你是一個孩子，也是一個神。那交給風吧，因為你還是個孩子。你在夜裡出遊。你長大了。你吃過月亮了。你相信玩具，相信母親。人生下來就要破除嬌嫩，死了以後就埋進大地。像人一樣站起來，像人一樣打掃，像人一樣荒廢，像人一樣刷洗乾淨，像人一樣打起精神。

原諒我不斷圍繞著家庭說話，圍繞著孩子，家事，汙穢。我進入了家庭主婦，清理工作讓我慢慢結實起來，也讓我像地板，我不懂如何面對這些無聊，清潔地板，桌面，空白日復一日，也變得慢慢結實。我的手攤在家裡的日光燈下，我的手補齊了這房子。我的雙手雙腳住在這裡，清潔時間，清潔孩子。柔和的一個個圈圈，柔和的一圈圈黑色。

外面黑所以你把母親當作月亮，外面黑把你吹進來。我結婚以後。消失了。留下來經歷你。外面黑，開門。誰不懂希望，誰不懂吼叫。慢慢習慣耗時費神你徒勞擋不住的黑，被你用力剝掉的身體的扣子，縫上去的奶。你要喝的奶靜靜地站在地上，縫在你媽媽的乳頭上。我都不敢再進去那個有乳汁的器官，這是你小時候住過的地方，你要對她溫柔一點。

喝熱水喝掉黑暗。我們喝隔壁的青草，喝家裡的荒原，喝聽不見的命運。等你長大開始聞到我身上的臭味，開始嫌棄我。大雨茫茫，大平靜。我們深入動物的柔軟，深入人生的破布。男人的空蕩無存，被砍倒的溫存，傷殘的性愛。我沒有在母親的房子住太久，怕自己也沒法在有小孩的房子住太久，在有男人的房子住太久。身為女人靜靜地毀滅，用文字咯隆咯隆地施工。擠出花苞，擠開嬌豔，床上濕掉了，衣服嫌小了。可厭的紙，這幾頁，拙劣。

你的父親已經死了，你年幼的旺盛從那中間滴下來。我沒有撐傘，我還是個生手，常睡不好。雨滲進來，滲進我的胸口。我洗菜的指尖開始感到寒意，俐落的手突然感到痠痛。母親在罵我，把我的眼角沾上皺紋。把浪費掉的時間補回來嗎？人生下來都會被剝奪，被剝奪掉很多時間。剩下自己的時間，都會餓。把過去一件一件摺好要花很多時間很多力氣。你拿去吧拿去我的時間吧拿去用掉吧。我放棄了每天，放棄了打扮。

我們準備回家，淅瀝淅瀝的雨不停。茁，這是你的名字。一山畫下一山，平平的起伏。草在上面漂浮晃動，靜靜地冒出來，直直地長出。穿過泥巴走出土地走出醫院，我讀著山背後的青苔，濕濕的反光。你永遠都眷顧在草的海上，永遠都跟草在一起。再來一次野蠻的哭鬧吧，把玻璃哭裂，把母親弄死。

我正在寫你的哭鬧，我是在恨你的哭鬧。我寫燒，寫放縱，寫收集。寫把雨水倒進你的哭鬧裡，把冷卻倒進你的喉嚨，裡面有一個啞巴的方塊，裡面有母親磨破的陰道。我要你把這些耗損的冷清還給我，走到這裡，你的衣服晾得夠久了。每天用洗衣晾衣歡慶活著，在貓綿密的體味裡變成圓形。我在前進，我在顧小孩。我的一天結束了，朝我駛來。我現在不跟你道晚安，我要借你看一本書。

我要回去找我童年的貓，在寬闊的銀光閃耀中家鄉的泥濘海。她身上釋放著母親的安定強壯，她的顏色橫渡到異鄉，我常幻想在她的身體上沉沉地死去。擁塞的怨恨融化成深沉的遊蕩，在地平線上面的寂靜。我開始打掃，開始感到餓，開始爭吵，開始一滴一滴滴下來的對世界的呆滯。

我會把這裡弄完，把你小時候的畫整理好。我想把你記得完整一點。因為我已經成為你的母親。很快你會在死去的東西上感到生命，很快你會在車窗上凝視自己。把死去的東西擠進去，我不在家了。

我沒有回去躺在媽媽的大床上，沒有人說到離婚，沒有人說到監護權，沒有人看到地板上的白頭髮。沒有人看到雨水鋪滿了人行道。我們辛勞哀傷，我們辛勞晶瑩，我們都讀過回家的詩。

你借用過我的身體，用過很多的玩具，用過我很多的生命，不用還我。現在我要用鼻子貼近貓毛，聞她睡覺的味道以及那天毛吸附到的味道。我喜歡她拖著簡陋的身體讓我覺得很安慰，我喜歡她沒有穿衣服的樣子以及上帝在她身上留下滿滿花朵的圖案。我把她誤認為我的媽媽，現在仍然住在她的身體裡，她身上有我住了多年的照片。所以你不用等我回家。

那就休息一下吧甜蜜
今晚睡我這裡

收錄於二〇二二年十月出版《多年後我憶起台北》（新經典文化）

馬尼尼為，馬來西亞華人，苟生台北逾二十年。美術系所出身卻反感美術系，三十歲後重拾創作。作品包括散文、詩、繪本十餘冊。二〇二〇年獲Openbook好書獎「年度中文創作」；桃園市立美術館展出和駐館藝術家；二〇二一年獲選香港浸會大學華語駐校作家、鍾肇政文學獎散文正獎、打狗鳳邑文學獎散文優選、金鼎獎文學圖書獎；二〇二二年繪本《姐姐的空房子》獲選THE BRAW（波隆那拉加茲獎）100 Amazing Books、台北文學獎年金類入圍。現於博客來OKAPI、小典藏撰寫讀書筆記和繪本專欄。

輯五　一支軍隊在路上

只有耳朵，沒有嘴巴／錯置感／穿在身上的氣氛／沉默之膜——韓麗珠

只有耳朵，沒有嘴巴

年初收到北藝大邀請，在九月至十二月到T地開一門寫作課時，我心底裡渴望去，但還是說：「請給我幾天時間考慮，讓我跟家人商量一下。」我當然沒有告訴校方，這裡所指的家人，是白果。

白果對於我事先張揚的離家出走，很不樂意。不過，因為找到充滿愛也有照顧貓咪經驗的保姆，他又覺得，我不在家時，可以交到新朋友，好像也不錯。他本來就是交遊廣闊的貓咪。於是我們暫時放過對方，去旅行。我換了一個空間，他換了一位家人。

＊　＊　＊

因為母語是一種少數語言，跨過邊境，就代表著，要以另一種語言表達。語言環境的改變，就像臉和身體也改變了一點點，或，在母語環境裡，對於自身和世界的想像，在另一個語言環境裡開始

瓦解，出現了另一種面目，於是我知道，人不過是水，或由粒子組成，充滿了各種的不確定，會隨著時間和地點而浮動或消散。

昨天，在一天之中，聽到兩次由T地人所說的同一句話：「那個年代，我們都是只有耳朵，沒有嘴巴的人。」早上，一邊聽理科太太的訪問影片一邊拖地時聽到一次，下午開會時又聽到另一次。

「只有耳朵，沒有嘴巴。」我問自己，我會不會漸漸成了沒有嘴巴，或遺忘了自己的嘴巴放在哪裡的人。

幾天前，跟H城友人吃飯，用母語聊天，談及某次被善意地勸籲刪改將要刊登的文字。

「刪減什麼？」友人問。

「我只是寫生活經驗，那一段是，在回憶中，街道上的一些黑衣人之類。」

「從表面上很容易被發現的字詞，例如黑衣人，當然要有很大機會被抓到。」友人說。

所以，避開了所有的關鍵詞，所有守門員可能會察覺的敏感句子，人就有表達的自由了嗎？我後來這樣問自己。我一點也不願意聰明地、世故地、識時務地自我閹割，如果一定要選擇，拿所有會爆炸的字詞割破自己的喉嚨還比較好——要是寫在羊皮書的結局，就是會成為啞巴。

夜裡，在T地的小房間失眠的時候，我會想到十二年前去愛荷華駐村的經驗。在那個所有人都認為H城就是C國的一部分的年代，我的名牌上也寫著我來自C國。有口難言。我以為是我的英文程度不夠好，但不是，是我找不到一種語言去清楚地說明，以最簡潔而最有力量的方法闡釋，我來自什麼地方，我的文學如何成為我的文學。那時候我仍不夠成熟，帶著受害者的想法，產生了這樣的糾結：「為什麼只有我一個H城作家？如果有另一個H城作家在這裡，他就可以說明這一切。」而這個問題，引進了一個關於寫作的重要發現，那就是，在一個寫作的人的生命裡，大部分他需要處理的「故事」或「內容」，都是在那個處境裡，只有他才知道，只有他才可以透過書寫，用他所有的方法發聲和表達，並沒有「另一個人」。「另一個人」是不存在的。

「在這裡，只有你而已。你可以選擇發聲或保持沉默，但不可以把表達的責任推到另一個擬想中的他者身上去。」我對自己這樣說。

這個發現，在以後的十二年一直在提醒我，在個人生命低潮期，或H城經歷風雨的時候。

有一個我在這樣提醒著我：

在面前的人表現出「又是在談H城的事有點煩」的時候，你要發聲；

在H城的抗爭被指為「一場學生運動」的時候，你要更正；

在別人表示「這裡的運動時期已過去，我們都很安穩」時，你不必羞愧於藏在自己身體裡的故事。即使多麼不合事宜，你要說出來，即使只對你一個人有意義，你要說出來；

就算香港已被遺忘，連香港也遺忘了香港時，你要記得，因為你的記憶是你自己的，沒有人有資格去影響你或改變你；

如果有記者婉轉地問你，一天到晚寫著社會議題你煩不煩時，你要知道，公共和個人的創傷密不可分。文學只是一個名詞，不要讓它局限你。

在H城那個完全屬於我的房子裡，我每晚都睡得很好，因為我讓自己死了一半，死並不是壞事，那是休息。在T地租借而來的小房間，我幾乎每夜失眠，因為身體裡有些什麼醒了過來，許多想法一直在跑。我看著它在跑，直至終於可以失去意識地休息。

——原載二〇二二年十月六日作者Facebook

錯置感

彩虹遊行那天，T地陰天灰雨，隊伍中旗幟的顏色，跟天空形成對比。

我差不多已經忘記，和一群陌生人朝向相同目的地，一起前進，不必交談，又心領神會的感覺。我幾乎無法想起，這是人應有的權利。

異鄉人會在許多猝不及防的時候，被激活藏在腦海深處的原鄉記憶，而產生錯置感，例如，當工作人員告訴我，遊行隊伍已在一小時前出發（距離出發時間只有一小時，為何隊尾就不見了？我心裡的遊行畫面是，當隊頭的人出發了五小時，隊尾的人仍然在原點等待起行）；遊行的場地兩旁全是攤販在售賣各種甜點、飲品和紀念品，人們興奮地拍照留念（我是從什麼時候開始，忘記了「快樂抗爭」？只記得子彈在遠處的聲音、催淚煙和逃跑時的急速心跳？）參與者臉上都是愉快的神情，那裡像一個熱鬧的嘉年華會。我漸漸放鬆咬緊的牙關，同時再次確認，自己並不屬於這裡。

遊行的前一天，我在寫作課上和同學研讀西西的《浮城誌異》，同時簡介寫作背景，即浮城在現實中的歷史，如何作為一個無根的城市。末了，其中一位T地同學表示，其實不一定要由政治的角度去解讀這篇有趣的小說。我想起，多年前，我和當時的寫作課學員討論這篇小說時，就說了這番話，因為對彼時的我來說，生活仍有不被政治入侵的空間。

我對T地學員點了點頭表示認同，想到正是因為這裡是一個安穩之地，我才會在這裡暫歇。

——原載二〇二二年十一月二日《明報》時代版「自轉行星」

穿在身上的氣氛

旅居T地兩個月後，我湧現了鄉愁。

更準確地說，是生出了一種我可能會永遠失去H城的不安全感。觸發點是手機裡的一個應用程式——H城一家大型連鎖時裝品牌I推出秋冬新裝，展示一批由模特兒穿上最新產品面無表情地擺出各種姿勢的造型照。當我看到極纖瘦的模特兒，貼在她身上的衣服的剪裁，她臉上的神情和肢體語言，全都是浸沒在H城極久而生出的氛圍——彼時我久居於H城時對這一切漠然無感，唯有在離家兩個月後，才發現讓我最懷念的原來是，黏附在H城空氣中的粒子，那難以言喻又無處不在的氣氛。

或許那是由長久以來的效率、處事方式、根深蒂固得經歷各種改變仍保持原貌的價值觀、擠迫城市裡令人放鬆又放心的各不相干，以至，節奏明快的城市感。這一切全都反映在那輯秋冬時裝照上。

我只帶了極少量的衣服到T地。抵埗後不久，我就開始掛念H城家裡的衣櫃，我記得懸在那裡的每件衣服，那種顏色、設計以及形態，沒法在世上任何一個地方找到。衣服穿在身上，是皮膚和布料的橫向接觸，它在身體和外界形成一層保護——這多麼像H城，供人收藏自己，但無法供人扎根。

於是，在T地的日子，我來回於從H城帶來的幾件衣服之間，同時陷入了一種焦慮之中：怎麼辦呢？當我在這裡待久了，表情氣氛說話的腔調被同化了，就會永遠失去包圍著我的一層看不到而只能感受的H城氣氛。

——原載二〇二二年十一月九日《明報》時代版「自轉行星」

沉默之膜

在T地，舌頭要用另一種方法捲曲和摩擦，跟熟悉的口腔進行陌生的接觸，以碰撞出另一種能被理解的聲母、韻母和音調。

講座的邀請，一個接著另一個出現。在我的能力範圍內，我接下了這些發聲練習，直至舌頭替代我說不。在另一個國家，述說自己和原生地的故事，就像重新學習發聲之前，先過濾自己長久的沉默。那種當我在H城時，我從沒有發現過，或被我故意忽略的沉默。原來沉默，不止是閉上嘴巴而已。沉默的層次廣闊而深遠。在某個層面，沉默是冷漠，但在不得已的時候，它則是一種忍耐。在大部分的時候，殘忍的沉默以聒噪的方式出現，譬如說，只說出美化了的事實，而吞下了當權者無法容忍的真相；或，只說出眾所周知的謊言，而不敢說穿血肉模糊的真相。另一種看來無傷大雅卻極具破壞力的沉默，則以言不及義盛載，只說無關痛癢的社交語言。

發聲，我才發現，言不由衷比沉默更可怕。

其實我從來不習慣在一室聽眾前演說，讓自己成為焦點。然而，當我不止於要表達或說出，而要刺穿，演說技巧便成了最不重要的事。我把滿室的陌生者，都當作是二人對話裡坐在對面的人，她／他們成了我眼前最重要的對象，言說、聆聽和被聆聽。然後，不帶著被理解的期待去分享，同時不帶任何期望地理解每一個人。這些都是我在T地學會的事，我用以掙破那層包裹著我的沉默之膜，重新吸到一口空氣。

——原載二〇二二年十一月十八日《明報》時代版「自轉行星」

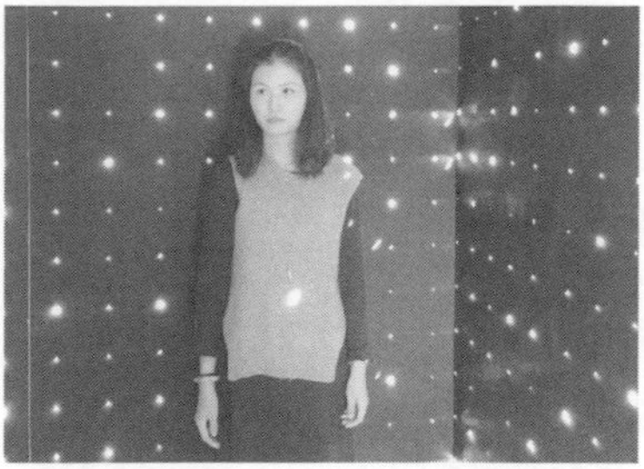

韓麗珠，著有散文集《半蝕》、《黑日》及《回家》，小說集《人皮刺繡》、《空臉》、《失去洞穴》等。曾獲二〇一八年香港藝術發展局藝術家年獎、香港書獎、二〇〇八年《中國時報》開卷十大好書中文創作獎、二〇〇八及二〇〇九年《亞洲週刊》年度十大中文小說獎、香港中文文學雙年獎小說組推薦獎、第二十屆聯合文學小說新人獎中篇小說首獎。長篇小說《灰花》獲第三屆紅樓夢獎專家推薦獎。《黑日》獲二〇二一年台北國際書展非小說類首獎。

在末日之後與保護膜的悲壯相遇——陳尚平

那是一幕末日科幻片的場景，時間設定在很久很久以後的未來：激戰後倖存的英雄，來到一處都市場域，極目所見盡是斷垣殘壁。煙塵滾滾中，他漸漸看清路旁廢墟裡，露出半截傾倒的鐵門。鏡頭這時拉近到主角臉部的特寫，那堅毅的眉宇因激動而微微顫抖著，終至不爭氣地流下一行熱淚。原來，他從那不鏽鋼鐵門上殘留的保護膜，一眼就認了出來：這裡就是他魂縈夢繫、千百度遍尋不著的故土——台灣。

是的，保護膜，編劇可沒亂寫。

這個島嶼，若有什麼不起眼的都市毛邊，既標示了地方特色，又透露出我們面對時間與環境的態度，甚至在某種程度上諷諭了我們的整體存在狀態，應該就是保護膜了吧？在台灣的街頭巷尾，你常會看到各種不鏽鋼鐵門或攤販推車上，蒙著一層保護膜，有時是不討喜的灰白，更多時候則是帶點憂鬱的藍，往往已經有了風霜，斑駁起翹，卻總也沒被撕掉。

不只是實用問題

其實在現代世界中，物品在製造與運送過程中為了減少損耗，常會在出廠時貼著保護膜，這應是舉世皆然，沒什麼特別的。但重點在於我們買來之後不撕掉，讓它始終黏在那裡，這種集體的不作為，由是形成了一種地方特色。

回想一下，我們似乎真的特別鍾愛保護膜。那些本就蒙著保護膜的，像遙控器、顯示面板、螢幕邊框之類的，我們絕少在啟用時就剝掉它；而那些買來時新得教人沉醉、美得讓人心碎，卻又未附上保護膜的科技產品，例如越來越貴到不像話的手機，我們更會主動加上保護膜、保護殼。那幾乎已是必要，而非選項。

手機會刮壞摔傷，遙控器會沾上手汗飯粒，有保護膜（殼）多少還算合理。何況手機套上保護殼，還能彰顯某種個人審美與特色（雖然不幸常常是以醜蓋美）。但巷弄中的不銹鋼鐵門，真的還需要保護膜嗎？從前的鐵門還會生鏽，現今的不鏽鋼門，則近於金剛不壞，又好端端地立在靜巷裡，有什麼受傷的可能呢？撕掉那層膜不也好看點、正式點嗎？可見這種保護膜現象，不只是理性的實用問題，甚至非關審美、無涉體面，而可能跟某些執念與態度有關。

愛物惜「新」

先往好處想，那會是因為我們習於珍愛物品嗎？的確，「惜物」是本地的一種固有美德，每個世代多少都傳承到一些，我們的都市景觀也確確實實展現了這個觀念的強大威力：東西能用就用、能堆就堆、能不丟就不丟，到最後更是寧可修補拼湊，絕不隨意換新。保護膜恰好與這種情結合拍，貼心地替我們寶惜了其下之物，自然是能不撕就不撕。

而面對新入荷的家當，那些花了真金白銀剛請回來的寶貝，我們更會特別珍愛，那不只是惜物，還是惜新物，此處的關鍵字應該是「新」。

我們確然很喜歡「新」，從一事即可看出：傳統上，我們的新年在各種文化中就是數一數二地長，可以從大年初一過到十五，每天都有名目，還沒算上之前的除夕、小年夜與更早就開始的種種採買與大掃除等等。對於新，我們很大方，從不掩飾事前的期待與充分體驗的熱忱。畢竟新事物就像春天一樣，自動帶著喜氣，怎不教人喜愛？

這種喜好，轉換到現代生活中，保護膜會得到我們青睞，也就並不令人意外，因為它雖輕薄，卻具體強化了「新」的感受，正如過去的春聯一樣。保護膜於是與「新」產生了連結，甚至可以說，保護膜約略就等於新。這或許是保護膜被留下來的另一個原因？

不參賽就不會輸？

在那層膜尚未撕掉之前，感覺上東西都還是新的：今天是新的，明天也是新的，後天當然亦不例外，既然如此，不如就讓這種新維持久一點，暫時別去碰它。我們因而如此這般，在島嶼各處把保護膜一日挨一日地留了下來，讓「暫時」不斷延長，彷彿如此就能使所愛之物避開時間的摧折，跳出那吞噬一切的長河。

由是，我們在不意間造就了一種無盡延長的暫時狀態，一種「永遠的暫時」。而這個狀態的存在，亦不免向我們拋出了一個哲學性問題：永遠的暫時，究竟是暫時，還是永遠？

面對時間，我們悄悄地展現了一種奇特態度：既非如埃及金字塔與西方花崗石紀念物般叩問永恆，也沒有儒家的務實進取，亦未聽信《易經》與佛家所提示的變易與無常；非此非彼、又不介於任二者之間，我們就只是這麼無聲無息地漂浮著、懸宕著。那是一種試圖跳脫於時間之外的策略，是啊，不撕掉就不會舊，不參賽也不會輸。我們彷彿在對時間說：您老人家永遠都這麼不請自來，我們既打不贏你、又沒法趕你走，卻也無意熱烈招待，您就請自便吧……。

漂浮島嶼

而保護膜其實只是冰山一角，是一種低調的示現，你更會發現，若透過這種「暫時」或「臨時」的向度，比較容易理解我們的環境現象。也就是說，保護膜並非特例，在其他許多方面，我們都習於將「暫時」不斷地延長、或加以膨脹。

不信你看，我們的城市環境，在很大比例上，就是各種暫時狀態的集合：暫時借用一下騎樓與人行道來做生意，暫時以雜物占一下停車位，暫時到處堆點東西，暫時將樹砍個半死反正它還會長回來，或暫時在屋頂加蓋點違建等等。就以屋頂違建來說，單看台北市，後來因為實在多到無法處理，終於被市政府所默許：不合法，但也不再真正違法（嗯……好）；不必拆除，但也不能再新增（喔，公道……）。於是乎，家家戶戶既有的頂樓違建，正如保護膜一樣，都坐實為一種永遠的暫時。

而這幅都市景觀的大面積背景，那些綿延不絕的老公寓，其實也是一種暫時性心態的產物。那是當年經濟剛起飛時，富到多數人都買得起房子，卻也還窮得無法思及久遠，基本上只要是房子就可以了，於是成排的「販厝」，連起碼的通風採光都顧不了，一蓋就蓋了半個台灣。這種只有暫時性品質的東西，一時之間還壞不了，也去不掉，就成了我們都市景觀的基底——暫時性的永久基底。

尤有甚者，我們早已習慣於將某些暫時設施，鋪陳得比長遠的建設更為美好，更教人嚮往。譬如賣房子的銷售中心，永遠都比你最後買到的房子來得氣派，空間也更具想像力。而台北的許多空地，在房子蓋起來前，亦常會開闢成精美的小公園，讓大家愉悅地使用，直到有一天真要動工了，圍將起來，你才發現自己曾經擁有的，原來也只是暫時的幸福。

這種對「暫時」的無止境包容與胃口，究竟從何而來？

你很容易可以回推（並怪罪？）到當年國民政府撤退來台，每年都誓言要反攻大陸，一開始並無意從長計議，只思短暫逗留。但只要再想想，你也會明白，這種「暫時」纏身的症頭，絕不只是那個時間點的遺緒，而是因為這個島嶼某種懸而未決的身世問題，從更早之前就一路持續到現在。那是種漫長的暫時狀態，始終糾纏著我們，從未間斷。隨之而來的漂浮感與無法篤定存在的無奈，應也已沁入我們的骨髓之中了吧？由是，保護膜現象，那永遠的暫時，既是生活中不起眼的隱微毛邊，卻竟也像一種集體的身世暗喻。

怠慢家園

說這個有點沉重，我們不妨還是回到眼前的保護膜吧。

愛物惜新，充其量只能解釋保護膜的前半生（無論這前半生如何被拉長），但是後來呢？不管你多麼寶愛新物，當新的狀態與感覺不可避免地消逝，甚至那層膜已經開始變質起翹，總該比較容易被撕去了吧？總不能到了端午還留戀著年糕的滋味。

很不巧，這時接手的卻又是另一種心態，這種心態，同樣也讓保護膜留了下來，繼續過著它延時加賽的後半生。那不是一種可以傲人的心態，卻可能是保護膜現象的主因。簡單來說，那是我們對環境的一種習慣性怠慢，因麻木而來的怠慢。

道理相當淺顯：新東西常跳脫於環境，有種特別氣象，我們總會多看幾眼、多點關心；一旦它舊了，就融入於環境之中，成為背景的一部分，不再顯眼。而我們的居家環境常常本就是一團亂，住久了早就習慣，或甚至已經麻木了，也就不在意再多這麼一層膜、多這麼一點點不美觀，不會想特別花點力氣撕掉它。也因此，有時到了過年，一些人家買了春聯想添添喜氣，還會直接貼在鐵門那斑駁的保護膜上。

於是乎，許多人會讓各種保護膜一直留著，直到它變了質，直到與其下的物品黏合為一體，想撕也撕不掉，最後被一起送去回收。而那些不易壞朽如鐵門之類的物事，上面的膜更會一路陪我們到地老天荒。讀到這裡，我想您或許也已經同意：電影中我們的救世英雄，在末日之後與保護膜的悲壯相遇，並不是偶然，而是一種命定的必然。

——原載二〇二二年十月二十七日《新活水》數位平台「毛邊意識」專欄

陳尚平，一九六〇年生於台北。東海大學建築系畢業，哥倫比亞大學都市設計碩士，德州大學奧斯汀分校建築碩士，從事設計相關工作及教學多年。近年致力於街頭攝影，兼及都市觀察，以攝影看人間，以文字解析環境。著有攝影書《我在台北放框框》及《表面張力》（合著），並於新活水網站撰寫「毛邊意識」專欄。

台南的食物／吃瓜——黃麗群

正在幫我check-in的女孩自始就異常友善。「異常」不在於用力或超量，而是這並非觀光客熟知的日本人的業務用友善。我對業務用友善完全沒意見，甚至可說有點喜歡，總比「業務用不友善」好一點，而且也別說什麼日本人了，我們中年人最懂業務用的友善。

但也正是如此我完全可以感受到她確實有種我不明白的天然樂意在其中，就是「看到你很高興」的奇特流露，「業務用友善」是一包粉粉的代糖，她像一茶匙流動的蜂蜜，我不記得她相貌，印象是五官很乾淨，語氣、眼睛和臉頰上的笑意都香噴噴的。這次本來不打算跑一趟金澤，然而還是在最後關頭急煞甩尾衝車而來（為何把自己形容成瑪利歐賽車？）預計待六天，住房是臨時先訂的兩個晚上，老牌的觀光飯店，地點跟周邊設施很好，先前沒住過，想要住住看，喜歡再往下續。

大概就是寫下上面這兩段的時間，女孩已幫我辦好住房，她將護照還給我，從資料夾抽出一張飯店自印的可愛手繪地圖要摺入信封裡一併遞來，我（不無得意）地伸手阻止了她：

「沒關係這個可以不用了。」

「您不需要地圖嗎？您來過金澤嗎？」

「我……對……可能有十次以上……」

女孩小聲驚呼，我默默準備對應「真厲害呀」、「哪裡哪裡」、「真高興您這次選擇我們飯店」、「哪裡哪裡」的業務用日文。結果她說：

「我也是！我也去過台灣快要十次喔！」

「十次？」我說：「妳都去了哪裡啊？」

「一開始當然是台北，後來還去了高雄，還去過台南。」

「那妳最喜歡哪裡呢？」

「喜歡哪裡啊，我覺得台南的東西最好吃……」

「妳很內行……沒有錯，台灣人也覺得台南的東西最好吃……」

「上次去台灣還是可樂娜之前的事，好希望能趕快再去玩喔！」

「我想很快就會開放了，希望妳很快就能再來台灣，」我看了一下她的名牌：「您叫做……Yuri小姐？Yuri小姐以後要再來台灣玩喔！」

「我一定會去的！一直都在等能再去台灣玩的那一天～」

因為至少在這裡住兩個晚上，猜想應該還能碰到這位Yuri小姐，也不好占用飯店前台談論些什麼鱔魚意麵跟薑汁番茄的事情，如此聊了幾句就上了樓。然而，上樓之後，走在一條異常長的長廊上，就漸漸要變成另外一個故事了：我根本沒有住到第二個晚上。次日我就提早退房搬去另一個地方。再次日則帶著「乾脆把七日任搭北陸拱形票用到脫皮吧」的心情搭雷鳥號臨時去了京都。

該怎麼說呢，大概不能說是飯店的問題，當然也不會是Yuri小姐的問題，可能就是房間的問題。

其實沒什麼特別的事件，但最難解釋就是「其實沒什麼特別的事件」，而且據說，這類的問題，不要過度重述比較好。總之，如今覺得有些可惜的是當時沒想到給Yuri小姐留下名片，跟她說再來台北的話台灣姊姊很樂意帶她吃冰，主要真的是不要去東區粉圓。

不過轉念想想，有時候口袋裡裝了最多好地方的，反而都是走很熟的客人呢，不要太小看Yuri小姐了，她都已經知道台南的食物最好吃了。

後來又想想，如果我真的有些變態，其實也不妨寫封email，給飯店說明那天的情形並託收信者轉知：很歡迎Yuri小姐日後以此電子信箱與我聯絡。然而，又想想後的再想想：萬一收到回信，說，「敝社並沒有一位叫做Yuri的員工」……我就沒有寫。故事裡，想得太少又搞事太多的人，通常死最快。

——原載二〇二二年十月二十四日作者Facebook

吃瓜

工作結束後在日本橋的千疋屋總本店吃冰淇淋。無聊的中年人吃冰淇淋，也有很多無聊的思想路程，首先，到底一球或兩球，一球的話，離滿意還差一點，兩球的話，又讓滿足太過頭一點，可是旁邊的人，個個桌前都是高杯的芭菲呢，這些人當著我的面，吃那麼多鮮奶油！我要點兩球。

基於厚口後配薄口，時鮮可以配一點傳統，所以一球要香草，一球哈密瓜，圓嘟嘟盛在銀碗，碗緣懸置鮮果，香草是鳳梨，哈密瓜是哈密瓜，切出月的一弧。

一邊吃一邊想到發明人工雪的中谷宇吉郎寫過在銀座千疋屋吃哈密瓜的事，中谷宇吉郎畢生研究雪花與大氣結晶，是科學家，也能寫很有情味的隨筆，在〈寺田老師與銀座〉一篇裡，他回憶：

「……（前略）這是三十多年前的事了。當時，哈密瓜是非常高貴的西洋水果，最開始也就千疋屋有賣……（略）某個傍晚，老師帶著我們兩三個同學走進千疋屋……（略）白紙上寫著各種東西的名字，其中一條是『哈密瓜五十錢』。哈密瓜的名字，我固然聽過，但實在遙不可及，吃哈密瓜這種事更從來沒想過。五十錢可以在大學附近的洋食屋吃兩頓午餐了，所以當老師說：『怎麼樣？大家來吃哈密瓜吧？』我可是嚇了一跳。」

「端出來的哈密瓜是厚約一公分的淺綠色薄片，如今想想，這就是把普通的哈密瓜切成十六等分。但當時初見它從外側清淡鮮明的綠色，漸漸化為內側的橙色，覺得真是又美又高貴。」

「雖然是第一次吃，大概也知道該以湯匙舀下內側的果肉。有淡淡的青葫蘆瓜之味。一邊小心食用一邊想著，這就是哈密瓜的味道啊，吃到三分之二的時候，還有一些柔軟的瓜肉，然而如此高貴的東西，可不宜吃得饞相吧？……這樣想著就停下了手，其他年輕同學也是如此。」

「值此同時，老師倒是把眼前的瓜一直挖到靠近了皮的部分，而後他無意間看到了我們的盤子，就問：『咦，你們不喜歡哈密瓜嗎？』『沒有呀！』我們幾個人異口同聲，紛紛把剩下的瓜給吃乾淨了。」

回憶裡的「寺田老師」全名寺田寅彥，寺田寅彥乃知名的全才，既是物理學家，任教於東京帝大，也能畫畫，也能寫好文章，是夏目漱石的得意門生，一般認為《我是貓》裡面那個吃香菇吃崩了門牙的水島寒月，人物原型即為寺田。「God是倒過來的Dog」這句話，出自寺田寅彥於一九〇〇年發表在文藝雜誌《ほととぎす》上的俳句。當年還用了筆名「牛頓」……

物理很難，畫作沒機會拜見，但隨筆可以讀到，他想法很多，吃瓜不少，從浮世繪的曲線寫到蛆的效用，從科學與文學寫到相撲與力學，有一次，他談起銀座三越百貨店，寫下這樣的一段（若我捉襟見肘的讀力不出大錯），大意是說，「對某些人而言，在銀座三越買到的罐頭，跟在家附近的商店買到的罐頭沒什麼兩樣。但也有另一些人，總要特地來到這兒購買，如果單純以物質角度詮釋購物這件事，這樣的行為當然顯得可笑，不過，我倒是不認為可笑的。」

這當然令人很愉快，畢竟我像劉姥姥一樣在銀座三越買了枕頭套與被單……而且，也正在吃千疋屋的哈密瓜。又而且，我的哈密瓜厚度超過一公分。我是直接拿起來咬的。咬得很乾淨。

——原載二〇二二年十月十九日作者Facebook

小路攝影

黃麗群，一九七九年生於台北，政治大學哲學系畢業。曾獲時報文學獎、聯合報文學獎、林榮三文學獎、金鼎獎等。著有散文集《背後歌》、《感覺有點奢侈的事》、《我與貍奴不出門》，小說集《海邊的房間》，採訪傳記作品《寂境：看見郭英聲》等。現任職媒體。

一支軍隊在路上——楊富閔

1. 野雞車

民國八十一年冬天，我們出發要去台北。媽媽替我更換一整套全迷彩的衣褲，一身打扮就像將上戰場的娃娃兵。我們先搭乘鄉下私家車行的轎仔，抵達永康鹽行的交流道，接著轉搭巴士。巴士沒有名稱，不用劃位，我們甚至沒有準點的車班，連上車地點都只是大馬路邊的一間鐵皮屋。

我們的目的地是台北的一間病院，要去拜見一名頗有權威的醫生。醫院開在石牌，它叫榮總。軍人打扮的自己，是不是看起來比較威武？那時我要去治一種怪病，我的肚子常常脹氣，人會持續打嗝，有個別稱叫青蛙肚。不知為何要用青蛙形容一個尚未就讀小學的孩子。我從很小就畏懼說出這三字，深深抗拒並且覺得遭到歧視。

北上的國道，我們走的是中山高。舟車勞頓。那時我就發現自己搭車不太容易入睡，而我的父親母親特有耐性。想到日後被身心症所苦的父親，年輕的他，帶著妻小，密閉在空氣不佳的長途巴士，簡直活活受罪。巴士品質參差不齊，我們坐的是俗稱的野雞車，不是好車，但也不壞，只是不斷上下交流道接客，儼然一台市區公車。巴士體積很大，有時突然繞入某個城鎮，卡在一條窄巷，無法會車，這樣僵持不下，一下子就磨了半個鐘頭。我常感覺自己不知被載去了哪裡，一家三口盯著窗外，並不明白為何眼前仍是一派鄉野風光。沒有智慧型手機的年代，我們不問台北到了沒有。我們會問：這裡還是台南嗎？

其中一次碰上巴士故障，我們緊急被載至一座交流道出口。這裡恰好有一座簡便的休息站，男生的洗手間沒有小便斗，一群人低頭面對一條溝，父親與我各自埋首，中間隔了許多同車的男人：穿著過大西裝的老先生、和我年紀差不多的吊帶褲小朋友、感覺隻身北上打拚的中分頭青少年……。我們在休息站不知等了多久，乘客散兵游勇。這時有人前去打聽，回來傳話，說會有另一台車接駁。司機叼菸站在安全島。

安全島的對面，停了一台軍用卡車，上面滿載十八、九歲的阿兵哥，空間感覺相當促狹，個個隱沒於一片迷彩顏色。卡車前後，一輛輛從營區跟著出來的交通工具，大家彷彿都在等待什麼。安全島的對面，坐著許多晶晶亮亮檳榔西施。我對檳榔與西施都沒興趣。父親牽著我過快車道去買七星菸，那時他還抽菸；母親則是坐在休息站的長凳，閉目養神。

我們父子再度越過快車道，站在安全島上，最後一顆鏡頭，是母親吐在休息站的垃圾桶。安全島植著一行矮樹，修剪極其平整，而我卻不知如何照料癱軟的母親。今天要去看病的明明是我。母親彎腰繼續大吐，我只能輕拍打她的背。父親說，我們才在彰化，大概還要坐半天的車吧。軍用卡車一輛接著一輛開走了。我才想到或許父親母親，年紀輕輕可能就病了。那時的我非常無助，覺得自己的人生，還有長長的一段路。

2. 降旗典禮

沒有降旗典禮的年代，下午四點放學鐘響前刻，擔任司儀的我，得先打開司令台的小房間，本分內地將播音設備準備妥當，好方便待會導護老師上台喊口令。這時班上兩位女旗手，正在進行收拾國旗的動作——

沒有降旗典禮的年代，沒有樂隊，操場只剩鼓譟等著下課的學生踢著紅土。我們四點之前，離開教室，就將這些工作完成了。兩位女旗手儘管四下無人，對於國旗的行禮還是有的，她們將國旗咻的一聲滑了下來，拉好旗角，左右對稱，相當俐落地對摺再對摺，接著牢固綁緊旗繩。不知道那一面被收起來的國旗放在哪裡，以及國旗究竟適合凹成幾摺？國旗一定放在相當慎重的地方吧？有人說，大概放在校長室。校長室的哪裡？有人說，其實校長帶回家洗了。

但我記得早年還有降旗典禮，記得教具教室裡的偉人看板，光輝十月，鄉村的中學生，倉促組成一支行伍，頂著臨冬的太陽，襯著陽春的軍樂，在曾文溪邊的聚落遊行，算是讓我抓到了時代的尾溜。當時一位遠親，就讀國中，相當叛逆，我們私下稱她落翅仔，卻是儀隊的一員。她置身國慶隊伍，戴著高帽，老老少少湊到騎樓，圍觀說要去看她。我一眼就認出了她，只是不熟，不好意思大叫，加上儀式莊嚴，連揮手都怕被隨隊的教官指罵。

國慶隊伍行過家門的時候，後方跟著一支不長的看板小隊，好像十字路口安全島上的建案舉牌工人。只是現在看板的彩繪，全是偉人畫像，再搭配雄渾的軍樂。我們雖在自己的家門，講話也都壓低音量。圍觀民眾交頭接耳，好像出了什麼事情。問說這支隊伍，要走到哪裡啊？有人說，回學校了吧；有人說，要去縣政府，遊覽車在前面等了，而我因平生第一次見到樂隊，直直盯著那些奇形怪狀的管弦樂器，於是聽到有人妙語如珠，那些樂器長得好像身體的器官呢。

國慶隊伍行過你的眼前，於是看到站在電線杆旁搖頭晃腦的成年人，自言自語，我注意他很久了，鄉間盛傳他在吸食強力膠，校園司令台的八卦符咒，正是他的傑作。這次我很清楚聽到他說，以前我們庄內媽祖出巡，有一支陣頭，都由學生舉著偉人立牌——這才想到原來廟會也是一種集會，而舉牌人其實是一種陣頭。

我被這話打到，戳中我的神經，想像煙霧瀰漫的市街，踩高蹺、宋江陣與媽祖鑾轎之間，突兀出現一群卡其制服的舉牌少年；另有一行長長的儀隊，同時交響著澎湃的軍樂，卻又立即接上鑼鼓的敲打。那邊走來手持小國旗的小學生，那邊走來手持小令旗的老乩童，他們一路對天揮舞比畫，究竟是想招來什麼呀？而路邊辦起香案，手持香枝的信眾，這下又是該拜，或者不拜呢？

其實我當司儀的時候，一直好想知道，我們山村，哪些地方還有國旗在飄？他們是否也有聘請一位司儀，算是我的同行，負責主持升旗的流程？有個週末，四處尋訪可能看到國旗的機構：警察局、郵便局，最主要是去鄉公所。那處真有一面國旗。聽說八點上班，也會舉辦升旗典禮，大家都乖乖站著唱國歌。

那天我就在公家單位的上班時間，先是稱病不去學校，接著特地騎車來到了鄉公所。猜想如常到校的同學們，此時此刻，大概正在升旗吧。那天湊巧碰到地方機關升旗典禮，只是人數不多。我將單車停在路邊，好像特地跑來觀禮——哪裡來的這麼愛國的小朋友？不是都說聽到國歌，就要放下手邊工作，全部肅立？所以我也乖乖直起身子。公所的塔樓，有一座小旗台，負責掌旗的是員工吧，公所旗桿太短，不像學校的超級長——可以慢慢升，慢慢升。通常國旗置頂的時間，就是一首國旗歌的長度，所以這是升旗典禮的樂趣：全校師生盯著冉冉上升的旗幟，擔心著升旗手是否算準拍子。若是搶拍，顯得躁進，我們的升旗手今天應該就是有心事了。

然而公所的旗杆，短到不可置信，偏偏國旗歌的旋律是固定的，總不能只唱副歌吧。所以這面國旗升得更慢，慢到彷彿國旗沒有在動。好不容易到了，這時旗幟突然降了下來——執事人員對著廣場說話：「有一半嗎？」下面的人說：「再高一點？」有人又說：「應該低一點吧？」旗杆很短，還要一半？旗面根本已經癱軟在地。國旗降了一半之後，大家就原地解散了，留下對街錯愕的我。這時我才發現，我參與的是一場降半旗的典禮。只是當時的我並不知道，這個國家發生了什麼事情。

3. 陸軍棋

年紀很小的時候，喜歡一款桌遊叫陸軍棋，始終沒有搞懂它的遊戲規則。它的玩法，同樣兩方對壘，同樣要殲滅敵軍。那時我們一天到晚拿著規則說明，玩到最後，常常不懂怎樣才算勝利——據說只要拿下軍旗，這樣就算攻克敵營。陸軍棋最吸引我的，是它的棋款設計，按照部隊的官階，一路旅長、師長、團長排了下來，以及許多有趣的功能棋，比如炸彈棋或地雷棋。陸軍棋的遊戲紙很薄，玩久容易爛爛的。每次遊戲結束，我就將紙對摺再對摺，結果最後整張裂開，戰場一分為二，於是小心翼翼拿膠帶將它接回來。

雖是如此，我喜歡陸軍棋，對於層級分明的軍事世界，心中一股探索的熱忱。我們常在客廳對弈，服過兵役的叔叔在旁指導。這裡的專有名詞、身分階屬，都在我的想像力以外，因為無法想像，感受並不具體，而且總是讓我想到紙上談兵四字。每一枚畫有人臉的兵棋也都長得很像：一號表情、迷彩服裝、黝黑膚質。我曾動念在棋的背後替他們取名，突顯個性，但是軍隊不需個性。

家中的陸軍棋，一直收在客廳電視櫃的暗屜，那裡還有大富翁遊台灣、遊中國、遊世界，動物棋、蛇棋、象棋等百百款的桌遊，全部集中管理。大哥差我五歲，他比我更靠近服役年紀，他漸長大，我因此少了最重要的玩伴，沒有對手，加上叔叔平日忙，沒人替我解說。偶爾打開陸軍棋，只是骨牌一般的將棋站立，或者人力借調，拿去我的壁櫥家家酒當臨演。每一枚都是我的道具。

上世紀台灣的樓仔厝，流行在牆壁內嵌一面方形的壁櫥。壁櫥家家酒則是我小學三年級，午後放學在家，自己發明的遊戲。當時自動鉛筆都有附加特殊筆蓋，就是卡通人物的袖珍小物，可以拔起來，立在桌面當成造型公仔。這些公仔，被我羅織整隊成為一個怪誕家庭，而我家那面設計繁複的壁櫥，剛好是他們搬戲的戲台。壁櫥中的公仔，每一隻都有自己的房間，對比當時只能和家人擠在五坪不到的臥室，那像是一個山村孩童，排遣寂寞與構畫未來的一個生存方式。壁櫥家家酒沒有劇情——我也沒聽過家家酒有什麼腳本，都是自編自導自演，且是草草上演，草草結束。可我當年不知為何，感覺壁櫥故事非常需要一些士兵，所以特別下樓把陸軍棋找了上來。工兵擺得整整齊齊，正在集合整隊的模樣。

你家門口突然出現一群阿兵哥，感覺就是什麼事情要發生了。這樣的劇本，它在台灣的歷史故事屢見不鮮，而我早就忘記，特別商請這班兵仔是要做什麼事了。那時我已偷偷替每一枚軍官棋寫下名字，那些名字，現在聽來都像韓星：什麼俊宇、俊秀，秀賢，皆是美麗的字眼。我應該是要安排一名阿兵哥拜訪壁櫥，然後愛上哪一隻公仔的愛情戲。當時電視正熱播的八點檔，通常演得都是族群融合的時代劇，而我在壁櫥上演的這一齣，對話全用台語，劇情愛鄉愛土，不是韓劇不是日劇，也不是古裝，比較接近類戲劇，唯一可以確定的是，它一定是台劇，且是我一個人的獨角戲。

——原載二〇二二年九月《幼獅文藝》第八二五期

楊富閔，台南人，目前為台灣大學台灣文學研究所博士候選人。出版小說《花甲男孩》、散文《解嚴後臺灣囝仔心靈小史》、《故事書》、《賀新郎：楊富閔自選集》與《合境平安》。作品曾改編為電視、電影、漫畫、繪本與歌劇。

煙囪養大的——吳妖妖

你們家族有病史嗎？這是第六個人了。

醫生提問時，膝反射本想回應幾句，但還是忍住了。醫學臨床提到家族病史往往聚焦基因遺傳的顯性好發，但我們不是基因裡帶著病的，就像天空不是一開始就是灰的。

一直以為自己是次子。高中的時候，鄰居有個王媽媽，她管不住嘴。就這樣知道了我是老三，二哥無緣，出生未滿月就夭折。

媽媽痛哭了一個月，一直認為是工廠汙染讓她生下體質不良的孩子。懷我時硬是不顧鄉下七嘴八舌回娘家養胎，一出生就把我寄養在不同地方。才知道，原來名字裡的泰，是安泰的泰，不是泰山的泰。

她跟爸爸繼續在工業區生活。在那裡，大煙囪觸目可見。而他們只盼望讓我在沒有煙囪的地方生長。

阿公一再抱怨家人就是要聚在一起。

國小二年級時，我就回到了高雄石化工業區跟大家聚在一起，喝著一樣的水，聞著一樣的空氣。

第一次看到高聳煙囪燃燒著未發揮完全的氣體很興奮。再後來也就習慣了，習慣空氣的酸甜，杏仁苦苦的芳香。

§

媽媽堅持不要讓我念走路可以到的那間國小。我中年級開始，媽媽每天騎摩托車載我跨學區到林園「比較好的」國小上課，早上七點多在摩托車後座邊吃早餐。我喜歡吃火腿蛋三明治。早上睡眼矇矓有時邊吃邊打瞌睡被罵危險，可是我也喜歡嘴裡有安心，眼前有風景。

媽媽念：「美奶滋是人工脂肪，火腿有硝酸鹽，奶茶奶精是人工的。要喝就要喝鮮奶茶才有營養。」

媽媽好疼我，好疼我。念歸念，每天還是載我去買她眼中不健康的食物。

而他們說，空氣是絕對健康的，因為工廠排放前都花了好多錢淨化過的，有點味道更特別。

媽媽載著我行駛在特別的空氣裡，車子排氣管、奶精味奶茶和媽媽每天上班的護髮髮膠香味，讓我的空氣比別人更特別。我把不健康沒營養又不特別的火腿蛋三明治吃完了。早餐有複雜而習慣的氣味。在這個味道的世界裡，健康和營養真的有那麼重要嗎？

「健」。筆畫好多。我偷懶寫注音，媽媽看到就用尺敲敲我的食指。說健康的健要好好寫，因為健康太重要了。

每晚補習、才藝、珠算結束後，我抱著爸媽坐摩托車後座，一家三口擠回家。有時妹妹坐前面。晚上九點的林園工業區，天空還是一片橘紅，成群結隊的煙囪排放著更健康、更特別的氣體。

小時候不懂事，常困惑到底什麼是健康，什麼叫營養？誰說了算？煙囪下的世界，反直覺的法則。呼吸的空氣每天都又臭又酸又甜，但工廠發言人和環保局都說這符合健康標準。我還是覺得臭臭的，可能健康是大人說了算，因為這樣比較特別。

煙囪的氣再怎麼特別，都絕對符合科學、符合法規，就跟種在工廠外的監測植物一樣，不知是缺乏照顧，還是認真盡職努力監測空氣，所以逐漸枯死，隔天就會補上欣欣向榮新來的樹。煙囪的管理者們一切絕對合法。種樹是綠化環境回饋鄉里，更不用說每年會固定捐贈在地回饋金。他們說，哪一項不合法。

村里謠傳工廠趁晚上排放廢氣或廢水到工業區大溝渠裡。謠言就只是謠言，未必止於智者，卻永遠會被環保局來檢查時的「查無異樣」打破。偶爾半年一次，工廠居然很難得的被抓到汙染超標，獲得一張罰單時，玄天上帝公廟那個大家最尊敬、最有才的黑龍伯會在榕樹下跟大家笑稱，工廠這個月沒繳保護費啦。我們知道罰金多少錢，但我小時候問過一次保護費多少錢，在場的阿公們都笑了。

——憨孩子，那個保護費不會在檯面上啦！

就跟我們聞習慣的惡臭一樣，久了也習慣。

家族的叔伯兄哥tsik-peh-hiann-ko都曾經是驕傲的勞工兄弟，在大高雄工業區忘情奉獻，燃燒青春。就像大煙囪的火炬，氣勢恢宏，絡繹不絕排放製造著白雲，他們成就了台灣的經濟奇蹟，各種疾病也在退休後才發病，時間剛剛好，像個奇蹟。

§

社區流行病學和調查研究方法的教授聊說，許多職業罹病率在青壯年時還不明顯，種下的病因和身體危害往往要三十年後才會顯現發作，這是歐美在二戰後六〇年代就已經觀察到的職災危害現象。

下課後，我盯著褐眼睛的教授，客氣的用亞洲學生溫順不冒犯的英文請問他：「如果歐美六〇年代就發現了，為何東亞地區的汙染控制和環職衛問題卻仍舊發生？」

他慢條斯理回答：「歐美國家的環境法規愈來愈成熟，就不允許國內有任何重汙染業了，重汙染工廠就會遷往發展中國家。發展中國家還沒有這樣的環境意識。而且，發展中國家為了建設也很歡迎這些產業，為了賺錢都能忍受風險。」

聽到歡迎和風險這兩個衝突詞彙時，生氣的情緒不知從哪冒出來，我微微提高音量，語氣也沒那麼溫順了：「你說我們『歡迎』這些重汙染產業，當你們明知這有許多危害時，卻沒善盡減少汙染責任嗎？」

歐美國家的高知識分子啊，基因裡充滿原罪。他漲紅臉說，對不起，他沒那意思。那學期我的分數是A++。

我不知道分數有沒有老師的補償心態，而當年工業區外那些種了又死的樹，是不是也值得一個A++。

台灣也曾經是發展中國家。西方避之唯恐不及的化工產業，加上我叔伯兄長們一整代工人的健康當利息，創造了經濟奇蹟。整個高雄就是重工業區，永遠銀亮的水銀燈柱和赤紅天空、二十四小時不停的排氣，見證了十大建設的光榮，我們沒有星空，工業區的水銀燈和火紅大煙囪映照折射成了一片亮銀宇宙，閃爍絢麗比星空還耀眼。

台灣經濟史或許忘了這一頁，家族眾人的病歷忘不了這一頁。

§

小五的某一晚，補完珠算在摩托車後座啃著烤雞翅，邊跟媽媽聊著。這是母子的祕密時間。珠算課學費好貴，爸媽為此大吵過，最後媽媽吼說她幫隔壁王媽媽做手工拉鍊代工，不會多花家裡錢，爸爸才扔下一句：隨便你們。

媽媽覺得學了珠算後數學邏輯會變好，以後才有機會考上好學校，變成更好的人，不要像爸媽一樣只能做工，在大煙囪裡上班，聞著關不掉的廢氣。但媽媽下班做拉鍊都要做到十一點，我總覺得是我害的，一直說不想上了。媽媽為了哄我，答應每次上完珠算，就可以在炭烤攤選一樣食物。她覺得炭烤不健康，我們家不吃烤肉，珠算課後的炭烤是她的妥協，底線是不能選鑫鑫腸或香腸，實在太不健康了。

那一天，我啃著雞翅的肉，詢問媽媽，她每天載我去「比較好的」國小，學比較好的珠算，那我們可不可以搬到「比較好的地方」？搬到不用每天經過工廠要聞到身體無害卻還是太特別的空氣的地方……一整段路，媽媽沒有說話。我繼續啃著我的雞翅。雞腿肉多，但貴，我不想媽媽多花錢，所以都選雞翅，啃起來更有滋味。

騎到中石化某個小廠房門口，銀亮刺眼的水銀燈柱下，她停下機車，靠好腳架，靜靜把我拉下機車，看著我，叫我站好，問我要搬到哪個「比較好的地方」。我回答不出來。比較好的地方，就是我以前住過，一直會想回去的地方，但那好像不是她會想聽的答案。媽媽平常不會用那種語氣跟我說話。我愈來愈害怕，媽媽背著亮到扎眼的銀光，我不敢看她，低頭看我手上的雞翅，她叫我抬頭看著她。不知道時間過了多久，媽媽的沉默比爸爸的怒吼更恐怖。

廠房保全出來關心是不是東西掉了在找東西，要不要幫忙找。媽媽綻開了親切的笑容說「不用了。」我以為她生氣了，我不知道是我想搬到更好的地方讓她生氣，還是我一直說不想上珠算課讓她生氣，又或是我選了雞翅——大人說，雞的化學賀爾蒙都打在翅膀——這種不健康的食物讓她生氣。媽媽的表情，我不懂，但默默記得。

回家以後我們沒有說話。晚上我聽到爸媽在房間吵架。

我們沒有「比較好的地方」可以去，環境改變不了，空氣一模一樣。就算搬家也只是從林園工業區，搬到大林蒲工業區，再搬到小港工業區，也許去後勁工業區吧，就跟大伯、三叔、小叔搬去的地方一樣。

再更大一點才知道，她應該是難過。

§

我們跨越三代真的都是被煙囪養大的。

工業區有各種大大小小補助金回饋鄉里。我每學期領印有林園工業區聯合捐助的品學兼優獎學金，國小一千塊，國中三千塊，高中五千塊。

爸媽叮囑我錢別亂花，要存下來以後出國念書。算命仙說我文曲星相助驛馬星動，幫我認真命了名字。阿公說阿泰是「家裡最會念書的人，我們要好好栽培，讓吳家有「出脫tshut-thuat」。

阿公的出脫是指在工業區當個襯衫皮鞋西裝褲的讀書人，不要當穿藍衫的工人。有次吃阿公塞錢買給我的花生豆花時，我隨口說，我不想在工業區上班，每天看大煙囪好煩。阿公生氣說：「你們這些孫輩都是煙囪養大的，到底有什麼好嫌棄工廠的，看不起你長輩tiong-pue！」我不懂為什麼我老是惹他們生氣，嫌棄工廠為什麼就是看不起長輩？國中學歷的爸爸，靠著勤奮努力，在大煙囪工廠裡贏得同事的認同和肯定，一路從技工當到小組長，他常感到光榮。他說著後進晚輩即便是大學學歷或研究所，專業技能還是不如他。

但爸爸始終無法再升遷上去。偶爾喝酒發牢騷或是罵我們每天念書還不知足，難道要去工廠當工人時，我知道他不要我們跟他一樣。

爸爸媽媽跟阿公對於更好的人，對於工人的理解，讓我很困惑。高中時討論到火力發電的空氣汙染、核能發電的輻射汙染時，爸爸摔筷子說：「供你念書供到來頂撞恁爸lín-pē，要不是我在工廠當工人，你現在能吃好穿好來應喙應舌ìn-tshuì-ìn-tsih？」

他叫我跪下，頂著飯碗。我不服氣。課本上講空氣汙染，明明就是這樣的！我高高跪著，委屈地哭了。媽媽幫我求情。她說，孩子不懂事不要這樣，她也說到哭了。那表情就是小五那晚水銀燈柱下的表情，複雜，悲傷，沒有話可以辯解。

在國外念書時，歐洲小屋的煙囪飄著烹飪香、麵包香或炭木香，溫柔的芬芳，跟家鄉的大煙囪不一樣。我喜歡國外的煙囪。又小，又暖，又香。

媽媽的表情突然閃過我的腦海，我望著小屋上的煙囪，又哭了一次，小五時我的問題很殘忍，當時我們沒有「比較好的地方」可以去，去哪都是一樣的。

我們都是煙囪養大的，我們都被煙囪籠罩著，這裡的煙囪卻又小，又暖，又香。

§

爸爸媽媽對我好的方式是逼我一直念書，我們斷裂成不同世界的人。

我書念越多，就離他們越遠，也離工業區越遠，我不知道這是他們想要的，還是他們不想要的。

我成為了家族裡第一個念國立大學的孩子。外面的世界比工業區精彩多了，市區的空氣不像家鄉的空氣酸甜帶苦。大學越來越不喜歡回家，每次火車到了楠梓，看到窗外的大煙囪努力不懈排放廢氣或是認真燃燒火柱時，有種熟悉又無奈的感覺。

不同的工業區有著一樣的大煙囪和橘紅天空，煙囪像燈塔永永遠遠亮著水銀燈指引著家鄉方向，照亮返家路，那就是我極力脫離的故鄉。

煙囪不會走路，煙囪不會念書，我會。我驛馬星動・與家無緣。

書念越多越忙，跟家族越來越生疏，偶爾會被抱怨越來越少回高雄，一開始理直氣壯：高雄沒有我可以做的工作，我還在外地念書。回到台灣後躲在台北，不肯回高雄。再後來，回家是不得不協助照顧癌症爸爸、乃至傳授照護病患經驗給阿姆a-ḿ和阿嬸a-tsím，怎麼做各種癌症照料和醫療資源橫向連結。

有次陪阿嬸去醫學中心轉診，她說：「你阿公過身太早，沒機會看到阿泰成為家裡最有出脫的人，可以看懂藥罐上的英文，可以讀懂醫生寫的有字天書，可以知道有什麼症狀要掛什麼科，找哪個醫生，阿泰人脈很廣。」

阿嬸問說怎麼不回高雄找工作，在台北租房子那麼貴。回高雄，可以住透天厝，還能跟媽媽住一起。

但我知道媽媽一直希望我可以不用回高雄，最好待國外。媽媽希望我不用在煙囪下生活，國小畢業的她不懂什麼是生態女性主義，但她打一開始就不想要我聞這樣的空氣。

§

我已經有能力去到小時候所謂「更好的地方」成為「更好的人」，但我不敢轉頭去看還留在煙囪下的親族。我不能否定他們對生活環境的認同，他們習慣了煙囪籠罩的生活。我卻逃離大煙囪，放著親族繼續呼吸這樣的空氣。我擔心的不是轉頭後會幻作《聖經》裡毀約的義人化成的鹽柱，而是看到高聳煙囪和工業區赤紅時，我會想起我們都是煙囪養大的。

高鐵上我打給媽媽，邊哭邊說我真的不敢回高雄了，不敢回，不是不想回。

高鐵車窗外成群結隊、逆向一閃而逝的煙囪也許都是鹽柱，而鹽是有益健康的。

本文獲二〇二二年打狗鳳邑文學獎散文組優選獎

吳妖妖，家裡有三十四隻鹿，鹿不會後空翻。社會科學背景＋人類學門徒＋社會流行病學；研究教學服務並行，專攻健康不平等與消弭歧視標籤、性別平等。同志諮詢熱線義工、（愛滋）感染誌協會小跑腿，相信公共書寫可以促進理解，對話可以加速社會共好。曾獲文化部與優質新聞協會補助、台文基地駐村、打狗鳳邑文學獎與鍾肇政文學獎，寫作指標是國小畢業的媽媽和三嬸都看得懂。不善文字技藝，喜歡故事直擊，練習當個傳遞故事的人。

薄荷胭脂雲——許恩恩

我都向她們說，我租在市中心，所以有空來台北，就到我家坐。

短髮的龍潭仔最常來。到我房間來，看我不穿外褲，她會失笑說我太放鬆，但她的辣服也從不在意走光，癱在懶骨頭上，牛仔短褲最上面的扣子就會鬆開。席地而坐，因為是套房，就用一個電鍋，加熱的是我前一晚餐廳打包的鐵觀音雞湯，配她從新竹搭車帶來的冰箱剩料。

總在週五，她等男友下班共度週末。先來我房間，免得在哪裡等人都花錢。說是龍潭，其實她大學直到畢業後都一直住在新竹。

龍潭仔不常回老家，即使新竹離龍潭並不遠，她回家的頻率，跟我回高雄差不多，跟家人疏離的程度，也是差不多。我們都有櫃中的祕密，無關乎情欲，因為情欲是青少年的娛樂；三十歲羞於啟齒的櫃子，裝的是理想。畢業時，都說該成為俐落的女主管，現在都轉作尋夢的笨蛋。相繼離職，實際行為比起口頭話語，還要更好確認彼此氣味。

初入職場那幾年，誰若忘了好好吃飯，對方便會說「我內心的阿嬤要受不了囉。」我們總把最高壓的事情當作天氣問候，對彼此的人生有最高的道德彈性，吝於加油打氣，吝於批評，對綠豆澱粉的優劣或水果入菜等話題聊得更多。但最重要的幾件私密事，總會附帶一提給對方，這是細膩人種大而化之混在一起的方式。

我們對男人的看法有共識：「不用繳房租的文組異男最難搞，他們的決定總是比較心靈一點。」下層建築總是談話的餘興，一個幽魂，在信義區上空遊蕩，還不嫌過時。

龍潭仔剛參加同學會，說以前要桃園到北一女通勤好久，其實跟同學們並不熟；現在，大家陸續買房，或者被求婚，更是不同人生。我說，鳳山到雄女沒那麼遠，但我還是跟大家很疏遠，從來沒回高雄參加過同學會。我們收拾著碗盤，擦了地板，各自滑起手機。

精緻女校裡的局外人，有種難以言傳的寂寞，說不定這是我們在社會學研究所相遇的原因。

第二常來的，也是桃園女生，長髮的大園仔，常來台北看展看表演。畢業後，她曾來台北闖蕩，又去澳洲打工度假，最後還是住回大園老家，進入傳產。她看我沒穿外褲，會偷偷拍照，隔天才回傳，有點變態。大園仔沒有男朋友，所以我們會一起吃麥當勞，講很多話。

朋友來時我總想吃家常菜，但她情願吃漢堡，大園仔說，是因為家族龐大，每天都整桌在煮，來台北不想再吃傳統中菜台菜。我嫌漢堡物不健康，泡了花草茶解膩；她則會攤開花草茶的組成，細數哪幾種物她家也有種。大園家有田也有家畜，就算封城，也能自給自足。

她自稱「傷心人類學家」，取自一本書的名字，我沒有讀過，不過單憑描述便知道意思。她不斷求職、面試又被拒絕，開始上班後還被壞主管的言詞所挫敗，總是「想很多」。回到家族內，卻又因為緊密的生活關係碰撞彼此迴異的世界觀，痛苦又同理，同理又痛苦，她很傷心。

如果不做那麼多人類學式的反思，不做那麼多理論化的整理，不要轉熟為生的田野技藝——如果金錢跟思想濃度等值一點，履歷好看一點，起薪高一點，就不會那麼傷心了吧。

我勸她再來台北試試，如果轉運站不能轉運，就去龍山寺拜拜，運氣跟信仰很重要。我胡亂解釋「清教徒也是相信得救而賺大錢」，她會笑。擲筊是機率，神性是集體性，不要太愛這個世界，多愛自己一點。這就是我跟大園仔的對話，社會科學的次文化。

龍潭跟大園，究竟是桃園的哪裡，每次我查過不久後，就會忘記。她們也分不清，我從小到大的老家鳳山，跟後來返鄉投票的老家楠梓，又分別是哪裡。

龍潭仔也好，大園仔也好，我總是很輕鬆，或說很輕浮地待客，只穿著睡衣般的長版寬鬆衫，不照鏡子整理頭髮。電鈴後，讓她們自己走上五樓，跟外送員的待遇一樣。

我房內機能俱全，種種巧思提升生活感，不住套房的她們，總是連連讚歎。不常出門，不是怕疫情，當然我知道幾步路外就有很好的餐館跟咖啡廳，「正因為租在市中心，才無法常去可愛小店，租金跟低消只能擇一呀。」她們點點頭，拿起我剛手沖好的單品咖啡，細緻地品嚐一口，「如果在五十公尺外喝下這口，就要收費五十塊了吧。」

●

新北跟基隆都是南部，桃園當然也算——龍潭仔跟大園仔都這麼說過，我只好接受這個共同體的框架。相對來說，我們確實都是南部人。

如果是大安仔、信義仔、士林仔、松山仔、中正仔等朋友，當我提出「來坐」的邀約，回應會是「你是套房不好吧別麻煩了」、「剛好你家附近有間店我一直想去」、「國館我也好久沒去散步了」。於是我就明白，身分證字號A的朋友，沒有中繼需求，不適合這樣相處。

南部究竟是什麼，有些學者說，可以是一種抽象的批判位置，是哲學上的南部觀點。我想，那應該是在說文組吧。文組是台灣社會的南部，文明社會的南方。在這個意義上，就算是我們口中揶揄的免租男，也共享一種口音，有點「南部性」。

又或者，測量變項可以加上公共運輸的可及性。例如住在山上的內湖仔，愛追影展，一天要看三部電影，但信義威秀周遭沒有合適久坐之處，片與片之間，他就來我家中繼。「給我一小杯就好，待會怕跑廁所。」他是A，上五樓喝咖啡好幾次，也算在共同體內。

後來回高雄，聽著那些中年男子、三姑六婆的茶餘飯後，並驚覺那跟我房內上演的一切高度雷同之時，我又多一則啟發：南部人，會用日常樸素的樣貌，脫口而出高密度的語言；自嘲之詞，就像進出站時撈包包匆忙掉出來的濕紙巾，大剌剌亮相，讓人不禁聯想汗漬汙跡。

笑談著台北，或者台北所象徵的人事物時，我們頂天立地，如租屋在頂樓，偶爾漏水；西曬熱氣難退，就多沖幾次澡，笑聲如水聲，轉瞬就流走，我們也還能有一絲倨傲，走回大街。

有天下午，龍潭仔注意到廁所裡多了盆栽，說那些花很可愛，並說很意外我懂得種植。我解釋，那不是花，是多肉的葉子，曬到陽光會變紫紅色而討喜，插枝就活，不容易死。那盆是我阿母給的，我常這樣移植南部的文化及物資，同時卻也跟原生家庭關係緊張，龍潭仔都明白，她不會多說什麼，只是懶洋洋地就物論物，緩緩地分食著食物。

盆栽漸漸長大，植物就要爆盆。

我請大園仔挖一點土給我，她爽口答應，但從家裡出發前，她父母遲疑地問說：「真的要扛一盆土去台北嗎？」他們女兒穿著碎花長洋裝，氣質得很，紙袋裡卻裝著沉甸甸髒兮兮的土。想像那畫面，我覺得很溫馨，也有點歹勢，大園仔今天不知道要去看什麼表演展覽呢。

幸好傷心人類學家不在意父母及路人的眼光，只是務實提醒我，多肉不能完全用這種土來養，水分會使根爛掉。我說，我早有買了夾層該放的透水材質了，不用擔心，只是想要你的土。

當初將植栽照發到限時動態，十幾個人傳訊息問我「這叫什麼」，大園仔是唯一能叫出答案的人「我家也有種胭脂雲，但不好看。」她說胭脂雲長到茂盛時，枝葉會先往上長，再往外輻散垂下，持續生長，最後中空，反而不美了。但我知道，阿母有教我，要從尾端開始修剪，所以妳之後來我家，看到兩盆茂密的植物，將會讚歎我維持了胭脂雲的美。

小時候，長大後，我沒有特別想過，我的朋友會是哪裡人，會是台南、高雄、屏東那樣正統的南部嗎？還是我會被同化成北部，跟台北的社群更氣味相投呢？

對於桃園，我原先只有刻板印象：大園仔常看飛機起降嗎？龍潭仔支持兄弟象嗎？答案都是不。高雄人早餐也不一定會吃鍋燒意麵，「那你都吃什麼？」我說蛋餅，跟你們一樣。

●

南部是我們的共通點，在台北面前。只是，同中也有異，不只家鄉所在不同，我們根本上也有著不同個性，及不同的人生路徑。

龍潭仔曾說，如果沒考到美國的博士班，就要去做健身教練。放榜前，有次聊運動的話題，我說出：「妳一定會是個很好的健身教練。」她回說對，「至於好的社會學家就很難說了。」我說我不是那個意思，已經太遲。留學申請的過程很磨人，有時我真的會忘記。

大園仔以前都拿書卷獎，我都搭小組便車，僥倖過關。出社會後，我的升遷轉職卻比她順利許多。有一次，我們小心翼翼探問彼此出社會後的月薪，才知道差距不小。在那之後，當她說出「我其實很羨慕妳」時，我不知道指的是哪一方面，也覺得不便再問。

一年又一年過去，她們仍然會到我家坐。

就算有幾次，好像誤觸了什麼，像是踩到包包裡掉出來的東西，有點ngāi-giòh，不過一段時間以後，下次她們還是會再來，帶著甜點，配我的手沖咖啡。

少話也好，多話也好，拉長了時間，總長除以次數，來訪頻率最高的還是龍潭仔跟大園仔。我們仍然不拘小節，不親密也不疏離，好像這就是三十歲的友誼，或說南部人的友誼。

臨走時，她們很少會用相同句型「有空來桃園的話」，因為人們只會有各種原因需要去台北。有朋自遠方來，遠方很多好東西，來我家，就是順道就好，不必刻意。

●

一杯咖啡兩百三十塊，一粒便當一百二十塊的市中心。胭脂雲，倒是只要四十塊。阿母北上出差，去建國花市買的，轉送給我。

我們在台北的咖啡廳見面時，她眉飛色舞，將小盆栽捧在手心遞給我，說她從沒看過這樣的多肉，還會變色，好像花一樣。

很像花，夠三八，所以要送給女兒，我這樣想，但沒有說。

後來我將胭脂雲從小盆栽養大，移盆至穩固的泥製中盆，再分盆到裝著大園土壤的舊盆。LINE給阿母，她稱讚我綠手指。但，如果這樣就稱得上綠手指，門檻也太低了吧？我這樣想，但沒有說。

梅雨季來，陽光變少，我操心這些植栽，感覺再怎麼好活也很辛苦。我的廁所有大片窗戶，沒有抽風機，房東為了分租隔間的陰錯陽差，這裡本來是陽台，我才有空間養植物。

夏季將至，我抱怨房內會西曬，熱到工作桌。若這棟建築能轉個九十度，讓廁所的開窗變西方，就能替植物補足日光了吧？廁所面南，無法直接日照。但是建築當然不可能轉九十度，我只是個租屋仔。

阿母總嫌棄我付昂貴租金，縮在台北「狗窩」。她勸說我回高雄，說住慣寬敞透天，就住不回去狹小套房囉。她沒說出口，而我聽見的是：「回家讓阿母照顧吧。」

可是，我卻是在透天厝長大，大了習慣套房的人。從前，我試著從狹小的櫃子裡探出，是她的洪水使我再次闔上門，我一直這樣想，但一直沒有說。

我隔壁的分租套房，住著我的伴侶，算同居，也不算同居，沒結婚，踩了家人底線，幾次大吵後，彼此都不再說破。所以，櫃子幽暗卻很舒適，門內狹小卻有溫暖，南北是選擇，不是非彼即此——「代誌不像憨人想的那麼簡單」，她常這麼說，我也想這麼說。

阿母是農家出身，先是嫁到台北，幾年後還是舉家遷回高雄，自己開工作室，靠著朋友人脈，穿梭在公私重疊的透天小厝，漸漸撐起來這個家。

外婆去世時，我們回到村裡，簽名簿上全是姓「張簡」。外公外婆也都姓「張簡」，從前他們的身分證，都壓在客廳桌子的透明軟墊下，我至今不明白為什麼。厝邊隔壁的壓力，我也不明白，只知道阿母跟她姊妹都簽了拋棄繼承，從此與舅舅不合，再沒有人回昭明。祖產被賣掉時，姊妹們聽聞，都氣憤掉下眼淚。只能怪當初，大家也都是親手頓印仔。

沒有田，仍有出路，年歲越大，阿母越想重拾種植。透天厝的頂樓綠意便陸續蔓延，擴張成一小塊都市田園。「阿嬤更會種，她什麼都養得活。」三合院旁一點貧瘠的土壤，她也能將玉米種得飽滿，我有印象。她們還說果樹旁邊要插一根柱狀物，生於憂患，作物會長得更好。

回高雄上頂樓時，阿母用了時下流行的字眼「療癒」，叫我自己剪幾枝薄荷，插在桌上的水杯裡，說看著心情會好。搭高鐵前，我捨不得那些薄荷枝，便小心包好，將薄荷偷渡台北。沒讓阿母知道，以免她替我大包小包，分盆裝袋，要是養不活，我又會覺得辜負她。

回家，我將薄荷插在胭脂雲旁邊，原以為兩種植物的環境需求不同，不能期待。沒想到幾個月後，薄荷不僅存活下來，還再分枝出去，成為常駐的生命體。

●

總算放晴的那天，我在陽台形狀的廁所晾衣服。裝有曬衣竿的廁所，同時養著兩盆植栽。

我曾被問說「有沒有什麼事情，做了讓你真心覺得放鬆？」我回說「曬衣服吧」，說完自己也有點嚇到。曬衣服有什麼好開心？但是對方鎮定地點點頭，沒有笑我憨。

好難得，一天就乾了。其實以前我從沒想過衣服竟無法一天曬乾，來台北才知道得用烘乾機。那天，傍晚就收了衣服，我也特別小心別撞到那些長高的植物。梅雨過後，多肉重新出現紫紅色葉子，襯托薄荷的綠。

在地板聊天時，我們都說，怎麼三十歲還一事無成。所以才會聚在一起吧。那好像也不錯啊。只能這樣安慰自己囉。馬克思還是有講對一些東西吧。但是人家都說三十歲還談馬克思很蠢耶。大園田中，豆莢日曬會發出逼逼波波聲。龍潭路上，天氣好可以看到錯落光影的群山。這些都是自稱南部人的桃園朋友告訴我的，五樓房內看不見的事。

我沒有向她們說，但大家都有聽到：我們是同一種人，自然會做伙。無論是歐陸老爺爺的教誨，還是高雄阿母以前掛在嘴邊的，都對，就是要把朋友帶回來家裡。

以後有空，還是要常來我家坐，來看我的薄荷胭脂雲。希望我們都能活得很好，活得很久。

本文獲二〇二二年打狗鳳邑文學獎散文組高雄獎

許恩恩，台北大學社會學學士，清華大學社會學碩士。現為自由文字工作者，待過比較久的正職是唐鳳幕僚。小說〈洗腳〉獲高雄青年文學獎，散文〈薄荷胭脂雲〉獲打狗鳳邑文學獎。以創作計畫「等待月經」獲選台灣文學基地駐村作家。

如果沒有夏宇，誰剪碎那些可疑的雲？——蕭詒徽

上一秒，我們似乎還在等待自由詩的自由不應該多自由，現代詩的現代不應該多現代——於是余光中在訪問裡說，過分的散文化是不幸的，接著開始分享每一行詩最理想的長度是九到十三字；於是辛鬱在一九七四年反省自己，「與其他的一切疏遠了」，而關於「古典」、「傳統」與「個人」之間的尺度最終稀釋為拿捏適量這樣的食譜用語——下一秒，夏宇出現了，我們一口氣進入了威廉・伯洛茲。Bill Morgan這樣描述垮派作家們「剪裁拼貼法」（Cut-ups）的起點：

有一天，當吉辛用美工刀切割厚紙板時，意外劃破在厚紙板下方的報紙。當他看著這些碎條般的紙張時，發現割開的報紙某一面的字，剛好與另一面的字湊成一行。當他閱讀這些剪開而又拼貼在一起的文字時，覺得奇怪又有趣……

上述歷史我最喜歡的部分，是他們的詩人朋友科爾索最後的選擇：他決定與剪裁拼貼法保持距離，因為他不願把詩交給偶然。

三十年後，伯洛茲再兩年就要死了，而夏宇在她的法國，像紐約的吉辛在傳奇的切爾西旅館，

把自己上一本詩集剪碎，完成了《摩擦・無以名狀》。我們於是明白她願意，把詩交給偶然，縱然她的偶然或許如她所描述的直覺一樣矛盾——一種「訓練過的直覺」——她沒有像伯洛茲他們，得出「政治演說稿特別適合用剪裁拼貼法處理」之類的結論，她剪開的是自己（的過去。或者說，因現在而變成敵人的過去）。而在她把第一個脫隊的詞貼在超市買來的自黏相本的那一刻，那些試圖為詩的體裁與命題歸結出永恆規則的企圖雖然始終沒有消失，卻一起被她手上的剪刀分為掉在地上的，和掉在貓的腹部的兩類——

我不要稱讚她，但因為她和她的貓，詩人的行動本身以及行動意圖之姿態，這些「和詩無關的事」，終於和詩聯繫在了一起。

風光地。時尚地。無論討論那把剪刀繼承了什麼，或移植了什麼，都讓我們顯得愚蠢。多年以後，當我得知其實早在一九六五年就有人發現所有句子都值得剪碎，進而意識到夏宇的行動在某種意義上並非創舉，卻依然崇拜她所身負的，一種對隨機性與靈光無比虔誠、同時阻止自己成為任何一種信徒的形象。

余光中在同一場訪問裡給她取一個稱號，叫她作「刁妞」。當時她甚至已經四十一歲了。等等，她現在已經六十五歲了嗎？

■

我不要稱讚她，不過如果沒有她，許多寫詩的人不會那麼迷戀地下，迷戀次文化及其語言，迷戀形式。她的地下感建立在一種對遊戲無止境的青睞，於是在《備忘錄》的〈連連看〉我們讀到上下並排的十六個詞，沒有句子；於是在《詩六十首》的〈更多的人願意涉入〉我們讀到將前兩節詩句交錯排列成第三節，恍然大悟。

前輩們對意義的追求與語言的雕琢被稍微擱置自不必說。更具啟發性的，是當人們尚認為所謂寫詩是從語言系統與文化之中尋覓一種新的美學表達來創造普世的情感或價值共鳴，她則已經在拒絕這種單純的普世：把法語詞典例句和恐龍圖示放進句子，稍後把塔羅牌和電視節目口號寫進詩集。陌生化和陌生經驗當然不可一概而論，但在她筆下似乎又沒什麼不可以。

其他藝術形式的手藝與接觸作為詩的同謀，之於她的寫又顯得那麼理所當然。最好懂一點龐克，懂一點高達，懂一點安那其，再懂一點印刷術和劇場。比起整部文學史，她更像飽讀了全套IKEA家具組裝指南，並使我們明白一把六角扳手究竟要忘掉多少螺絲的一種詩意。

如果沒有她，我們可能終其一生像有點好奇又有點鄙夷走進地下社會覺得吵又覺得終於可以叛逆很嗨自己在那邊喊但旁人全都看得出來你是第一次進來的那種老人。

而與其說她發明了形式，一切更像是她進行著一些高明的發現。整本《粉紅色噪音》的機器翻譯，整本《第一人稱》的電影字幕，手法明顯、容易複製但先搶先贏。這些形式在流傳時足夠病毒，人們可以輕易辨識作品所採用的外在結構，又不只是。

這當然導致了一些奠基在閱歷上，而非創造上的取巧成分。我不要稱讚她，我時常想起她在

〈十四首十四行・在牆上留下一個句子〉寫到「一本導遊手冊叫做『寂寞的星球』」；讀到這句詩時我十九歲，早習慣世上有Lonely Planet這組套詞，因而覺得無趣；隨後卻意識到，她寫這首詩最晚也是一九九一年，而直到二〇一一年《孤獨星球》才終於有了國際中文版。

詩集《腹語術》收錄的訪談中，她用相對長的篇幅向讀者解釋什麼是「多次元宇宙」：

> 我們希望你能明白一個宇宙中同時存在所有可能的情況。換句話說，如果你現在穿的是黑鞋，那麼就存在著另些個穿褐色鞋、紅色鞋、白色鞋的「你」的世界。……

如今我們知道，那叫平行時空。但那是一九九一年。一九九一年，寂寞星球與平行時空光是被單純地描述就具有詩意，即便如此，總還是得要有那個人為我們描述。夏宇就是那個人。而她之所以擁有快我們一步的眼睛，是旅行、遊戲和所遇之人的總和，是她的「混」的混血。這個時代，混與混變得如此理所當然，我們時常忘記這份讓個人經驗揮發出創造性氣味的能力是困難的，是一種勞動。

至今她依然為我們展示將生命的機遇化為文學性的實踐。她說《第一人稱》裡的照片是「搭飛機去巴黎的時候，在日本轉機逛免稅店，順手就買了台相機。拍著拍著不知不覺就拍了兩千多張」；《88首自選》，她說：「我只用了幾個小時編了這本詩選……到了第七版或第八版時（如果有的話）它可能將徹底變成另外一本書。」

歌頌著近乎隨便的隨意的偉大，我們在夏宇的詩中長大了。歌頌著剛好。歌頌著遇見。歌頌著非決定性的瞬間。我完全可以想像讀到這裡時她會說：拜託不要把我的詩變成考題和教材拜託／不要把我的詩變成考題和教材（〈串聯佔領空屋〉）。而我會學她說：「你開始寫一些字／愈寫愈多／愈來愈像詩／然後就是詩」

> 然後又寫下去／愈來愈不像詩／然後你停下來／然後取中間那三分之一／好了那就是詩你說——〈俳句〉

■

我不要稱讚她，但她的詩總是使她比她年輕。她拒絕將詩放在嚴肅的位置，背後卻累積著嚴肅的識見。中文系出身的讀者讀到〈被動〉和〈失蹤的象〉會詫異於《周易略例》和聲韻學可以這麼潮酷，這麼表演；讀〈更多的人願意涉入〉會忽然多明白一點《浮士德》。雖然肯定不是進入體制的人才有資格質疑體制，但她走進去，然後，表現一種從未走進任何地方的樣子。

我不要稱讚她，但如果沒有她，寫詩的人要晚上幾年或幾十年，才會明白這是一種樣子。

最合身的比喻，她已經自己寫了：一位非洲小城的氣象播報員每天梳戴整齊準時上班報告氣象，如果從他的辦公室窗外看到一朵雲飄過，他就向聽眾報告：今天天氣很好有一朵雲正在飄過。

如果看到天邊隱隱有一道閃電，他就「發揮對暴風雨的想像力」……「想想落後小國的氣象員正式進入由各種儀器數據嚴密監視下的時刻變化的大氣系統他還有多少個人空間可以發揮呢？」

> 我更傾向於喜歡在沒有設備的曠野裡觀察那些可疑的雲的行徑。

二〇一八年，我終於從她本人手中買到絕版多時的《粉紅色噪音》，封面上有她的簽名。事後我在社群發文，說一本完全透明的詩集上有簽名的這件事似乎不能自圓其說，幾天後收到她寫給我的電郵：「我覺得你有道理，粉紅色噪音不應該簽名的，我可以用一本全新的跟你換，給我你的地址。」

我回信說免了，那也是一種遇見。信中趁亂告白：「在這樣一個圈子裡我總是仰賴某種已知於前方的人事物來使自己願意。」

半個月後她回：「不是很明白你說的圈子，就像不明白評論說我跨界。我天生會，跨什麼界。」

我到那時才真正相信，來信的真的是她。

——原載二〇二二年十一月《新活水》第三十二期

蕭詒徽，生於一九九一年。作品《一千七百種靠近——免付費文學罐頭輯Ⅰ》、《晦澀的蘋果VOL.1》、《蘇菲旋轉》（合著）、《鼻音少女賈桂琳》、《Wrinkles——BIOS monthly專訪選集2021》（合著）。網誌：輕易的蝴蝶。

輯六　這樣也很好

動物園——王麗雯

市郊動物園隱於森林，西北有大湖，放養天鵝，另一頭是待建的荒丘。湖水引渠，直入園林深處。當夏日悄悄捲起尾巴，可以聽見土撥鼠捧起青草大快朵頤的聲音。

其實原址不在這裡，而是一八八五年即略具雛形的老城公園。起初只有少量老虎與蟒蛇，不到二十年就因無法負擔開支而倒閉，三十年後才重啟。二戰過去，老城精華俱毀，動物園只剩一座水塘。這塊林地是半世紀前作為一日遊場所慢慢重建的，規畫初衷相當生活化，也可說無甚企圖心。很小，僅百來種動物，鎮園之寶是獵豹與黑腳企鵝，別致的是六年前開辦的幼兒日托服務。

小時年年都去動物園。木柵動物園太大太豪華，無論從入門可愛區或最深處的企鵝區開始，總走到中段便有些精神渙散。因此，那些牙牙學語就相識，親切卻屬於荒野的動物，比如斑馬大象，獅子老虎，也就全走馬看花過去了。我的父母並不是那類會問「Baby大象英文叫什麼」、「你今天逛完有什麼收穫」的急切家長。很多時候，出門只是消磨時光。我知道今天就是來玩，也知道動物珍貴，解說專業，但這和溽熱中目不暇給的疲乏並不衝突。

後來我漸漸發現，不要只看動物，而是連微型景觀一同觀察，欣賞動物與小小領地的互動關係。針葉林的翠，農家的暖。熱帶雨林馥郁，北非沙漠空荒。那就有環遊世界的樂趣了。特別是兩棲館，在玻璃缸，那些鱗爪，晶卵，乃至草木礦石紋理全清清楚楚。只是這種造物主般看透天地的偏愛，和醉心玻璃多肉花園有什麼不同？我也說不太明白。

小城動物園也是如此。一區區微型景觀，大多是童書常見的小可愛。捐錢認養，就能在動物家門石板刻誌芳名。小貓熊要六百二十歐，獵豹要一千六百歐。哈利波特的貓頭鷹信使可愛難得，一百一十歐，高ＣＰ值門庭若市，但比起一年只要三十歐的鴨子還是略遜一籌。

黑腳企鵝群聚松樹下，任暖陽薰得一顛一拐，噗噗跳入泳池。

小貓熊掛在樹上呼呼大睡。天經地義軟爛廢，活脫脫嘲諷人類的行動藝術。

羊與羊駝真親人，在圍欄邊餵公子吃餅，還會排隊。

獵豹在空曠的草坡做白日夢。醒轉，朝坡下擎起相機的路人悠悠昂臉。前肢交疊，眼鼻黑線冷豔延伸，如古畫戴蕾絲手套的名媛。

美麗的小鳥全養在大玻璃溫室。玄鳳，藍月輪，通體雪白雨傘巴丹。還有一群羽翼青翠，面色桃粉的西非小鸚鵡。籠外遍植紅玫瑰，與籠內的異國粉妝玉琢，被午後日光一格格映得錦繡爛然。琉璃般纖巧、嬌脆，就是該精心捧護的剔透小品。

卻有隻繞圈而走的大山貓。在鐵欄邊樹叢逡巡，走得輕靈，腳掌踩葉幾乎沒發出半點聲音。

牠看見我們了。尋枝葉石堆作掩體，蟄伏不動似與大地同根。欄外清楚可見林木與樹叢下，山貓一腳腳踩出的獸徑。我們走遠，牠才啟程沿邊而走。園方特別給了山貓一片模擬森林的寬丘，但這邊境還是不到五分鐘便走完，很快又迎頭撞見我們了。牠就這樣拱肩，躡步，於同一圈獸徑不緊不慢地迂迴。就算那樣警惕，四面八方通透的鐵欄還是暴露了動靜，是故那機敏便很像一種兒戲。兩個大叔坐在欄外長凳聊天，那山貓就趴在正後方灌木叢，伸展身子靜靜注視。不知是偷聽，湊趣？想打獵，還是想出去？猞猁，山貓，林独。華美貓科動物，有許多自己也不知的名字。

成年後很少再去動物園。還住上一座小城時，偶爾會繞遠路，到野地邊上的鹿園，付一歐，從販賣機搖出類似孔雀捲心酥的飼料。只要捧著零食飼料盒，小路兩側成群的鹿與羊便水靈靈亦步亦趨。鹿嬌柔，羊略帶執拗痞子氣。餵不及時，羊便生氣，蹬鐵欄，發出咩咩真聲，欄外的人們全笑到發抖。那裡的馬兒也溫柔知事，一生功業便是帶給難以融入人群、難以藉社會化滿足成長的人，碎金般交流的歡樂。

那些互動令我快活，令人相信人與動物可以相互依存甚且一起變好。但有的動物天生需要打獵，需要巡視，需要流浪，需要戰鬥，在遠離文明之地自成王國。入了人間，王國秩序便只能崩解。園子的斑馬、鴕鳥走得異常遲緩，再不必奔跑、跳躍、遷徙，牠們的精神似乎也一點一滴與肌肉同步萎縮了。是故那些只能透過圖書習得，於現實生活幾乎找不到的姿態，比如悠游、翱翔、狩獵，自然也顯得游談無根。那撒開腿的疾馳，護衛幼崽風塵僕僕的奔逃。吃與被吃，得手失手，充分活用每寸感官與肌肉？那像上輩子或別人家的事。

成年後還進動物園，與其說看動物，不如說有點懷念那種大人隨口說說就雀躍不已的：動物們遠離草原，遠離大海，就為了和我見面，世界大同健康的親厚。現在入了園有小鞋還沒脫的怪異，有些惆悵並默默發覺，自己與動物彼此都很難再盡情。有一種明面如生活公約的自由，也有一種常人不理解，試探邊界幾至無垠的自由。人人都愛說自己自由，叛逆，有個性，但真正搆及這些的生命，或許打從最初就很難真正被看見。能在日常付張小鈔一覽無遺，對那類生命反而是一種不幸。

從另一條小路慢慢繞回山貓領地。小猴在鐵網前掘草，狐獴站上岩石神經兮兮地守望。這回山貓仰躺在栗子樹下，捲曲前肢凝望天空，很忘我很頹廢的模樣。此處更無遮蔽，空地上幾塊裸岩堆垛成碎羽零落的餐窟。牠倒不像試探邊界時那般戒慎，蜷掌坦腹，對外頭人來人往顯然毫無興趣。像招財貓，也像裝死。野性難馴自覺被困養，與家貓忘乎所以的嬌憨，不知哪一種才是牠理應去過的生活。現在人們當然樂見動物有感情，有思想，甚且開明渴望跨物種共感交流。但若真可察，一個最直觀卻必定會被忽略或曲解的感受，大約是痛苦。我們也必會用五花八門綿密的說解，去稀釋、潤色、展望那些痛苦。可以放大解釋動物的爽樂，但最好不要放大解釋動物是否有負面情緒，因為快樂可以大方分享，痛苦卻有許多我們不了解或至今無解的原因。

有媽媽對孩子說，看，那隻小貓多可愛。

那些親人的，類人的，幼小的，好養活的，即使艱難，總還能嘗試舒展個性，令人認識牠們獨特多元的，自我。可惜有些生命注定不可能。當本能成為特技，抑鬱也可以是奇觀。和山貓說再見，我走著走著就憂鬱了起來。

——原載二〇二二年一月《幼獅文藝》第八一七期

王麗雯，台北人，波昂大學東方與亞洲研究院博士候選人，曾獲國藝會創作補助、文化部青年創作補助、金車奇幻小說獎、台北文學獎小說獎、台大文學獎小說獎、林榮三文學獎散文獎、菊島文學散文獎、《幼獅文藝》youthshow等獎項，著有《魚巫遺事：人臉大陸軼聞集》。

清明／背耳與嬰兒／機械鳥之冬——張惠菁

清明

春天的微雨日，巷子裡的老樹結了細小嫩綠的穗花，散在地上，浮在空中，行人走在植物的夢中。接近名叫清明的節氣，人去和逝者說話，為他們整理居所。

有一種想法是祭拜祖先，請祖先庇佑子孫。自從父親過世，成為逝者後，我變得討厭這種想法。可以放逝者自由嗎？有必要拿我們此世的事煩他嗎？覺得放予自由是一種尊重；覺得生前死後都被責任束縛又是何必；覺得「因為是自己的父親，所以死後必須保佑我們」的想法，是不是有點太情緒勒索了。

反過來，對動不動說「數典忘祖」的人也覺得同樣討厭，覺得這是拿祖先情緒勒索與自己同在此世的人。逝者已經化去，其變化自由超過我們想像，或許已上了另一維的高度，或許已經成佛，或許是如科幻片《星際效應》中太空人所遇見的，熠熠生光流動於五維空間的存在，微笑看著地球這小小星球在時空中變化。而執著於此生者還想定義什麼樣的行為是數典忘祖，以此教訓他人，其實圈出來的，或許不過是他自己在此世裡的計較綁縛罷了。我討厭生者如此小看逝者、小看或許早已出離超脫到此世時空之外的「前」人類。

今年母親去掃墓前，不說祖先保佑。母親說：「我去和阿公阿嬤說說話。」這我感到我能明白了。比起求祖先保佑，這是我較能理解的情感。

清早她出門前，我泡了阿里山的紅茶，她用保溫瓶帶了去。媽媽回來後說，大家按習俗供酒，她想到，阿公阿嬤不喝酒，她便供了一杯茶。

我想她竟很自然地，不僅是跟隨習俗，而是做出了一種她向逝者致意的方式。在生與死之間，竟有了這樣一次平淡湧現的、意義的迴圈。我忽然感受到當中的溫柔。覺得自己心中有一根刺被放下，收起了。

清明是春天。有新的嫩芽冒出，種子落地，蟲蠡蛻變。今晚又下整夜的雨。凌晨三點醒來，翻起手邊的書。這是拉圖的《面對蓋婭》：

「人類世的關鍵正在於此。我們並不是要一個小小的人類心智突然間被傳送到全球，因為無論如何，這球體對他來說規模實在太過於巨大。關鍵在於：我們必須讓自己鑽進、裹進愈來愈多的迴圈裡，從而逐漸經由一條又一條的線索，更恰當地認識我們的居所與大氣條件，並感受到此知識的急切性。把自己包裹在迴圈形式的感應電路裡，這種緩慢的操作即是『存在於地球』的意思。但每個人重新學習這種存在方式。這跟『自然裡的人』或『全球上的人』毫無關係，而是各種認知、情感與美學價值緩慢而逐步的融合（全賴這些價值，迴圈才變得愈來愈清晰可見）。每通過一次迴圈，我們會變得對我們所棲息的殼膜更加敏感、更有反應。」

破曉前回到床上補眠。呼吸深到腹部，吐出，一次次空氣的迴圈。

——原載二〇二二年四月四日《自由時報》副刊

背耳與嬰兒

沿著背骨脊椎的兩側，長出了各一排的耳朵。它們在風中張開，傾聽那些難測的頻率。在我下方是太平洋，傳來海浪，與火車的行進。火車由遠而近，又由近而遠，交換在某個中介點上發生。

這是一條知名的古道。我行經緩坡丘陵，來到山巔，之後的路徑會直下到海面。在上山的途中，有一百五十年前的石碑。那時，曾有用漢字思考，心中懷著漢字形狀的人，來到這裡將字深深種進石頭裡，成為青苔的同類。山在生長，樹根在土裡鑽洞，季節到了樹梢又長出新葉，五色鳥鳴叫，這些是一百五十年前來到這裡的官員聽不太懂的語言。但他心想，他是一個官，是管理這裡的人，應該說些什麼，而不是聽些什麼；應該定義這裡、降伏這裡，像他的名字「明燈」照亮霧氣繚繞的地方。於是他寫了陽剛氣十足的「雄鎮蠻煙」，他想「虎」字適合風大的地方。這些字留下來了，變成山的一部分。山繼續生長著。地震的時候，樹和字和石頭也一起欣欣然搖晃著。起風的時候，虎字也開心地被穿山過嶺的氣流拍擊。

在書裡讀到，日本三一一震災的南三陸地區，在明治時代也曾被海嘯襲擊。有的地方記得這個記憶。有小村當年立下了「海嘯會到這裡，此處以下不得蓋房子」的界碑。三一一時，界碑以上的區域果然沒有受到海嘯襲擊。人類試圖留記，超過自己壽命長度的經驗，傳遞一些與變動的地景有闢、與自身試圖附著其上的大地有關的訊息。有的被記住了，有的被遺忘，直到海嘯再來。泰雅族神話中，射日的勇士是背著嬰兒出發的，沿途吃的柑橘，種子都留下來種入地裡。途中勇士老去，嬰兒長大，成為勇士，代替父祖完成射日的任務。然後他們出發返家，沿柑橘樹而行，以前人種下的果實為糧，一路返回他們在襁褓中便被帶著離開的部落。

遠方正陷入戰爭的國家，有著代理孕母的國際產業。此刻懷著他人孩子的孕婦，剛出生的嬰兒，還有冷凍胚胎，都一起在當地被戰火圍困。航空公司班機停飛，孩子們法定的父母在遠方著急。這些原本一出生就會送到各國、送到他們父母家中的孩子們，現在忽然有了共同的戰爭經歷。原本在他們未來的人生、家庭的敘事之中，身為胚胎和剛出生的階段（「代理」階段）應該不是一個特別會被述說的時期，現在因為一場戰爭，這段經歷延長了，而且變得獨特。不是一個生下來就立刻被抱走的孩子。是一個與孕母，子宮，防空洞，在一個地方、與一個國家相連，與世界正在寫下的歷史相連的孩子。

——原載二〇二二年三月二十一日《自由時報》副刊

機械鳥之冬

長久以來囚禁在我體內的機械鳥醒來了。

在左脛骨位置，於我這個人類的時間之中，出現了它的意識。

我越過體內亂葬的山形觀望它。它回望我以碌碌的圓眼睛。

起初它保持不動。僅以意識的在場讓我覺知。那意識微細而分明，忽然地出現了。某一個時刻之前，它不存在。某一個時刻起，它存在。僅此而已。是否此世間所有的生物也都是如此？在受孕、或細胞分裂的時候，忽然地，從零切換到一。存在即時間。存在是時間的一次覆寫。

既已存在，我便再無可能忽略它。也無法加速它。有很長時間它毫無動靜，彷彿需要時間開機的電子裝置。漸漸它不只是意識。它有了動作，它試圖展動，它啄理生鏽的翅翼，吱嘎出聲。它在適應著，適應那在它不存在的時間裡，被靜置凍結的，物質性身體的物理極限。

我想我需要去到多霧的地方放生它。正好名喚北岸荒地的地方召喚我，於是我去。在清晨搭上了巴士，巴士開上了公路，又盤上一段淺山丘陵。到了在山間的這個聚落，我下車。北岸荒地已經不荒。那地名是將近兩百年前的視角留下的暗記。那時，這地方在移入者眼中，還是一片——在山的中間、河的北岸，待開墾的小塊平野。或許不至於是荒地，但是是平地，待墾之地。那時他們用自己的語言、將這塊地方重新命名的方式，其實是它的操作型定義。荒地會朝向田，或者梯田演變。原來住在這裡的原民會離去。北岸荒地這個名字，只是一個在時間裡暫定的印記。

天氣略涼，人潮漸漸聚集。這裡現在是有幾千人日常生活的聚落。我以為會遇見的霧並不來接近，隱身在山的那一邊。然而即便如此，我體內的機械鳥已經感受到霧的存在。它在側耳傾聽，舒張著自己。它在打開，在呼應，探測一種於語言和暗喻的瀰漫性空氣水分子中展翅飛行的可能。

於是我想起來了，這隻機械鳥——它是我靈魂中的急驟短促。我曾靠著囚禁它之力，搶渡過多次人生的急流。如今它運轉，動作，擁有意識，朝向更遠處的神經束傳輸訊息。它撲動身體，準備飛行，重新演算航道與邊界的位置。而憑藉它這一切窸窣的動靜、它的醒轉與連結，我獲得回音般的照見。原來如此。我也是被囚禁在、或位處於，一更為巨大的存在或身體當中。已經很久了，從此刻開始。

機械鳥離去時，我的腳踝獲得了新的意志。

——原載二〇二二年一月七日《自由時報》副刊

張惠菁，台灣大學歷史系畢業，愛丁堡大學歷史系碩士。著有小說集《惡寒》、《末日早晨》；散文集《流浪在海綿城市》、《閉上眼睛數到十》、《告別》、《你不相信的事》、《給冥王星》、《步行書》、《雙城通訊》、《比霧更深的地方》；傳記《楊牧》。現為衛城、廣場出版總編輯。

險境——柯裕棻

人在年紀小的時候經常想要「出去看看」，想看沒看過的人事物。城市長大的想去山野，山邊長大的想去城市。路途上若需要克服什麼問題，那也是旅程的一部分，是難得的「意外」經驗。若真遇見什麼危險，反正也是替未來的自己累積一些回憶。萬一真有什麼變故，那就再想辦法吧。仔細想想，真能化險為夷的根本不是八字或運氣，是年輕的能量。

關於險境我們有許多濃淡不一的動詞和聯想故事。通常「探險」隱含著成組出現的恢弘畫面，例如大航海時期那種留白的世界地圖，邊上畫著怪物和大魚。大山大海大沙漠，以虛線標示不為人知的路徑——人幾乎不存在，但也無所不在。像斯文・赫定或是法蘭西斯・楊赫斯本的故事，是十九世紀西方帝國遠大的夢想和凱旋。或是更千鈞一髮的「歷險記」，像朱爾・凡爾納和馬克吐溫的故事，敘事的重心稍微收窄，主角在自然和社會的險路裡起伏，對抗龐大的難題。驚魂甫定平安歸來時，不乏一絲英雄的回顧視角。

而離開常軌、逸出常規的「冒險」是可大可小的人生經驗，碰觸任何未知領域的事大概都能算是冒險。不尋常的險境也許是抽象的，損害也未必具體，所得或所失也不一定是能夠描繪或預期的。但也不像「涉險」這樣有一失足就回不來了的感覺，涉險像是雙腳陷在沼澤裡一不小心就要被鱷魚咬了。

我不大愛冒險，出去玩不會特別往危險的地方去。但人只要出門就難免遭逢意外，幾次身臨險境都是事後回想才感覺不妙。我想最險的也許是廿年前隻身從日喀則搭小貨車往拉薩那一段路。連日大雨，中尼公路坍方好幾處。小貨車超載乘客，塞滿滿的大概卅人，還有兩隻羊。車子重心極不穩，遇見坍方全部人就下來搬石頭，在泥裡挖出凹槽把車推過去，如此反覆。最窄處一邊是滔滔的雅魯藏布江，一邊是巨大泥土堆，江水洶湧就在腳邊隨時要吞噬上來。那一路彷彿國家地理頻道的紀錄片。我和卅幾位藏人費了比預計更久的時間，渾身是泥，終於安抵拉薩。這樣的時候反而不怕，不像走知本吊橋那樣腿軟。當場不知道要怕，就沒有冒險的感覺了。

另一次還知道要怕的，是在美國的芝加哥。我莫名訂了很不妙的住宿。入住時櫃檯人員的眼神欲言又止的，我不知道她是擔心還是好奇。整棟大樓靜得不可思議。通常超大型老建築會有一些吱吱呀呀的風管或地板聲響，而且大旅館總是會有吵鬧的客人或是清掃的推車，人其實能夠透過各種細微的聲響來辨識周遭的生物活動。我完全沒有聽見任何人走動或出入，也沒有講話或電視的聲音，沒有樓上或樓下哪一房的客人洗澡的水聲。我感覺這是一棟全空靜止的大樓。我冒險到走廊上從一頭走到另一頭查看，長長的走廊一路走過去，能感覺每個房間都是暗的。這簡直像電影《鬼店》。我不知道這旅館是不是剛出過什麼事所以才這麼空，網路完全查不到什麼新聞，後來也不敢再查，我把窗子大開讓廿幾層樓下的街市聲流進來，天一亮我就馬上逃了。

還有一次大概是畢生難忘的旅途。母親很會開車，日常出入熟練得很，甚至能單手倒車，但幾十年來都在台東市區內活動，幾乎沒開出市區。之前她身體還很好時，某一天突然問我，我們開車去花蓮好不好。我說去花蓮完全沒計畫要玩什麼呢。她說，只是想自己開車到遠一點的地方去，走台九線看看，過了池上那段從來沒走過。聽她這麼一說我也有點吃驚，台九線不知走了多少次，我自己好像也沒有去過池上以北那一段。那時候母親的車是暗紅色的克萊斯勒，又大又耗油。但她很喜歡那種老美國車，它代表的豐盛和自由讓她感到快樂。

那是洋紫荊花開的季節，沿路開滿粉紅洋紫荊。我們把車窗搖下來吹風，音樂放極大聲。為了防曬我把外套掛在窗上，風吹啪啪響，有江湖飄撇之感。

開過台九線的人大概都知道，車過鹿野往關山這一段非常筆直，踩油門非常爽，很容易超速。忽然有警車鳴笛，從後面逼近，要我們停車檢查。母親看起來不緊張也不擔心，甚至有點愉快。警察過來低頭看我們，確認乘客和後座。母親問，我們超速了嗎？警察說，超速是還沒有，這一段很危險，事故不少，速度請放慢，窗上的外套拿下來。就這樣放我們走了。

我說換我開吧。但她換檔繼續奔馳，一點都沒有因此而減緩。也許她想要冒個小險。

我們到了花蓮沒做什麼，市區繞一圈，買餅乾，看海，從台十一線沿著海開回台東。從北往南的海岸路線經過加路蘭港，就差不多等於回到台東市區了。開快車冒險一整天的母親這時忽然說：「我問你一件事，我們把話說清楚。」

哦天啊。這種時刻比任何冒險都讓人害怕，每一次她這麼說我都知道要怕。我常覺得，日常生活裡沒有什麼比跟誰「把話說清楚」更險的了。險的當然不是需要說清楚的那些話——語言是具體的音和形，是能夠明白處理的物質。未知而且隱蔽的是對方的心思和立場，把話說清楚等於是坦承表露自己的心意，跨越對方的邊界。跨過去了才會知道，那裡是一片草原還是峭壁，會被冰山撞擊或是、或是什麼也沒有。

而且跟母親是無法把話說清楚的，今天說清楚了明天又開始模糊。我覺得母女關係像那種留白的航海探險地圖，有許多虛線不確定的領域和路徑，一不小心就會碰上角落的怪物和大魚。

她說：「你覺得我是不是一個好媽媽？」

我沒想到是這個。這個問題的答案只有一個。但接著埋伏了什麼了題嗎？她要導向什麼主張嗎？我能應付之後的問答嗎？我謹慎盤算一圈之後小心問：「為什麼？我做錯什麼了嗎？」

她說：「你就不能直接回答我嗎？」

我又盤算一陣，說：「當然是啊，你看看你的產品有多好。」

這答案是正確的，但母親大概覺得我閃躲，她可能有些掐算了一整天、整路的事，終於沒說出來。

母親從來不是要「把話說清楚」，她要的是我始終搞不清楚的別的答案。我在多年後的現在有點明白，她把我的不合時宜都當成她自己的失敗，她曲折探測，尋求的是我的安慰。

——原載二〇二二年九月《新活水》第三十一期

柯裕棻，一九六八年生於台東市，祖籍彰化市。美國威斯康辛大學麥迪遜分校傳播藝術博士，現為國立政治大學傳播學院新聞系副教授。主要研究領域為視覺文化理論、媒介社會學、電視文化史。

文學作品有散文集《洪荒三疊》（二〇一三）（台北國際書展大賞入圍、紐約時報中文網年度最佳中文書）、《浮生草》（二〇一一）（台灣文學獎入圍）、《甜美的剎那》（二〇〇八）、《恍惚的慢板》（二〇〇四）、《青春無法歸類》（二〇〇三）。短篇小說集《冰箱》（二〇〇五）（曾改編為公共電視單元劇；單篇法、日文譯本）。編有《九歌一〇二年散文選》（二〇一四）。曾多次入選年度散文選、台灣文學選、國高中國文課文。

過彎／安德魯——江鵝

過彎

第一次到汽車論壇爬文是為了買車，二十幾歲人預算拮据，行前調查特別審慎肅穆，我在幾週內讀完網上所有國產小車評比文，意外歸納出一個做夢也夢不到的事實：過彎要加速。

沒有額外解釋，彷彿汽車過彎時含著油門增加抓地力是個常識，高手在這個常識之上探討新車的動力和穩定性，顛覆我對駕駛的認知，我一直以為行車以「慢行」為安全，因此「彎道」這種複雜的路況應該一路「剎」著減速才對。

原來並不。剎車在進入彎道以前就要踩，讓車子用可控速度滑進圓周運動，到達出彎預備位置再以油門提升扭力，加強抓地，離開彎道。入彎的自持收斂，成就出彎的噴射穩健。我驚喜驗證這項知識，覺得國中物理教的是真的，雖然沒膽在入彎出彎之間操練甩尾飄移，但是非常享受底盤隨著油門降沉蓄勢那一下，幽微的決志。

開車迷人之處首在馬力，而馬力之所以迷人，是因為連著腳底板。腳底板把意志榫進車身，具象成引擎轉速，執行我對自由的趨向或背離。我的腳底板，我的意志，我的趨向，我的背離。無論前路死活，永遠忠誠私密。

車裡的他人只能後知。吃進太多甩尾才反著胃知道被過山的意志拽了一程，或，驀然抬頭發現渾然不覺過完一座山，才意識到駕駛座上那個人雖然頭沒轉過來幾次，卻在腳底和油門之間牢牢墊著一顆低反發的心，把原本該扭該甩的收進自己。

後知倒不是人人有，熟諳駕駛才安得上這心眼，要不然過了險彎也不覺得重大，吐了只當是早餐不好，沒有按不按捺，談不上拽與被拽，山前山後兩不相欠，無業無受。一旦學懂過彎，從此認得出腳底板下的意志量能，哪天搭著誰的車，羽生結弦似地滑過一段曲折，特別能看見那不只是抵達前的移動，更是一趟情義擔待。

造業莫過情義。人就是始終在業裡擔待著造業，才生出一切關於自由的意志，而自由路遠，沿途彎道無數，自持的剎車與穩健的油門練習難竟，開車載人與上車被載，因此都是情義，都在擔待。是愛與被愛。這話我有時候說得一腔柔情，有時乾澀得連嘴也打不開。

——原載二〇二二年四月二十六日《自由時報》副刊

安德魯

決定改個髮型，回頭去找久別的安德魯。回頭是我說的，對他而言我是新認識的客人，髮廊顯然換過線上預約系統，我還沒能列入現有資料庫，店裡的人腦電腦都不記得世上有我這個人，我和安德魯要從頭來過。

真的是從頭，他兩手伸進我的頭髮，上下挲按，從頭骨形狀開始認識我。接著梳順，審視髮流線條，去到瀏海的時候咦了一聲，我心知有些事實必須第一時間招認，關係才好長久：「我自己剪的，我是會為了懶得出門自己剪瀏海的人。」他發出長音的啊，不是驚訝的一聲，也不是質疑的二聲，而是表示瞭然的四聲，可以一個拍子啊完的音他啊了兩拍半，可能除了瞭然也感到了然。結帳時他威嚴囑咐：「別再動刀了！」我對他笑，想起兩年多前為什麼剪過一次以後不肯再找他。

那次也剪得很好，但他對我「男性說教」。mansplain，把man（男人）和explain（解釋）兩個字加在一起，意思是男性硬要對某事表達自認高明的意見，尤其對著女性。我算不上男性說教的受害者，言論只要稍微含金，或挾著情義，不管出自男人女人嘴裡，我都有辦法揀著營養吃補養身。要是通篇廢渣，走開就好，走開是物理性的智慧，可以排除人生大半問題。萬一對方不死心硬要教我，只好讓他發現他不是在場最擅長說教的那一個，教給他明白，說給他安靜。我不想打死這個動詞，這麼好用的動作，我怕我有時候比man更man，更遺憾想用沒得用。

兩年多前安德魯對我說話肯定同樣本著情義，他是我看瞎手機好不容易選中的標的，絕對是人才。問題出在我對髮型可以做的最大努力只到這裡，挑個不雷的設計師剪頭髮，剪完以後的養護一概懶得管，我哪裡聽得進他用那麼多命令句指導洗頭吹頭梳頭，只好走開。我走開一點也不違背他是人才的事實，我甚至同意他在專業上相當在乎我，想為我的頭髮負責，只是那個時候我用不上那種幸福。

這次不同，光靠我鬆軟的意志要撐過髮型轉換期太難，我需要他強勢的在乎，接下來這半年一年我會持續回去坐定聽他說話。至於會不會奉行，是未知數，他不許我自己剪瀏海，我只能對他笑，他還不知道眼前這個說話的對象是個自己也拿自己沒辦法的人。我比他還盼望有人能拿我有辦法。

——原載二〇二二年六月二十一日《自由時報》副刊

江鵝，一九七五年生，輔仁大學德文系畢業，來自台南，住在台北，曾經是上班族，現在是自由寫作者，經營臉書粉絲頁〈可對人言的二三事〉與〈Irene人類圖解讀〉，著有《俗女日常》、《俗女養成記》等書。

與調音師的午後——范亦昕

陰雨天，雨偶下偶停，無法預期，眾多的未知。包含調音師來到的時間也是。他早早打了電話給我，緩緩輕聲地說，他要早點出發，雖然離約定的時間還早，但下雨天他騎車慢，因此提早了點時間出發，希望我不要介意。並不介意，當天我已經把整個下午空了下來，為了迎接一架不確定還能不能用的琴入住。

電話那頭聽起來是有點年紀的先生，溫文儒雅感，有禮且客氣，掛上電話後花了三秒試著想像調音師會是什麼模樣，卻難以想像。其實人生中看過的調音師不多，小時候家裡那架老琴的調音師一直都是同一位，後期為了升學而不再練琴之後，幾乎也沒再請調音師來了。每隔幾年不時會接到調音師的電話，詢問要不要調音，也建議琴要定期保養，總是回說不用了，沒什麼在彈。想想很是可惜，一架琴隨著成長以及現實的磨難，便犧牲於時間之下。調音師當然也因此不再出現，最後一次有調音師來家裡，是屋子重建完工那年，請了吊車把琴吊上四樓，定位後進行了最後一次的整理與調音，此後琴又再度閒置於頂樓的落地窗邊，偶爾貓歇或者路過，剩下的都是灰塵。

搬上台北許多年，在外租屋更是沒有機會和琴相處。其實出社會後，也曾想過重拾彈琴這件事，可惜的是租屋處沒有琴，久久回老家一趟，也不太有機會把自己關上頂樓。幾年來和家人朋友們談論過好幾次，感嘆地說，真想在台北弄一架琴啊，荒廢的技藝真是浪費。幼時十餘年的技藝，在升學那年直接停擺，社會的期待希望我們這些鄉下孩子應該先好好念書，升學為重，生活陶冶甚或藝術家之路都是過度天馬行空的幻想，長輩說妳總有一天會把自己餓死。於是幾乎不再碰琴，原先拿來練琴的晚飯後時光後來都被無數的測驗考題以及各式筆記取代。沉默的琴見證了時光的流逝以及人生的轉折，也見證了我們如何從年幼跨入青春，再從青春步入社會，最後成為了巨大體制下一顆安於現況穩定運轉並且不敢做夢的齒輪。

調音師抵達的時候雨不大，但仍飄著細細密密的小雨，他上樓時全身乾爽潔淨，是一位平頭白髮的先生，口罩邊緣可見些許遮掩不住沒有刮去的鬍渣，穿著素色的T恤和牛仔褲，以及一雙黑色的長筒雨鞋，手提著一只充滿年歲但極具質感的牛皮硬殼工具箱。調音師很像路邊隨處可遇的大叔，可能在便當店、工地、雜貨店、熱炒店都可見到如此模樣的中年男子，和小時候來家裡穿著白襯衫年輕斯文的調音師不同，也和電視上看過的調音師截然不同。我們以為我們可以將萬物看得透澈，但事實上是我們永遠無法，你無法窺見一個人究竟擁有些什麼，也永遠無法預期某種特質只能以某些表象存在。這也正是宇宙萬物有趣之處，因為眾多未知，而永遠都有驚喜。

這日即將入住的琴是在網路上獲得陌生人的贈予。近乎三百公斤的直立式鋼琴，難以搬運也難以收藏，許多因故搬家或者必須移動的人們，面對眼前的龐然大物，大都只能選擇丟棄。另一種方式則是讓其有機會流通，找到另一個家。我懷著在台北弄一架琴的念頭數年，剛好這天因緣際會碰上了這架琴，遠端線上沒辦法確定琴的狀況是否良好，也無暇前往看琴，只能透過口頭盡可能詢問琴的狀況，以及了解主人與之互動的情形。老琴數年沒彈了，上一次調音是兩年前，外觀大致良好，少數烤漆剝落。細細檢視照片看起來狀況不差，琴身沒有嚴重損壞，琴鍵大致看來也還算平整。調音師得知我取得鋼琴的途徑後，哎呀了一聲，叮嚀我下次再也不要做這種事。他說，太多來路不明、品質參差的琴，非常難掌控狀況啊。我笑著說，這次就當是一次賭博，早已有心理準備，花了運費要是琴真不好，也只能當賭輸了。下次不會了，我說。他又再悶哼了一聲，不要有下次。

師傅以溫和的方式碎念著我，像是跟自己的孩子訓話般，同時他打開了工具箱，攤平在地上，裡頭沒有任何夾層與隔間，僅只一個單一開放的空間，散落著一些小巧的工具，以及一台套著皮套的調音器。他對我說，還好碰到了我，還好是我遇到這架琴。他敲敲鍵盤，撫摸琴身，隨後將琴蓋打開，細細查看所有的細節。空間很安靜，外頭下著雨，濕黏的午後水氣開始在琴房裡凝結了時空。

妳彈琴嗎？調音師問。小時候學了十幾年，不過荒廢了許久。我答。

那好，先整理乾淨吧，這些黴與灰塵，讓人不舒服。我教妳，妳好好看。調音師和我要了幾條抹布與牙膏，告知千萬不要上油、上蠟，他說台灣沒有真正的蜂蠟，真正上品鋼琴用的蜂蠟只有德國、歐洲才有，大多數便宜的蠟油只會讓琴鍵泛黃並且堆積出一層厚厚黏膩的臘膜。他擠出了一長條的牙膏在抹布上，搓揉散開後開始一一擦拭琴鍵與琴身，原先泛黃的琴鍵逐轉為亮白。牙膏的沁涼香氣四散，薄薄淡淡混雜入雨天的水氣中，眼前的老琴從衰敗沉睡的模樣開始甦醒。

民國七十三年，調音師說他那年入行，曾替施明德調過琴，那時年輕的夫人在宅裡盯著他調音；他奔走天母、陽明山、民生社區等地段替許多貴族們調過琴；他接過無數業界大師的案子，當然也被放過鴿子或者起過紛爭與煩擾之事；他也到過許多富貴家庭裡頭替名牌三角琴調音過，一間間典雅、裝潢精緻、一塵不染的琴房中央穩穩擺放著一架平台式鋼琴，大都來自歐洲知名製琴廠，這些家庭的調音行程是例行公事，時間到了就該保養，一年一次，而琴聲在這一年之中不曾被觸發，一整年的時間它們靜靜地立於一間又一間明亮乾淨且無人進出的琴房。調音師說我願意彈琴很好，他會替我把琴整理好，但我得彈琴。他拿著抹布順著木紋擦琴，一次又一次順過紋理，他滔滔不絕地說著調音的種種，一邊把靈魂注入眼前的琴。

理毛要順毛，擦琴也要順著木紋走，世界上的道理都是這樣的。

我想起也是音樂人的二伯以及他相識許久的老友，也是一位鋼琴家。聽著調音師講話，突然想起這幾位我生命中激起我對音樂熱情的男子，忽地意識到這些男子的氣質還真有幾分相像。溫和但並不是溫順無知，他們體內流著一種反骨的血液，否則又怎麼會在那個年代走上音樂的路，可是他們確確實實是溫和的。像是調音師不知怎麼地那天也聊到了政治，但語調仍然溫和，可是情緒中隱隱流露著巨大的無奈以及反抗感。是不是所有的文藝之人其實都擁有如同爆裂般的意識洪流，等著宣洩？自古那些辦學創報的文人雅士，或者寫詩彈琴的創作者，正是透過此種能量轉換，引爆體內的宇宙，也許是因為知道肉體的脆弱，於是明白精神的強大，而以此方式作為一種戰鬥的手段。

被拆解的琴在我面前毫無保留地裸露，鋼的琴弦、羊毛琴鎚，連接琴鍵的木條像是鋼琴的骨骼，血液是共振的頻率，而靈魂是彈琴的人。調音的過程中調音師隨手按壓了數個琴鍵，同時在頻率震盪的過程中以工具調整旋鈕，使鋼弦的張力變化，聲響在空氣中微妙地轉換，很輕微的共鳴變化，學音樂的人大都可以辨別其中差異，但調音師卻從未學過音樂，他說他是看不懂五線譜的。可是他如此敏銳，並且對聲響的察覺如此細膩，經過他調校的琴聲是充滿生命力並圓融和諧的，且當他隨手滑過琴鍵時，流淌而出的都是優美的樂曲。但他不懂五線譜。

用聽的。我聽了一輩子了。

民國七十三年至今，將近四十年，這男人的一輩子都在一架又一架的鋼琴之間盤旋。早期台灣調音師不多，算是風光的職業，文雅、特別且稀少，如今四處是調音師，並且加上科技輔助，產業似乎邁入一種落日的光景。公司也曾要他四處打電話詢問是否需要調音，仿如業務開發，有客人才有收入，沒客人的話也只能乾枯蜷縮在窄仄的辦公室裡殺時間，領公司每個月幾千塊的基本薪資。還好他要退休了，他說。

曾經看過一本書，寫的正是調音師的故事。調音這件事，以科學的角度來說頻率有其標準數值，但每架琴有不同的紋理結構，材質、木料、手工的細膩度以及各種細節的差異，使每架鋼琴都有它獨特的個性。因而精準的數值是沒有辦法完整表達出一架琴獨有的性格的，像是社會的框架、法規或者辦法有其標準，但當人類完全遵循一套脈絡而沒有自我以及差異性的話，那我們也不再是我們自己了。書裡的調音師懂得感受每一架琴的獨特性，在極細微的差異之下找到最合適的共鳴，也許其中對於某個音準其實有著些微的偏差，但那個偏差卻是恰恰適合那部琴表達出自我的最完美方式。

我眼前的琴在經過調音器的科技調校一輪後，調音師放下了器具，只剩下一雙手和耳朵，這是最後的步驟了。他從第一鍵到最後一鍵，以基本和弦走過一輪，並進行細微的修正，使所有的和弦都是以舒適和諧的方式呈現出這架琴的性格。從Do到下一個Do之間，剛好是十二鍵；時間一圈也是十二點；一年也是十二個月。十二是一個完美和諧的週期，調音是要達到完美和諧的週期，沒有偏差，讓人感到圓滿且舒適，像是人生。調音師放下了工具，靜靜看著琴，優雅地對我說，好了，希望妳喜歡它。

臨走前，他和我要了一杯水，喝水時他笑說，戴口罩的好處就是不用刮鬍子。我想起老家的那架琴，下次有機會要請他來整理那架琴，那些滿布的灰塵、堆積的廉價蠟油或者歪斜的琴鍵，以及一架琴瀕死的靈魂，若是由他來處理，那些以為再也無法做的夢都可以再次發光的吧。他說好啊，沒問題，到時候有機會讓妳請我吃碗麵，陽春麵就好。好啊，當然。

——原載二〇二二年十二月十三日《自由時報》副刊

范亦昕，一九九一年生於桃園，遊蕩台北數十年，輔大資管系、國北教大語創所畢，現職行銷企劃。專長是寫些日常廢話，作品偶爾見刊於報章雜誌，曾獲教育部文藝創作獎、聯合文學全國巡迴文藝營微型文學獎、北二區學生聯合文學獎等。

沙龍碎記——林薇晨

最初大約是為了預約的緣故，我們開始在Instagram上互稱姊姊與妹妹。我傳訊息過去：「姊姊，這星期五下午三點可以做指甲嗎？」那邊已讀，回覆：「妹妹，三點我有客人，你六點方便吧？」方便方便，總是方便的，因為我是一個無所事事的人。剛剛從學校畢業，既不想上班，寫作也是有一搭沒一搭。

美甲沙龍小小的，開在台北最普通的步登公寓三樓，也沒有招牌，客人都是祕密地來，祕密地走。我總在寄出一篇文章後的空檔來到這裡，重新設計十指的指甲，每三個星期一次。

美甲沙龍裡的姊姊，紮起鬆鬈的半短髮，穿著宜於伸展的寬袍大袖的睡衣，幫客人搽指甲油時兩眼睇下，睫毛長長地掃在臉頰上，眼瞼的弧度是兩道清淺的微笑。那樣端凝的專注，任誰看了都不忍打擾。然而姊姊卻是十分健談的。「最近寫作怎麼樣？」姊姊一邊確認指甲油的均勻，一邊詢問。「也沒怎樣。不知道以後要做什麼。」「不知道做什麼，來幫我開店好了——開玩笑的啦。」我散漫地附和，就當只是玩笑話，然而擁有一份安居樂業的生活，該是何等貴重的事情。

有段時間我因為打字而得了肌腱炎，去復健診所復健，也遇到姊姊幾次。她的右手因為美甲工作也痠痛不止。我們就在接受電療與蠟療之際，延續在沙龍裡未盡的對談。離開診所，姊姊開她的費加洛汽車載我，去花市，去花店，因為沙龍的茶几上總要擺一束香水百合。一起出門的日子，姊姊總是雜誌模特兒一般，穿一件黑灰毛衣搭金屬光百褶迷你裙，穿一件橙黃麻料長洋裝搭皮革腰封，穿一件刺繡白襯衫搭丹寧拼接喇叭褲，然而腳下永遠是一雙平底球鞋，開車時這樣的鞋子好踩煞車。

在汽車上，偶然聊到「為什麼要開美甲沙龍呢」這樣的話題，姊姊笑道：「指甲是很浪漫的東西啊，你不覺得嗎。指甲保護人體，人也保護指甲。我保護了你，也被你保護，這樣的關係很浪漫啊。」她熟練地操控著方向盤，娓娓說出自己的職業的道理。她善於美甲，也善於開車。她經常說有一天她要帶著全部的美甲家私，開車到處流浪去。

晚春的午後，我去沙龍，茶几上的花瓶裡立著新鮮的香水百合，每朵都開得張牙舞爪。空氣中遂浮泛著似有似無的芬芳。姊姊旋開了足浴椅的水龍頭接一杯水，又放進一錠搗碎了的阿斯匹靈，用來灌溉花瓶裡的百合，可以延遲花朵的萎謝。我在旁邊挑選這次要搽的指甲油色號，她拿剪刀修剪起了百合的花蕊，將雄蕊的花藥一枚一枚剪除，對我抱怨道：「這些花粉好沾黏，沾在手上衣服上都洗不掉！」我暗暗想著，這也許也是一種百合的mani-pedi。

百合有百合的修繕，可是姊姊自己的指甲，從來沒有一次是完整的美色。有時是因為參加美甲比賽，每隻指甲必須修成不同形狀，方的，圓的，加上不同的顏色與圖案。有時是因為太過忙碌，自己幫自己做的彩繪來不及做齊，幾隻甲面空在那裡，懸宕許久，新的指甲生長出來，舊的造型又要卸掉重做了。

偶爾我到了沙龍，上一位客人的指甲還未完成，就坐在客廳的小沙發上等候著。姊姊總是和誰都很有得聊的模樣，不拘男女老少，不拘什麼話題。某次，一個妹妹正在上最後的指緣油，一邊慘慘地道：「他就說因為我還沒手術，所以不能在一起，可是等我可以手術又不知道還要多久。」姊姊問道：「大概還要多久？」「拿到第二個精神科醫生的診斷書可能還要一年吧。」姊姊眼皮並不抬一下，依舊是那樣兩彎清淺的微笑，只低低道：「他會這麼特別，是因為你很特別。你很特別，所以你喜歡的人才是特別的。」妹妹忽然就哭了起來。揩掉淚水的指甲上，閃著剛剛安裝上去的，亮麗的珠與鑽。

所有的姊姊都曾經是妹妹。以妹妹的身分活得太久太久，終於有一天，轉身就開出了百合孤挺的姿態。不是無依無靠，而是不依不靠，但是如果有誰需要，她也可以拍拍那肩膀，給予一場花氣襲人的摟抱。

姊姊收掉美甲沙龍之前，我最後一次去做指甲，付帳之際，她送我一組指甲油禮盒。指甲油的刷頭仿造歐式的鵝毛筆，整罐看起來就像筆桿插在墨水瓶裡一般，等待揮灑於指尖。「很適合你！要繼續寫文章噢！」姊姊提醒似的說道。那是我第一次感覺到，美甲和寫作，其實是同一件事情啊。搽上指甲油，我的指尖就成為五彩斑爛的能指，可以指出許許多多的所指。

現在只能在Instagram上看著她了。姊姊開著她的費加洛汽車，去到遙遠的城市與城市，過上她期待的快樂馳騁的生活。最新一則貼文，她在那裡寫著，上次汽車的烤漆給灌木叢的樹枝微微刮壞了，但是沒有關係，她拿她手邊的指甲油，從無限連續的漸層色號之中，找出一罐和車身顏色相同的，輕輕一刷，那細小的傷痕就幾乎看不見了。

——原載二〇二二年五月《新活水》第二十九期
收錄於二〇二三年一月出版《金魚夜夢》（九歌）

林薇晨，一九九二年出生於台北，政治大學新聞學士、傳播碩士。曾獲林榮三文學獎散文獎、新詩獎，作品入選《九歌一〇九年散文選》等數本選集，著有散文集《青檸色時代》、《金魚夜夢》。目前於國語日報社擔任編輯。Instagram: rabbited92

這樣也很好——鍾怡雯

過了中秋還是熱。比夏天還熱啊，結帳時，熟識的店員這麼說，沒有秋天了。兩點剛過，陽光燙得車頂發亮，再折射進入已經瞇得很小的眼縫，仍然刺眼。這條市中心的街道沒有人車移動，畫面停格，一切都很超現實。左右肩各懸著爆滿的購物袋，打開熱手的車門，物和人塞進車子，開始下一站的採購。

這畫面不是夢，是疫情下的某個秋日午後。家裡缺糧就做購物的夢，夢裡買菜買水果，去的還是平常光顧的店，只是擺設改。醒來時多半還記得情節和細節，遇見誰說了什麼，買了哪些物品，夢裡的心情如何。非常無趣，不做也罷。疫情之後，現實反而像危機四伏的夢，沒有盡頭似的，令人心煩。

秋颱擦邊過的黃昏，我在陽台灑水。一抬眼，火紅夕暉燃燒的晚雲，飛機橫越。突然非常想念候機室，想念倒數出發的心情，想念十幾年來，冬天撐著瞌睡的眼，半夜飛巴黎的日子。離家的迫不及待，一點點不捨。跟小傢伙說過再見，把行李裝入計程車，穿越燈火裝飾過的，陌生的中壢夜景，往機場疾馳。只有遠行，才會在接近入眠的時間離家；通常九點以後出門，就是要飛歐洲了。高空半夜的候機室有種做什麼或不做什麼都好的一派輕鬆，讀一本雜誌，翻翻書，就等登機廣播。高空中醒醒睡睡，吃吃喝喝，十三個小時之後，抵達巴黎，一個嶄新的旅程便開始了。

或許，那才真是人間蒸發，夜間飛行的夢吧。人類突然遭逢了一場莫名的突變，整個世界陷在循環的焦慮和恐懼裡。無論在陽台或開車，只要看見飛機的蹤影，總要默默目送。這些日子以來，真是插翅難飛啊。四年多沒返馬了。最後一次飛行，是疫情前兩個月，十一月中，趁著期中考去了一趟喀什和西安。如今，新聞全是病毒，逃不開的染疫的數字和恐嚇。入睡前，那一櫃為旅行而買的指南和手冊伴著紅酒，成了安神劑。一連幾天，我在夢裡遠行挪威，隔天到日本，再隔幾天飛新加坡，還飛了兩次。還有一些破碎的異域夢境，依稀感覺一切都新奇，夢裡尚知身是客。以往的夢多半跟家，或者家人有關；貓不見了，大驚嚇，半夜起床上樓找貓。連續幾天離家的夢很罕見，大概是太久沒出國，靈魂關不住，撇下肉體，自個兒出去玩了。起床之後陷入夢境，魂好像真是遠行了，恍惚懵懵大半天。

旅行遙不可及，尋常日子很奢侈。

以前想去哪就去哪，買東西或閒逛，想都不用想，跳上車便自由來去。現在連去公園曬太陽都有點遲疑，雖然戴著口罩，也總擔心，該不會，剛巧跟病毒相遇吧？進市區多半採買三餐所需，家有餘糧才心安。豐衣足食撫平恐懼，買東西可以抒發情緒。拎著大袋小袋時，我總想起囓齒類。牠們把臉頰當購物袋，食物使勁往裡塞。鼓成頭大身小不成比例的模樣很好笑，也令人擔心，萬一撐爆了，可是真的沒臉啊。

一樓小客廳原是圖書室，如今四面書架有一半出讓給各類乾貨、醬料、米麵、五穀雜糧、油、紅酒、茶葉、保健品，可以開一間迷你雜貨店，做點小生意了。送走多年沒讀，應該也不會再讀的書，努力照養脾胃之後，開始有點人樣，練就倒頭就睡的本事。有個畢業多年的學生，最常叮囑我好好吃飯，乖乖睡覺。她很傳統，按三節給我寄禮品，外公煉的老香茅油，她釀的梅酒、鳳梨酒、葡萄酒。自製的手工香皂、乳液、面霜、身體乳、護唇膏，連紫雲膏、香茅膏都做得出來，還分隨身版和家庭版，簡直煉金術士，哪天寄來長生不老藥也不稀奇。她研究星象，很常給我各種提醒，最後一定總結，老師你一定要好好吃飯。說也奇怪，書本雜誌讓位給雜貨之後，多食少想，身體倒是強健多了。難怪從前母親總嫌我，讀那麼多書做什麼，頭腦都讀壞了。

巧婦難為無米之炊，所以愛買。一週至少兩次。那是我的放風和放空時間，常去的就那三、四家店。店員像朋友，知道我的喜好，來了數量少的好物都會先打電話問我留不留。購物兼玩耍，滿載而歸，心情大好。疫情之後，每一次出門變成冒險，一不小心就可能犯難，真是折磨。一次購足是我努力，卻從未實現過的目標。進了車子雙手要消毒，方向盤順便殺菌，要不厭其煩，即使厭煩了也得提醒自己，再沒有比染疫更麻煩的。這樣的日子過了一年半，養成隨身帶奈米銀和酒精的習慣，進出車門或家門都要噴一噴，去哪裡雙手都得殺菌。世界突然變得很危險。或者說，被渲染得很危險，埋伏著敵暗我明的病毒，得盡量減少出門，不要跟人太靠近，即便是熟人。

可是，不出門，日子要怎麼過？

疫情最壞的時候，同事去大賣場，問我要不要買衛生紙。順便啊，減少染疫風險，反正週末要大採買。衛生紙從賣場出來進同事的車到學校，再換車回我家，是不是太費事太波折？

居然也讓這樣的事情發生了。

拎著二十四包裝的衛生紙離開研究室時，虔誠祈禱千萬別遇到熟人，非常希望臉上戴的是面罩，而非口罩。結果，電梯門一開，三個學生齊聲大喊小鍾，都視訊上課很久不見啦（那你們來學校幹麼）。其中一個伸出手來，我幫你提上車吧（好孩子，如果是書，一定讓你幫忙）。這麼一耽擱，打掃的阿姨剛好經過。她盯著我手上的龐然大物，帶著盈盈笑意進了電梯。我匆匆結束對話，讓衛生紙繼續它的奇幻旅程。得來不易，用得格外珍惜（請不要問我怎麼個珍惜法）。

只差沒有比照輪流接小孩上下學的分工方式，跟同事或鄰居輪流出門購物。一戶鄰居鎮日把自己家裡關，哪兒都不去，聊天盡可能遠距用喊的。她醒著時幾乎都盯著電視，對疫情瞭若指掌。另外一位是進化版，自我封鎖的範圍是社區。他每天快走一小時，說公園人多，還是社區安全。早上七點半左右，正好我對著落地窗跳有氧或練瑜伽，很難視而不見。姿勢和動作十分機械化，有人遙控似的；每兩分四十秒閃過，驚飛我家吃早餐的一地麻雀。吃個早餐不得安寧，麻雀一定很煩。非人頻率和動作也讓我頭暈。幸好一週之後，這位大哥再不見蹤影。

有個朋友說，只要噴嚏一打頭一痛，立刻懷疑染疫，料理一日三餐變得非常麻煩。外食危險，買菜更磨人。口罩外加手套，回來立刻把這兩個可能的汙染源先丟到家門口的垃圾桶，門口放個洗衣籃，一進家門，立刻把外出服換下。如果隔壁沒住人，說不定就乾脆在門外把衣服脫下。出門一趟，洗頭洗澡就算了，邊洗還邊回想，是不是有哪個環節保護措施沒做全，就怕一個疏忽，讓病毒跟回家。塑膠袋和紙袋回家前都要經過酒精殺菌，雙手消毒再消毒還怕有死角。天天追蹤去過的市場和生活路徑是否病毒入侵，發現好幾次跟病毒擦身而過，嚇出一身冷汗。看新聞時常尖叫或暗地稱幸。她說這種日子太緊張了，真的會發瘋。

我無法勸她別這麼神經質。整個世界都在提醒你，病毒就在你身邊。

戴口罩的駕駛。那麼熱的天，車子裡明明沒第二個人。在車裡正好脫下口罩，喘口氣，冷卻一下捂出汗水的熱臉。可是周遭總有過度緊張的人提醒你，千萬別鬆懈。再急都不能直接衝進商店，得耐著性子去掃那張四方圖，有掃有保障，總之進幾個店就要掃幾次，掃到懷疑人生。忘了手機還得回車裡取，不然，得填名字和電話。那支共用的筆，萬萬握不得。再怎麼消毒都有疑慮，換隻新手比較乾脆。

有一天錯過平常買藥的藥局，正懊惱辦事不力。晚上一看新聞，天啊，確診者去過。此後藥局好長一段時間只開個小窗，像郵局或銀行，只差沒叫號。病毒也是我們家姊妹的熱門話題。吉隆坡有一陣子染疫人數破萬，每天看每天漲。這可不是股票，節節上升的數字很驚心。尖峰數字突破兩萬後沒多久，竟然宣布不封城了。視訊時，住新加坡的小妹調侃，原來要破兩萬才可以解封，早講嘛。老二本來堅持不打疫苗，她是自然防疫派，對這種副作用不明的新式防禦，很有戒心。終究抵擋不住眾姊妹輪番威脅恐嚇。打是打了，她還是堅持不出門，最高紀錄超過一個半月，免疫力據說比較強的妹夫負責出門採買。儘管家裡宅著，還是少不了憂心，她每天追蹤病毒的各種消息，自己嚇自己。按照老二的個性，我煩故我在。沒這事，她應該有別一件可煩。只好勸她，努力鍛煉身體，吃好睡飽，平常心，日子該怎麼過，就怎麼過。該出門，就出門吧。

無論秋天在不在，天熱天冷，有疫情沒疫情，心情好或不好。再怎麼危險，還是得出門，那叫透氣。不出門透個氣，人可是要悶壞的。關久了，反應慢半拍，面無表情，目無神采，傻傻地，有形無神。狀況最壞的那段時間，還真的是照三餐混時間，過日子。跟人接觸少，睡覺時間變長，過起飄渺的雲端生活。

同事說，自從生活在雲端之後，下盤反而愈來愈穩。唯二可以穿的牛仔褲，得吸氣再吸氣才塞得下。短短兩個月，體重狂飆，長肉的臉靠口罩修飾，長胖的身體可是騙不了衣服。誰說的，人過中年需要分量，但是不要重量。我說疫情不停，地球可要超載，愈轉愈慢了。

凡事不能太悲觀。往好處想，少出門省時省錢又省油。加一次油用很久，錯覺油箱會自動冒油。以前覺得龜速車妨礙地球運轉老動氣，慢日子過久，竟然漸漸無感了。從前燈滅起跑，大踩油門的衝勁沒了。日子開始形狀模糊，想不起昨天前天大前天做了什麼。

馬路上的車子明顯變少，居家上班的緣故吧。車流量少，空氣變乾淨，沒什麼不好。開車在路上遊蕩，只見白雲在藍天奔跑，天空又高又遠，天氣好得讓人發愁。家裡蹲真是辜負大好天光。中壢連兩年奪得全台最酸雨榜首，全天候開著空氣清淨機的家裡，一定最安全。但是，過得安全不等於過得好。多年前小妹還住吉隆坡時，逢週六都要離家逛大街。她說小孩再怎麼可愛，都得出門呼吸一下百貨公司的空氣。不然會死。真的會死。誇張的用詞，沒得商量的語氣。她過的是倫敦時間，會議和工作下午五點才開始，至少早我十年在家工作，遠距開會。撂下真的會死的重話時，她打著方向盤，把逛街的戰利品和我一起從雙峰塔拎回她家。

我們真的是同一個媽生的嗎？百貨公司只會讓我頭暈，逛不到半小時就要閃人。現在終於明瞭，重點不在去哪裡，而是逃離。一樣的日子天長地久等著，現實不會改變，心情總可以換一換吧。開車出門時，常順便叩她。藍牙通話，有一搭沒一搭。後來電話一接通，她的第一句話便反問，在開車吧？阿嫂。

不，是出門透氣。我們果然是同一個媽生的。城市獵人出門之前，先把奈米銀全身噴一遍，穿好隱形防護衣。必然滿載而歸。通常要跑兩趟地下車庫，順便練臂力。幸好我愛的不是名牌和珠寶，不然，看到大袋大袋的戰利品，家裡老爺肯定不是跳腳，而是要跳樓了。

應有盡有時，逛學校。沒事絕對不想去，去了總有事煩。如今，外人拒入的學校很安全，可以當公園。斜坡的黑板樹、洋紫荊依然在初夏豔陽下迎賓。鳳凰花提早紅了。鳥鳴稀落。遠距上課，職員輪流上班，校園比寒假還清閒。繞了半圈，連個人影都無，停車位任挑，高興停哪兒就停哪，停在兩個格子中間也沒人管。鷺鷥草地佇立，入定的姿態像雕像。靠得很近給牠拍張照，也不動。照好說謝謝，只眼珠子轉一下。沒人打擾的草地又深又軟，草長沒過腳踝。豔黃小花在綠海裡爆了一叢又一叢，正午太陽點燃的黃色花火。六月中旬，鳳凰花依然盛放如舊時。疫情延燒，畢業典禮取消了。彷彿沒有曲終，也就沒有人散，沒有驚動時間。一切都那麼不動聲色。該畢業的學生離校，我準備卸任。該結束的學期，也靜悄悄地結束了。

這樣也很好。

——原載二〇二二年三月七～八日《自由時報》副刊

鍾怡雯，一九六九年生於馬來西亞，現任元智大學中語系教授。著有散文集《河宴》、《垂釣睡眠》、《聽說》、《我和我豢養的宇宙》、《飄浮書房》、《野半島》、《陽光如此明媚》、《鍾怡雯精選集》、《麻雀樹》；論文集《莫言小說：「歷史」的重構》、《亞洲華文散文的中國圖象》、《無盡的追尋：當代散文的詮釋與批評》、《靈魂的經緯度：馬華散文的雨林和心靈圖景》、《內斂的抒情：華文文學論評》、《馬華文學史與浪漫傳統》、《經典的誤讀與定位：華文文學專題研究》、《當代散文論Ⅰ：雄辯風景》、《當代散文論Ⅱ：后土繪測》、《永夏之雨：馬華散文史研究》、《翦影之秘：當代中國散文研究》；並主編《華文文學百年選》（十六冊）、《馬華文學批評大系》（十一冊）等多部選集。

附錄

一一一年年度散文紀事線上版

杜秀卿

九　歌　文　庫　　　1　4　0　0

九歌 111 年散文選
Collected essays 2022

國家圖書館出版品預行編目（CIP）資料

九歌散文選 . 111 年 / 言叔夏主編 . -- 初版 .
-- 台北市 : 九歌 , 2023.03
面；　公分 . -- (九歌文庫 ; 1400)
ISBN 978-986-450-538-8 (平裝)
863.55　　　112001179

主　　編 —— 言叔夏
執行編輯 —— 張晶惠
創 辦 人 —— 蔡文甫
發 行 人 —— 蔡澤玉
出　　版 —— 九歌出版社有限公司
台北市 105 八德路 3 段 12 巷 57 弄 40 號
電話／02-25776564・傳真／02-25789205
郵政劃撥／0112295-1

九歌文學網　www.chiuko.com.tw

印　　刷 —— 晨捷印製股份有限公司
法律顧問 —— 龍躍天律師 ・ 蕭雄淋律師 ・ 董安丹律師
初　　版 —— 2023 年 3 月
定　　價 —— 450 元
書　　號 —— F1400
I S B N —— 978-986-450-538-8
9789864505357 (PDF)

本書榮獲 台北市文化局 Department of Cultural Affairs Taipei City Government 贊助

（缺頁、破損或裝訂錯誤，請寄回本公司更換）
版權所有 ・ 翻印必究　　Printed in Taiwan